KIRK THOMAS
PIRATENJAGD

Kirk Thomas

Piratenjagd

Das Gold des Königs

Abenteuerroman

1. Auflage 2013
Lektorat Beate Recker

Umschlaggestaltung: AAVAA Verlag, Berlin
Coverbild: pirate ship- 3 © sundarananda #41237246 , fotolia.com
Grafik Landkarte: Jürgen Kirchhoff
Printed in Germany

ISBN 978-3-8459-0578-5

AAVAA Verlag
www.aavaa-verlag.com

Inhalt

Karte der Makkaroni-Insel

Prolog

Teil 1: Der Überfall
Hundewache
Die "Goldene Prachtgans"
Ein ungebetener Gast
Der große Durst
Das letzte Fass
Das Gold des Königs
Nach dem großen Fest
Wasser auf Ricarro
Auf der Makkaroni-Insel
Piratenpläne
Piratenjagd

Teil 2: Geranien
Ankunft
Die Erinnerungen des Kapitän Eisenbeisser
Kommandantur
Hölle
Lager
Ausbruch
Haifischtränen

Teil 3: Makkaroni-Insel
Schwierigkeiten
Piratenträume
Auf Messers Schneide
Heimfahrt
...
Teil 4: Anhänge
Wörterbuch

Personen und Schiffe:
Die Schiffe
Die Menschen
Danksagung

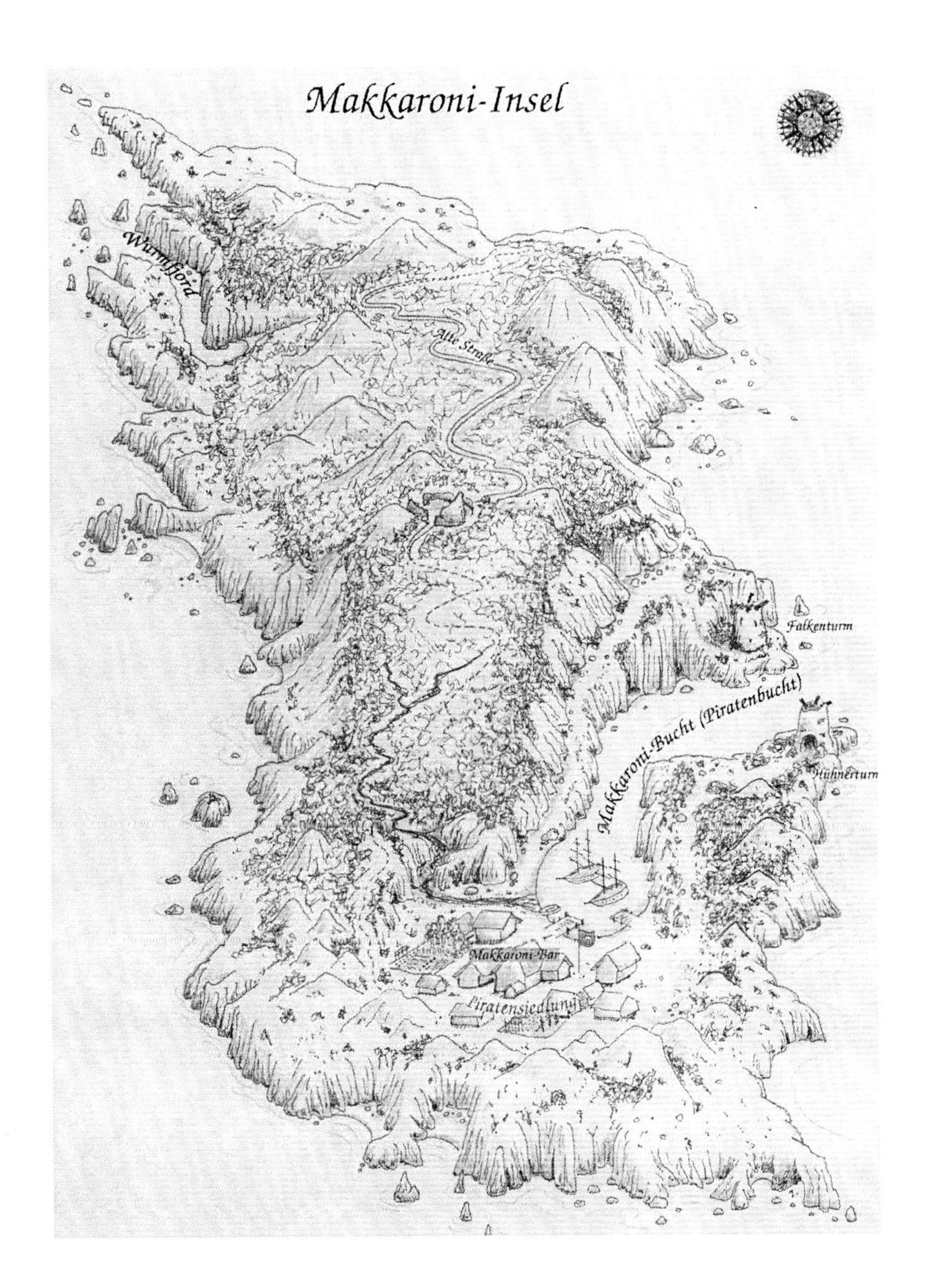
Makkaroni-Insel
Wurmfjord
Alte Straße
Falkenturm
Makkaroni-Bucht (Piratenbucht)
Hühnerturm
Makkaroni-Bar
Piratensiedlung

Prolog

Die Tage waren lang und dunkel für den Kapitän der „Sturmvogel". Gefangen in einem finsteren, engen Raum voller stickiger Luft, fragte sich Rian immer wieder, ob er diese Situation hätte vermeiden können. Er konnte sich in seinem Gefängnis kaum rühren. Die Bewegungen des Schiffs spürte er kaum. Meist war er alleine. Manchmal hörte er, wie Matrosen den Raum betraten, um etwas hinauszutragen. Rian hoffte dann inständig, dass ihn niemand bemerkte. Sein Atem ging in diesen Momenten ganz flach und er bewegte sich nicht. Doch die Matrosen nahmen zum Glück keine Notiz von ihm und verließen den Raum schnell wieder. Vielleicht hätte er den Verstand verloren, wenn er nicht hin und wieder ein Licht entzündet und auf die große Taschenuhr geschaut hätte, die er besaß. Alle 12 Stunden kratzte er mit einem Nagel einen Strich an die Wand seines Gefängnisses.

Rian wusste, dass seine Zeit hier begrenzt sein würde, doch das Warten war die Hölle. Er war froh um jede Stunde, die er schlafen konnte. Wenn er wach war, versuchte er, sich an die Zeit vor dem Gefängnis zu erinnern, an die Menschen, die er mochte, und an sein Schiff. So verging die Zeit. Rian wartete und, wenn er vor sich hindöste, erinnerte er sich daran, wie er in diese Lage geraten war.

Teil 1: Der Überfall

Hundewache

In den Stunden vor Sonnenaufgang war der Hafen von Santa Ana, kolonialer Stützpunkt der Schatzschiffe des Königs von Geranien, ruhig und friedlich. Die wenigen Wachen auf den hohen Festungsmauern lehnten müde an den großen Kanonen oder schauten schlaftrunken auf das Meer. Hin und wieder tauchte ein kleines Fischerboot auf, sonst war nichts Bemerkenswertes zu sehen.

Miguel stützte sich auf eine Zinne der Festungsmauer und starrte auf die dunkle See. Er war ein junger Soldat, der aus Geranien in die Kolonien, nach Santa Ana verschifft worden war. Nach zwei Jahren Dienst sehnte er sich danach, nach Hause zurückkehren zu können. Es geschah einfach nichts in diesem Kaff und die Soldaten schlugen ihre Zeit mit Kartenspielen und Raufereien tot. Sie erhielten nur wenige Nachrichten aus Geranien. Miguel wusste, dass sich Geranien im Krieg befand. Er hätte lieber Heldentaten für sein Land und seinen König Antares vollbracht, als sich hier zu Tode zu langweilen. Doch er würde noch ein Jahr hier ausharren müssen, bevor er heimkehren durfte. Miguel konnte es kaum erwarten.

Es war Jahrzehnte her, dass Piraten vergeblich versucht hatten, den gut befestigten Hafen von Santa Ana zu erobern, um die Flotte der Schatzschiffe zu kapern, die hier beladen worden waren, um Gold und Silber aus den Kolonien in das ferne Königreich Geranien zu verschiffen. Der Angriff war gescheitert. Die Piraten hatten sich unter fürchterlichen Verlusten zurückgezogen und waren nie wiedergekehrt. Man hatte damals ein großes Fest zu Ehren der Heiligen Ana, der Schutzpatronin des Hafens gefeiert und danach die ohnehin schon gewaltigen Festungsanlagen noch weiter verstärkt. Doch inzwischen waren die großen Tage von Santa Ana vorbei. Der Zufluss von Gold und Silber aus dem Umland war in den Jahrzehnten nach dem Überfall immer kleiner geworden und heutzutage verließen nur noch selten Schatzschiffe den Hafen von Santa Ana.

Waren früher ganze Flotten von Santa Ana aufgebrochen, so waren es inzwischen nur noch einzelne, gut bewaffnete Schiffe. Die Garnison war verkleinert worden, viele königliche Beamte waren heimgekehrt. Die Bevölkerung bestand jetzt hauptsächlich aus kleinen Händlern und Fischern, die den gut geschützten Hafen nutzten, denn die großen Festungsanlagen waren weiterhin in gutem Zustand.

Miguel gähnte und verlagerte sein Gewicht vom rechten auf das linke Bein. Er wandte seinen Blick vom Meer auf den Hafen, in dem seit einer Woche ein großes Kriegsschiff mitten unter den kleinen Fischerbooten vor Anker lag. Es war das größte Schiff, das Miguel je gesehen hatte. Heute würde es den Hafen von Santa Ana wieder verlassen, um eine Ladung Schätze nach Geranien zu bringen. Miguel wäre gerne mitgefahren. Zwei Tage zuvor hatte er einen der Seesoldaten des Schatzschiffs, Feldwebel Stocks kennen gelernt. Sie waren schnell ins Gespräch gekommen, nachdem sie festgestellt hatten, dass sie aus zwei Nachbardörfern im Norden Geraniens stammten. Gemeinsam hatten sie in den Mannschaftsunterkünften eine Flasche Wein getrunken und so hatte Miguel einiges über das vor Anker liegende Schiff und seine Mannschaft erfahren.

„Das Schiff heißt „Goldene Prachtgans" und ist das Schwesterschiff der „Silberner Erpel", die im Nordmeer Dienst tut", hatte Feldwebel Stocks grinsend erzählt. „Man hätte die beiden meiner bescheidenen Meinung nach besser „Seedrache" und „Löwe von Geranien" nennen sollen, denn sie sind die stärksten Schiffe unserer Flotte. Man sagt, der König hätte die Namen aufgrund einer verlorenen Wette wählen müssen, die er am königlichen Ententeich abgeschlossen hat. Wie dem auch sei: Die „Goldene Prachtgans" ist erst seit 6 Monaten in Dienst. König Antares hat für den Stapellauf seines stärksten Schiffs höchstpersönlich seinen Palast verlassen und die Schiffstaufe durchgeführt. Ich war sogar dabei! Es war sehr prachtvoll. Bevor die „Prachtgans" in den Krieg zieht, soll sie als Übungsmission erst einmal einen Schatz von hier nach Geranien bringen und wenn möglich den Piraten einen kräftigen Denkzettel verpassen." Feldwebel Stocks trank einen Schluck Wein.

Miguel hatte die ganze Zeit gespannt zugehört und wartete darauf, dass der Feldwebel weiter sprach.

„Auf der „Goldenen Prachtgans" ist alles vom Feinsten! Ihre Kanonen sind groß, schwer und zahlreich. Die Ausrüstung ist ausgezeichnet, selbst die Kombüse ist bestens ausgestattet."

„Und wie ist die Besatzung?", wollte Miguel wissen. Er hatte gehört, dass es aufgrund des Krieges immer schwerer wurde, eine gute Mannschaft zusammenzustellen. Er hoffte ein wenig darauf, bei den Seesoldaten der „Goldenen Prachtgans" anheuern zu dürfen, um endlich nach Hause zu kommen. Feldwebel Stocks sah Miguel schmunzelnd an; er verstand sofort, worauf Miguels Frage abzielte. „Tut mir leid, Kamerad. Wir sind komplett. Für die „Goldene Prachtgans" wurden die besten Matrosen von den anderen Schiffen der Flotte abgezogen. Dazu hat man noch 20 Seesoldaten auf dem Schiff stationiert. Wir sind alle aus dem 1. Regiment und haben schon so manchen Kampf hinter uns." Feldwebel Stocks sah Miguels enttäuschtes Gesicht. „Mach Dir nichts daraus, Miguel. In einem Jahr kehrst Du nach Geranien zurück und dann werde ich mich dafür einsetzen, dass Du zu uns versetzt wirst!", versprach er. Miguels Gesicht hellte sich auf. „Das wäre schön", rief er, „so ein gewaltiges Schiff habe ich mein Lebtag noch nicht gesehen." „Warte erst einmal ab, bis Du den Kapitän siehst", erwiderte Feldwebel Stocks grinsend. „Kapitän Tutnichtgut Eisenbeisser ist vielleicht noch beeindruckender als die „Goldene Prachtgans". Ich habe noch nie so einen Haudegen gesehen." „Ist er von Adel?", fragte Miguel. Er stellte sich einen hoch gewachsenen, schneidigen Soldaten mit Hakennase in weißer Galauniform und mit goldenem Degen vor. „Nein, nein!", wehrte Stocks ab. „Eisenbeisser ist kein Adliger, schließlich ist er auch nicht Kommandant des Schiffs. Als Kommandanten hat unser König seinen Neffen 2. Grades, den edlen Graf Roderich von Blattlaus bestimmt." Feldwebel Stocks kicherte. „Da Graf Roderich aber Schiffe bis dahin wohl nur von Bildern kannte, hat man den Eisenbeisser als Kapitän angeheuert. Graf Roderich hält sich die meiste Zeit in seiner Kajüte auf. Das ist auch besser so, denn von Schiffen oder Soldaten hat er wirklich keine Ahnung. Vor Eisenbeisser dagegen haben wir genauso viel Respekt wie vor einem hungrigen Haifisch. Er ist hart, aber gerecht. Lass uns auf sein Wohl anstoßen!" Sie stießen ihre Weinbecher gegeneinander und tranken jeder einen guten

Schluck. Danach wandte sich das Gespräch anderen Themen zu, während sie eine weitere Flasche Wein leerten. Es wurde noch sehr lustig, als sie über gemeinsame Bekannte in Geranien sprachen, und Miguel wusste nicht mehr so recht, wie er abends in sein Bett gekommen war. Feldwebel Stocks hatte er danach nur noch selten und von weitem gesehen, doch der Feldwebel hatte ihm jedes Mal freundlich zugenickt.

Miguel gähnte erneut. Diese verfluchten Nachtwachen! Es fiel ihm so schwer, sich wach zu halten. Er wandte mit Bedauern seinen Blick von der „Goldenen Prachtgans" auf das Meer. Er war so müde! Miguel lehnte sein Gewehr gegen eine Mauer und setzte sich mit dem Rücken zur Wand, um kurz auszuruhen. Nach einiger Zeit fielen ihm die Augen zu und er träumte von zukünftigen Heldentaten, die er als Seesoldat auf der „Goldenen Prachtgans" vollbringen würde.

Die Nacht war dunkel und selbst wenn Miguel wach gewesen wäre, hätte er Schwierigkeiten gehabt, die Schatten großer Segel zu erkennen, die sich dicht unter der Küste dem Hafen von Santa Ana näherten. Und während Miguel davon träumte, in einem Seegefecht den feindlichen Piratenkapitän gefangen zu nehmen, näherte sich das große Schiff einem auslaufenden Fischerboot. Von dem großen Schiff legte ein Beiboot ab und hielt auf das Fischerboot zu. Jemand wechselte vom Beiboot auf das Fischerboot, danach kehrte das Beiboot zum Schiff zurück. Das Schiff drehte daraufhin lautlos auf das offene Meer ab, alle Segel wurden gesetzt und es näherte sich schnell dem Horizont, während das Fischerboot wieder den Hafen von Santa Ana anlief. Als Miguel aus seinen Träumen aufwachte, stand sein wütender Vorgesetzter vor ihm. In diesem Moment hatte Miguel andere Sorgen, als auf das Meer zu blicken, wo er die Umrisse der Segel hinter dem Horizont hätte verschwinden sehen können.

Die "Goldene Prachtgans"

"Ich kann es gar nicht erwarten, endlich 'mal auf diese verkommenen Piraten zu treffen", erklärte Graf Roderich seinem Kapitän. Dabei tupfte er sich vornehm mit einem parfümierten Taschentuch die Stirn. Die Mittagssonne brannte heiß auf Santa Ana.

Kapitän Eisenbeisser, nickte zustimmend mit seinem kahlen Kopf und grinste, so dass seine scharfen Zähne blitzten. Er sah dabei aus wie ein Haifisch. "Mit unseren vielen Kanonen machen wir Hackepeter aus jedem, der uns angreift! Der, den wir auf der Hinfahrt getroffen haben, ist ja so schnell wieder geflohen, dass wir gar keine Chance zum Versenken hatten." Er blickte vom Achterdeck auf den Hafen.

"Beeilt euch gefälligst mit dem Beladen des Schiffs!", brüllte er die Fischer an, die unter Ächzen und Stöhnen die schweren Wasserfässer an Bord rollen mussten. "Ein bisschen zackig, wir wollen heute noch fertig werden!". Einer der Soldaten hörte das und schlug mit einer Peitsche auf die Rücken der Fischer ein, um sie noch mehr anzutreiben. Die Fischer duckten sich unter den Schlägen und zerrten stärker an den schweren Fässern. Eisenbeisser nickte dem Soldaten zustimmend zu und wandte sich ab.

"Blöder Sklaventreiber", murmelte ein älterer Fischer namens Pedro, aber nur leise, er wollte nicht noch mehr Hiebe mit der Peitsche bekommen.

"Wenn ihm Rian und die rote Henna begegnen, wird ihm sein herrisches Gehabe noch vergehen", flüsterte ein anderer, den alle nur den Herings-Paul nannten, weil er immer so nach eingelegten Heringen roch. "Rian kann solche aufgeblasenen Lackaffen nämlich gar nicht leiden."

"Die "Goldene Prachtgans" ist aber auch für Rian zu groß", wisperte Pedro vorsichtig. "Zu viele Kanonen, zu viele Soldaten. Schau Dir nur an, wie viele Fässer Wasser wir an Bord schleppen müssen!"

In der Tat stand eine lange Reihe von großen Wasserfässern am Ufer, die alle mühsam über eine Rampe an Deck gerollt und dann mit einem

Kran in die unteren Räume des Schiffs gehievt wurden. Dort wurden sie mit der Öffnung nach oben aufgestellt.

Am Ende des mühseligen Beladens blieb sogar ein Fass übrig, das Eisenbeisser gleich vor dem Groß Mast der "Goldenen Prachtgans" festbinden ließ, damit sich jeder an Deck etwas zu trinken holen konnte.

Nach dem Wasser wurden noch Pökelfleisch und eingelegter Hering eingeladen. Herings-Paul seufzte. Die meisten Heringe hatte er gefangen und eingelegt. Kapitän Eisenbeisser hatte ihn gezwungen, die Heringe für einen lächerlichen Preis zu verkaufen. Jetzt musste er obendrein noch dabei mithelfen, die ganze Ladung an Bord zu schleppen.

Endlich war der Ladevorgang abgeschlossen und die Fischer wollten erleichtert nach Hause gehen. Doch da wurde ihnen von den Soldaten der Weg verstellt. "Dreht euch wieder um!", brüllte Eisenbeisser sie an. "Der ehrenwerte Kommandant, Graf Roderich von Blattlaus wird noch eine Rede halten."

Tatsächlich erschien Graf Roderich wieder auf dem Achterdeck. Er trug eine weiße Uniform aus Seide und dazu einen schwarzen Dreispitz. An seiner Brust baumelte eine ganze Palette von Orden.
"Untertanen unseres geliebten Königs Antares", begann Roderich mit näselnder Stimme, "morgen wird die "Goldene Prachtgans" auslaufen, um König Antares das zu bringen, was ihm zusteht. Gold und Schätze aus der Karibik, mit denen er seinen immerwährenden Kampf gegen die Feinde unseres geliebten Vaterlands Geranien bezahlen wird."
Roderich blickte auf die Menge, zu der sich immer mehr neugierige Zuschauer hinzugesellten. "Doch dies wird nicht die einzige Aufgabe der "Goldenen Prachtgans" sein", fuhr er fort. „Wir werden auf dieser Fahrt auf jeden Piraten Jagd machen, der uns begegnet. Die Piraten werden schon bald in alle Winde zerstreut sein." Er erhob seine Stimme und rief: "Es lebe unser geliebter König Antares, König Antares ein dreifaches Hoch!"
Graf Roderich blickte irritiert in die schweigende Menge. "Es lebe unser geliebter König Antares, König Antares ein dreifaches Hoch!", wieder-

holte er laut. Aber niemand schien die Absicht zu haben, in den Jubel einzustimmen. bis Eisenbeisser einen ganz besonders finsteren Gesichtsausdruck bekam und den Soldaten ein Zeichen gab, ihre Gewehre anzulegen. Wie auf Kommando ertönte erst hier und da ein zögernder Hochruf, dann applaudierte die ganze Menge und Roderich zog sich zufrieden in seine Kajüte zurück. Eisenbeisser lächelte zufrieden und nahm seine riesige Hand vom Degengriff. "Na siehste, es geht doch!", sagte er. Diesmal sah er fast gar nicht mehr wie ein Haifisch aus.

Unmittelbar darauf wurde der Landesteg eingeklappt, die Matrosen hissten die Segel und langsam bewegte sich die "Goldene Prachtgans" von ihrem Ankerplatz weg auf das offene Meer zu. Unter den scharfen Kommandos von Kapitän Eisenbeisser nahm das Schiff rasch Fahrt auf. Am Hafeneingang befahl Roderich, noch einen Salut auf König Antares abzuschießen. "Niedergang den Piraten! Lang lebe der König!", brüllte er und schwenkte seinen goldenen Parade-Degen wild in der Luft. Kapitän Eisenbeisser ging vorsichtshalber hinter dem Steuerrad in Deckung, um nicht durch einen unkontrollierten Hieb von Roderichs Degen getroffen zu werden. Roderichs Stimme ging in dem Donnern der schweren 18-Pfünder Kanonen unter. Die Soldaten feuerten ihre Gewehre ab und handelten sich gleich mächtigen Ärger mit Eisenbeisser ein, als einige Schüsse in die Segel gingen.

Kraftvoll pflügte sich die "Goldene Prachtgans" ihren Weg durch das blaue Meer. Der Wind blies stetig aus südlicher Richtung. Die Matrosen hatten nur wenig zu tun und saßen würfelnd oder Karten spielend an Deck. Roderich zog sich unter Deck zurück, da ihm der Wind den weißen Puder aus seiner kostbaren Perücke blies und hin und wieder Gischttropfen seine Prachtuniform bespritzten. Eisenbeisser hingegen genoss den Wind auf seiner Haut und die strahlende Sonne an einem leuchtendblauen Himmel über einem tintenblauen Meer. "Ist das Leben nicht herrlich!", brüllte er lachend und schlug dem „Friesen", seinem Steuermann, dabei freundschaftlich auf die Schultern - mit dem Resultat, dass der wegen starker Rückenschmerzen gegen seinen Ersatzmann ausgetauscht werden musste. "Memme!", brummte Eisenbeisser ungnädig. "Machen immer gleich schlapp, diese Weicheier. Ich frage mich langsam, ob es noch Männer auf dem Großen Meer gibt oder nur noch Waschlappen?"

Scheinbar gab es nur Waschlappen, denn die "Goldene Prachtgans" begegnete in den nächsten Tagen keinem Piraten oder irgendeinem anderen Gegner. Anfangs sah man noch Fischerboote oder Handelsschiffe, dann wurde es leer auf dem großen Wasser. Der Wind frischte auf und trieb das Schiff schnell voran. 7 Tage nach dem Auslaufen aus Santa Ana geriet die "Goldene Prachtgans" morgens in einen Sturm. Die Mannschaft musste sich gewaltig anstrengen, um das Schiff auf Kurs zu halten. Spät nachmittags flaute der Sturm dann genauso schnell ab, wie er gekommen war.

Abends wurde es ruhig auf dem Schiff. Auch das Meer war friedlich und der Wind ging schwächer, aber stetig. Die "Goldene Prachtgans" machte zügig Fahrt nach Nordosten. Nur noch eine kleine Mannschaft hielt Ausschau nach Piraten oder steuerte das Schiff. Die restlichen Seeleute saßen auf Deck, redeten oder schnitzten mit ihren Messern. Die meisten waren müde. Als es dunkel wurde, leerte sich das Deck schnell und das Schiff erzitterte bald unter einem vielstimmigen Schnarchkonzert. Eisenbeisser machte den Nachtwachen eindringlich klar, was sie zu erwarten hätten, wenn nur einer von ihnen einschlief. Dann übergab er das Kommando an seinen ersten Offizier, Leutnant Ross und stapfte grummelnd in seine Kajüte. Bald darauf hallte auch sein lautes Schnarchen durch das Schiff.

Ein ungebetener Gast

Später, als die Schiffsglocke bereits Mitternacht geschlagen hatte, hätte man im Unterdeck, dort wo sich die Wasserfässer befanden, ein leichtes Kratzen hören können. Aber es war niemand da, der es hätte bemerken können. Der Raum war leer und sehr finster. Einige Minuten blieb es still, als ob jemand lauschte. Auf einmal knirschte es leise, aber nur kurz. Lange blieb es wieder still, so als ob jemand mit angehaltenem Atem wartete. Dann klickte es und eine Lampe verbreitete einen milden Schein im Raum.

Ein kleiner Mann mit schwarzen, widerspenstigen Haaren und einem roten Piratentuch auf dem Kopf sah sich neugierig um. Es war Rian, Schmuggler, Händler, Pirat, jedenfalls jemand, den König Antares nicht mochte. Das Fass zu seiner Linken war offen. „Das hat ja geklappt wie am Schnürchen", sagte Rian vergnügt und kramte einen Beutel aus dem Fass. „Jetzt aber an die Arbeit."

Mit einer Stange und einem kleinen Stemmeisen begann Rian vorsichtig, an den Wasserfässern zu werkeln. Endlich hatte er das vorderste geöffnet. Er nahm einen anderen Beutel aus seinem Versteck und streute ein weißes Pulver in das erste Fass. Dann verschloss er es wieder sorgfältig. Weiter ging es zum zweiten Fass. Nachdem Rian es geöffnet hatte, nahm er einen andern Beutel und streute ein schwarzes Pulver hinein. In das dritte Fass kam rotes und in das vierte blaues Pulver. Dabei summte er vor sich hin:

Ist das Pulver weiß,
wird Dein Gesicht ganz heiß.
Ist das Pulver dunkel wie schwarze Wurst,
Du meinst Du stürbest schon vor Durst.
Ist das Pulver rot, seht her,
fällt das Arbeiten sehr schwer.
Pulver blau nach der Qual,
Dir wird alles ganz egal.

Auch die anderen Fässer öffnete er. Anstelle von Pulver kam in jedes jedoch ein großes Stück Badeseife aus der königlichen Manufaktur. „Wenigstens hatte es ein Gutes, dass wir den Kauffahrer von der Seifenmanufaktur überfallen haben", brummte Rian leise. „Schätze gab's ja keine. Aber es ist genau das Richtige für die Fässer hier. Und die Leute von der „Sturmvogel" sind jetzt außerdem die bestriechenden Piraten auf dem Großen Meer." Zufrieden packte Rian seine Sachen wieder in seinen Beutel. Dann verschloss er sorgfältig das Fass, in dem er sich versteckt hatte und schlich zur Tür. Leise öffnete er sie und trat hinaus auf einen kurzen, dunklen Gang. Am Ende des Gangs befand sich eine Treppe, die hinaufführte. Leise kletterte Rian die schmale Treppe hoch und gelangte nun auf das Mannschaftsdeck. Ein paar kleine Laternen verbreiteten ein trübes Licht. Überall lagen schnarchende Matrosen in ihren Hängematten.

Rian schluckte. Wollte er auf Deck, so musste er zwischen den dicht nebeneinander hängenden Hängematten hindurch ans andere Ende des Mannschaftsdecks laufen. Dort führte wieder eine Treppe auf Deck. Langsam und sehr vorsichtig quetschte er sich zwischen zwei schaukelnden Hängematten hindurch. Ein Matrose hustete. Rian erstarrte. Das Schnarchkonzert ging weiter. Rian auch. Wieder schlich er sich zwischen zwei Hängematten durch - und blieb wie angewurzelt stehen. Ein Matrose sah ihn mit großen Augen an. „Schlaf weiter, Hein", sagte Rian. „Ich muss mal." Der Matrose machte den Mund auf, gähnte, murmelte etwas im Halbschlaf - und drehte sich auf die Seite. Rian atmete tief durch und ging nun zügig weiter. Dann kletterte er flink die knarrenden Stufen der Treppe hinauf und stieg auf Deck.

Da es auf dem Mannschaftsdeck so düster gewesen war, konnte sich Rian im Licht der Sterne sofort gut orientieren. Vor ihm lag das Deck der „Goldenen Prachtgans" mit seinen drei Masten, dahinter das Achterdeck mit den Offizierskabinen und dem Steuerrad. An jeder Seite des Decks lagen zwei Ruderboote. Rian sah sich um. Der wachhabende Offizier blätterte im Logbuch, der Steuermann schaute gelangweilt über ihn hinweg auf den Horizont. Die wachhabenden Matrosen saßen oben im Krähennest auf den Masten und hielten nach anderen Schiffen Ausschau. "Na dann sucht mal schön - oder schlaft ihr vielleicht sogar?", murmelte Rian leise. Dann schlich er zur Reling an Steuerbord, vorbei an den großen Kanonen, bis er an einem der Ruderboote stand.

Rian wollte gerade das Ruderboot zu Wasser lassen, als er innehielt und nachdenklich auf eine der großen Kanonen an Deck blickte. „Ein wundervoller Plan", murmelte er, „aber noch besser wäre es, wenn sie nicht mehr schießen können." Entschlossen legte Rian die Seile wieder aus der Hand. Er drehte sich um und schlich zurück. Dann stieg er wieder hinab aufs Mannschaftsdeck. Direkt neben der Treppe, die er vorhin hinaufgekommen war, führte eine Leiter tiefer unter Deck. Rian kletterte hinunter. Unten angekommen, entzündete er erneut seine kleine Lampe. Es war eng und stickig hier. Vorsichtig schlich er weiter, bis er eine massive Tür zu einem geschlossenen Raum fand. „Pulverkammer, wie froh bin ich, dass ich Dich endlich gefunden habe", flüsterte Rian. „Ich kann einfach nicht zulassen, dass eure Kanonenkugeln die schöne „Sturmvogel" durchlöchern."

Gerade wollte er die Hand an die Klinke legen, als ein lautes Poltern ertönte. Irgendjemand sprang die Leiter herunter und im gleichen Augenblick wurde der Raum von einer starken Laterne erhellt.

„Hah!", brüllte Kapitän Eisenbeisser. „Habe ich also doch richtig gehört. Da schleicht doch jemand um die Pulverkammer herum."
Rian stand wie erstarrt da und blickte die massige Gestalt von Eisenbeisser an. Der Kapitän trug ein weißes, langes Nachthemd, das schon bessere Tage gesehen hatte. Der kahle Kopf wurde von einer weißen Nachtmütze geziert. In der einen Hand hielt er eine Laterne, in der anderen einen schweren Degen. Rian wich einen Schritt zurück, duckte sich ein wenig und griff mit einer schnellen Bewegung nach seinem Degen. Das heißt, er wollte nach seinem Degen greifen, aber da war nur ein Kerzenstummel. Rian hatte den unhandlichen Degen nicht in das kleine Fass hinein nehmen wollen. So ballte er stattdessen seine Fäuste und machte sich auf einen Kampf gefasst.

Eisenbeisser kniff die Augen zusammen und sah Rian genauer an. „Moment mal, Du bist ja gar nicht von der Mann..." „Mannschaft" hatte er eigentlich sagen wollen, aber weiter kam er nicht. Mit einer schnellen Bewegung sauste Rian an ihm vorbei und stopfte ihm im Vorbeilaufen den Kerzenstummel in den Mund. „ALARM" hörte er Eisenbeisser brüllen, als er die Leiter hochsauste. Hinter sich hörte er das laute Poltern seines Verfolgers. „ALARM!", ertönte es erneut hinter ihm. Gerade wollte Rian die nächste Treppe hinauflaufen, als er von oben einen Schatten sah. Die Wachen! Rian drängte sich, so schnell er konnte, zwischen den Hängematten der Matrosen hindurch. Er wich einem Arm aus, der ihn festhalten wollte, duckte sich unter einem Faustschlag weg. Vor ihm sprang der Friese aus seiner Hängematte und verstellte ihm den Weg. Rian lief gebückt weiter und rammte ihm die Schulter in den Bauch. Der Steuermann ächzte, schaffte es aber, Rian von oben zu umklammern. Rian stieß mit der Faust nach oben und traf die Nase seines Gegners. Der schrie auf und ließ Rian los. Rian drängte sich vorbei und rannte auf die Treppe zu, die weiter unter Deck zum Wasserlager führte. Er wollte gerade herunterklettern, da sah er, dass ihn Eisenbeisser bereits fast erreicht hatte. Es hatte keinen Sinn mehr, ins Wasserlager zu laufen, um sich dort zu verstecken. Verzweifelt sah sich Rian um. Da, links war eine schmale Leiter, die auf Deck führte. Sie war Rian beim ersten Mal glatt entgangen. Er sah sich um, Eisenbeisser war ganz nah. Rian zögerte einen Moment. Eisenbeisser grinste siegesgewiss und sprang los. Im letzten Moment warf sich Rian zur Seite. Eisenbeisser verfehlte ihn und rammte mit voller Wucht die Wand. Rian hörte, wie die massiven Bohlen unter Eisenbeissers Ansturm splitterten, und kletterte gewandt die Leiter nach oben und stieß die Luke auf. Er wollte sich gerade auf Deck wälzen, als er spürte, wie sein Fuß gepackt wurde. Rian versuchte verzweifelt, sich an Deck zu ziehen. Der Griff wurde fester. Rian trat mit seinem freien linken Bein nach unten. Der Tritt ging ins Leere. Von der anderen Seite des Decks sah Rian, wie ein Soldat mit aufgeregten Gesten auf ihn deutete und dann auf ihn zulief. Andere Matrosen folgten ihm. Erneut trat Rian mit seinem linken Bein nach unten. Diesmal traf er etwas Weiches und hörte einen Fluch. Dann packten zwei Hände auch sein linkes Bein. Er wurde unwiderstehlich zurück nach unten gezogen. Sein Blick fiel auf seinen Beutel, den er die ganze Zeit in seiner rechten

Hand gehalten hatte. Mit der linken Hand griff er hinein und fingerte ein Säckchen mit einem Rest schwarzen Pulvers heraus, fasste es am Boden und schleuderte es hinter sich in Richtung Luke. Eine beißend scharfe Staubwolke senkte sich in die Luke herab. Rian hörte ein überraschtes "Zum Teufel, was ist das?" und direkt darauf ein Heulen. Das scharfe schwarze Pulver drang den Matrosen, die ihn festhielten, in die Augen - das tat weh. Der Griff um Rians Beine lockerte sich einen Moment. Er strampelte sich los im und wälzte sich auf Deck, knallte die Luke zu und verriegelte sie.

Als Rian aufblickte, stand ein schwergewichtiger Soldat vor ihm und sah ihn drohend an. "Bleib hier, Du Würstchen!", rief er schnaufend und sprang mit ausgestreckten Armen auf Rian zu. Rian packte die Arme an den Handgelenken, rollte auf den Rücken und zog den Soldaten damit sogar noch weiter auf sich zu. Der geriet dabei ins Stolpern. Rian zog die Beine an und stemmte sie seinem Gegner von unten in den Bauch. Von seinem eigenen Schwung getrieben, pendelte der Soldat auf Rians gestreckten Beinen über Rian hinweg und rammte mit dem Kopf gegen die Wand des Achterdecks. Zum zweiten Mal innerhalb weniger Minuten hörte Rian Holz krachen. Er kämpfte sich unter dem schweren Körper des Soldaten hervor und stürmte in Richtung Bug. Mehrere Matrosen kamen bedrohlich auf ihn zu. Rian erreichte einen Mast, sprang in die Wanten und kletterte wieselflink nach oben. Dann hörte er das Klicken eines Gewehrs und unmittelbar darauf einen Schuss und ein "Plopp" in einem der Segel. Weit daneben. Glück gehabt!

"IDIOTEN!", hörte er plötzlich Eisenbeisser brüllen. "Ich will ihn lebend - außerdem sollt ihr meine Segel nicht kaputtmachen!"

"Der Kerl ist WIRKLICH zäh!", murmelte Rian. "Ich habe noch nie jemanden erlebt, der mit seinem Kopf Eichenbohlen zertrümmert und Sekunden später wieder so laut brüllen kann wie drei Fischverkäufer." Das Krähennest tauchte vor ihm auf - und das schlaftrunkene Gesicht eines Matrosen, der seine Wache offensichtlich nicht so genau genommen hatte. Bevor er begriff, was los war, hatte ihn Rians Faustschlag wieder auf den Boden des Krähennests und ins Reich der Träume befördert.

Rian sprang in den Korb, zerrte sich sein rotes Kopftuch vom Kopf und band es dem besinnungslosen Matrosen um. Er spürte, wie der Mast zittert. Andere Matrosen kletterten hinauf.

"Ihr fangt mich nicht", brüllte Rian. Er hatte eine für seine Größe überraschend laute Stimme. "Eher werfe ich mich den Fischen zum Fraß vor!". Mit diesen Worten schob er den bewusstlosen Matrosen ein wenig über den Rand des Krähennests, so dass von unten das rote Kopftuch zu erkennen war. Dann nahm Rian seine ganze Kraft zusammen und schleuderte den Matrosen über den Rand.

Alle Blicke folgten dem fallenden Körper, der auf dem Wasser aufschlug. "Boot raus!", brüllte Eisenbeisser. "Ich will den Kerl lebend!" Niemand sah in diesem Moment zum Krähennest hinauf. Rian kletterte auf den Rand und sprang in Richtung Hauptmast, an dem ein Seil hin- und herbaumelte. Rian flog auf das Seil zu. Nun war es vor seinen Fingern. Rian griff zu. Fast wäre es ihm durch seinen Schwung wieder aus der Hand gerissen worden. Im letzten Moment konnte er sich festklammern. Rian rutschte das Seil hinunter aufs Deck und wollte sich gerade unter Deck in sein Versteck bei den Fässern schleichen, als er jemanden schreien hörte: "Das ist ja gar nicht der Kerl, das ist doch Lütje aus dem Krähennest." Rian sah sich gehetzt um. Alle Matrosen blickten angestrengt aufs Meer. Aber in einigen Sekunden würden sich die ersten fragen, wo denn dann der Eindringling geblieben sei, und sich umschauen. Unter Deck zu laufen, würde er nicht mehr schaffen. Kein Versteck in der Nähe. Rians Blick fiel auf das Wasserfass vor dem Hauptmast. Er warf seinen Beutel über Bord und lief auf das Fass zu. Er hob den Deckel, kletterte aufs Fass und ließ sich mit den Füßen zuerst in das halbleere Fass gleiten.

"Wenigstens werde ich hier keinen Durst haben", seufzte Rian und kniete sich auf den Fassboden. Das Wasser reichte nun bis zu seiner Brust. Er klappte den Deckel bis auf einen schmalen Spalt wieder zu. So konnte er die Vorgänge auf Deck beobachten.

Auf dem Deck liefen die Männer inzwischen durcheinander wie ein Bienenschwarm. Zwei Matrosen holten den pitschnassen Lütje an Bord. Er jammerte, weil ihm die Knochen vom harten Aufschlag aufs Wasser wehtaten, nicht zu vergessen den unsanften Faustschlag von Rian. Eisenbeisser war aufs Achterdeck gestiegen und sah abwechselnd auf Deck und aufs Meer. Dabei hielt er sich mit einer Hand seinen Kopf, auf dem sich eine beachtliche Beule unter seiner lädierten Nachtmütze bildete.

Minuten vergingen. Schließlich kam Feldwebel Stocks, der Chef der Seesoldaten, zu Eisenbeisser, salutierte respektvoll und machte Meldung: "Wir haben den Eindringling nirgendwo auf dem Schiff finden können, Kapitän Eisenbeisser!", schnarrte er. "Allerdings haben wir auf der Backbordseite einen Beutel wegschwimmen sehen, vermutlich stammt er von dem blinden Passagier. Er ist sicher von Bord gesprungen, als wir den Matrosen Lütje im Wasser gesucht haben, und ist dabei ertrunken." Eisenbeisser sah Stocks schlecht gelaunt an. "Dann suchen Deine Leute eben noch mal", herrschte er Stocks an. "Und diesmal etwas gründlicher bitte! Ich glaube nicht, dass der Kerl so einfach ertrinkt." Eisenbeisser fiel auf einmal etwas ein. Er blickte auf Deck. "Lütje!", brüllte er unvermittelt. "Du hast eben im Krähennest geschlafen, Du Idiot! Jetzt wieder rauf mit Dir, halt Ausschau, ob Du den Mistkerl auf dem Wasser findest, flott!"

Während Lütje jammernd die Wanten hinaufschlich, fasste sich der Kapitän an den Kopf. "Habe ich einen Brummschädel", grummelte er, "kann gar nicht mehr klar denken. Wo waren wir stehengeblieben, Stocks?", fragte er. "Meine Leute werden das Schiff noch einmal durchkämmen", antwortete Stocks säuerlich. "Richtig!", sagte Eisenbeisser. "Und nun wegtreten. Marsch!" Während Stocks schlecht gelaunt die Seesoldaten wieder auf die Suche nach Rian ausschwärmen ließ, stützte Eisenbeisser seinen Kopf in beide Hände und starrte auf das vom Mond erleuchtete Deck. Seine Augenlider sanken immer tiefer. Kurz bevor er einnickte, fiel sein Blick auf das Wasserfass vor dem Hauptmast. Schlagartig riss er die Augen auf. Plötzlich ertönte ein schrilles Gebrüll hinter seinem Rücken. Eisenbeisser fuhr herum und stöhnte angesichts der schnellen Bewegung vor Schmerz auf. Roderich von Blattlaus baute sich vor ihm auf und wedelte hektisch mit seinem parfümierten Taschentuch vor Eisenbeissers Nase herum. "Was soll dieses Getrampel, Kapitän Eisenbeisser?", fuhr er ihn hysterisch an. "Ich kann bei diesem Lärm nicht schlafen!" Eisenbeisser seufzte. Das hatte ihm gerade noch gefehlt. Die Idee, die ihn aufgeschreckt hatte, verflog.

"Wir hatten einen blinden Passagier an Bord, Exzellenz", meldete er. "Glücklicherweise habe ich ihn entdeckt, bevor er irgendeinen Schaden anrichten konnte. Bei seiner Flucht ist er über Bord gegangen und vermutlich ertrunken." "Das ist ja furchtbar Kapitän!", rief Roderich entsetzt. "Wie konnte denn so etwas passieren?" "Das wüsste ich auch gerne!", wollte Eisenbeisser erwidern, biss sich aber rechtzeitig auf die Zunge. Roderich erwartete, dass der Kapitän auf alles eine Antwort wusste. "Er ist wahrscheinlich heute Nacht mit einem Boot längsseits gekommen und dann mit einem Seil an Deck geklettert", erfand er schnell. Dabei hoffte er, dass Roderich nicht fragen würde, wie auf hoher See ein Ruderboot auftauchen könnte, oder auf die Idee kommen würde, sich nach dem Verbleib des Boots zu erkundigten. Roderich kam nicht auf diese Idee, aber dafür auf eine andere: "Wenn der Lump ertrunken ist, wonach suchen denn die Seesoldaten?", fragte er. "Ach ja!", Eisenbeisser lächelte gequält., "Hatte ich ganz vergessen." "Suche einstellen!", brüllte er über Deck. Ein Seesoldat ließ erleichtert den Deckel des Wasserfasses fallen, das er gerade öffnen wollte, und lief zu seinen Kameraden zur Steuerbord-Reling.

"Ich gehe unter Deck. Ich muss mich von diesen Kopfschmerzen erholen", sagte Eisenbeisser. "Oh, ich werde das Kommando führen", rief Roderich erfreut. "Schicken Sie den Zimmermann unter Deck ins Mannschaftsquartier, da ist eine Wand eingedrückt", rief Eisenbeisser ihm noch zu, während er in seine Kajüte schlurfte.

Im Wasserfass vor dem Hauptmast hätte jemand ein Gurgeln hören können, etwa so wie ein unter Wasser ausgestoßener Seufzer. Aber es war niemand in der Nähe, der es hätte hören können.

Der große Durst

Am darauf folgenden Morgen tauschten Matrosen das große Wasserfass vor dem Hauptmast gegen eines aus dem Vorratsraum aus. Unmittelbar nachdem es aufgestellt worden war, marschierten zwei Matrosen auf das Fass zu. Der erste tauchte seinen Metallbecher hinein. "Mensch Benny, bin ich froh, dass es wieder frisches Wasser gibt", sagte er zu seinem Begleiter. "Das letzte Wasser war ganz schnell schal, so als ob jemand seine Schweißfüße reingehalten hätte." "Das kann schon mal passieren, Max", entgegnete Benny. "Manchmal sind die Fässer nicht ordentlich gesäubert worden, dann schmeckt das Wasser von Anfang an nicht gut." "Oh, anfangs war es doch gut!", entgegnete Max und hob seinen Becher. "Das hier ist hoffentlich besser, ich habe einen Riesendurst." Er legte den Kopf in den Nacken und trank mit großen Zügen - und spie schon unmittelbar darauf das Wasser wieder aus. "Uähh, was ist denn das für eine Brühe!", schrie er empört. "Das schmeckt ja wie Pfeffersuppe. Puh, mir wird ganz heiß." "Das gibt's doch nicht!", rief Benny und tauchte seine Blechtasse ebenfalls in das Fass. Misstrauisch äugte er in das klare Nass. "Sieht ganz normal aus." Er schnüffelte. "Hm, riecht aber irgendwie metallisch." Vorsichtig kostete er einen kleinen Schluck und spuckte ihn gleich wieder aus. "Bäh, das ist ja ekelhaft scharf, kein Wunder, dass Du ins Schwitzen gerätst."

Inzwischen hatten sich auch andere Matrosen um das Fass versammelt. "Schon wieder so eine schale Brühe?", fragte einer. "Schlimmer!", keuchte Max. "Viel schlimmer, puh, wie mir die Kehle brennt." Einige andere Matrosen kosteten und spien ebenfalls ganz schnell wieder aus. Empörte Rufe wurden laut. Immer mehr Matrosen und Seesoldaten kamen zum Hauptmast.

Inzwischen hatte Roderich die Aufruhr bemerkt. Da Eisenbeisser wegen Kopfschmerzen auch am Morgen nicht aufgetaucht war, durfte Roderich wieder kommandieren. Er hielt sich auf dem Achterdeck auf und langweilte sich. Er hatte schnell festgestellt, dass seine Kommandos von der gut ausgebildeten Mannschaft höflich ignoriert wurden. Daher wahrte er den Schein und nickte nur noch verständnisvoll, wenn die Offiziere und Bootsleute ihre Befehle riefen. Nun sah er endlich eine Möglichkeit, seine Autorität zu stärken. Er stieg auf Deck hinunter und stelzte auf die Matrosen zu. "Was ist los? Warum trinkt Ihr nicht?" Respektvoll machten die Männer Platz, um ihren Kommandanten durchzulassen. „Mit Verlaub, Euer Hochwohlgeboren", keuchte Max, „das ist kein Wasser, sondern Pfeffersuppe. Das brennt in der Kehle wie Feuer!"

Roderich sah verständnislos drein. "Wir brauchen frisches Wasser!", drängte Benny. "Wir leisten harte Arbeit - und wir haben Durst." "Ist das wahr?", fragte Roderich die umherstehenden Matrosen. "Wenn Benny und Max das sagen, wird es auch stimmen", antwortete einer der Männer. "Das Fass ist schließlich ganz frisch." "Ich denke", bemerkte Roderich überheblich, "dass das niedere Volk keine Entbehrungen mehr gewohnt ist! Man bringe mir meinen Becher, ich selbst werde euer Wasser verkosten. Niemand soll behaupten, dass ein Mann von Adel weniger erträgt als die niederen Stände."

Einige Momente später brachte ein Matrose Roderichs großen silbernen Becher. Roderich nahm ihn würdevoll entgegen und tauchte ihn vorsichtig in das Fass. Er füllte den Becher randvoll. Mit einem "Lang lebe unser wundervoller König Antares!" hob er den Becher an seine Lippen, neigte den Kopf nach hinten und trank in großen Zügen.

Benny und Max sahen staunend zu. Sie konnten kaum glauben, was sie sahen. Roderich trank den Becher bis zum letzten Tropfen leer. Dann setzte er ihn ab und sah majestätisch in die Runde der ehrfürchtig staunenden Matrosen. "Wie ihr seht ...", begann er, als plötzlich sein ohnehin schon blasses Gesicht noch fahler wurde. Sein Mund klappte auf und zu. Dann drehte er sich um und lief zur Reling. Dabei wäre er fast über seinen Paradedegen gestolpert. Danach hörte man nur noch Würgen.

Die Matrosen sahen sich ratlos an. "Seht Ihr.", sagte Benny schwach, "ich hatte wohl recht." "Ich werde jedenfalls gar nicht erst probieren", erklärte ein anderer Matrose bestimmt. "Was sollen wir jetzt machen? Ich habe Durst!", fragte ein anderer.

"Ich werde den Kommandanten bitten, ein neues Fass öffnen zu dürfen", sagte schließlich der erste Offizier, Leutnant Ross. Seine Durchlaucht hing immer noch über der Reling. Leutnant Ross ging zu ihm und fragte ihn leise etwas. Die umstehenden Matrosen konnten aber außer einem gräflichen Würgegeräusch nichts hören. "Er hat gesagt: Rauf damit!", behauptete Ross fest. "Also, los Männer, kippt das hier aus und holt ein neues Fass hoch!" Seinem Befehl wurde umgehend Folge geleistet. Schnell stand ein neues Fass auf Deck. Aber keiner der inzwischen fast vollständig versammelten Mannschaft machte Anstalten, davon zu trinken. Ross sah in die Runde und seufzte. "Her mit einem Becher!", sagte er. Einer der Seesoldaten reichte ihm sein Trinkhorn. Leutnant Ross öffnete das Fass. Vorsichtig schnupperte er an der Flüssigkeit. "Hm, es riecht wie ...", sagte er. "Auf jeden Fall kommt mir der Geruch bekannt vor." Entschlossen zog er das Trinkhorn durch die Flüssigkeit und nahm einen kleinen Schluck. Zum Entsetzen der umstehenden Seeleute spuckte er gleich darauf wieder alles aus. "Seife!", brüllte er. "Mit dem Wasser können wir die Planken putzen, aber das kann keiner trinken! Kippt das Zeug weg und holt das nächste Fass."

Das nächste Fass war genauso verseift wie sein Vorgänger. Ross nahm seine Offiziere und Bootsleute und stieg ins Unterdeck, um alle Fässer genau zu untersuchen. Das Ergebnis war niederschmetternd. "Holt sofort den Kapitän!", sagte Ross heiser, „und natürlich den Kommandanten!", fügte er noch eilig hinzu.

Eisenbeisser tauchte bereits wenige Augenblicke später auf. Sein Dreispitz saß aufgrund der vielen Beulen ganz schief auf seinem Kopf und seine Laune war offensichtlich schlecht. Kommandant Graf Roderich von Blattlaus war noch unpässlich und hatte sich in seine Kabine zurückgezogen. „Kapitän", stotterte Ross, „wir haben da ein Problem mit dem Trinkwasser." Eisenbeisser schwieg und sah Ross finster an. Dem rutschte das Herz noch tiefer in die Hose. „Ääh ja, den Matrosen Benny Hufeisen und Max Maulweit ist aufgefallen, dass das Wasser im Fass vor dem

Hauptmast ungenießbar war. Der hochwohlgeborene Herr Kommandant kann das ja bestätigen", fügte er hinzu. „Wir haben daraufhin ein anderes Fass an Deck bringen lassen, nur um festzustellen, dass das Wasser durch Seife ebenfalls ungenießbar gemacht wurde." „Mit Seife aus der königlichen Seifenmanufaktur, das habe ich sofort am Geruch erkannt", fügte der 3. Offizier, Leutnant Fidelius Hasenbein überflüssigerweise hinzu. Eisenbeisser warf ihm einen Blick zu, der ihn sofort verstummen ließ. „Weiter!", befahl er knapp. „Daraufhin habe ich mit den Offizieren und den Bootsleuten diesen Raum im Unterdeck aufgesucht und alle Fässer untersucht. Von 30 Fässern waren 23 mit Seife verseucht, einschließlich dem auf Deck, drei waren bereits leer und bei dreien scheint das Wasser noch genießbar zu sein." Während des Berichts wurde Eisenbeissers Gesichtsausdruck immer finsterer. „Drei Fässer waren bereits leer, sagtest Du?", fragte er. „Jawohl", antwortete Ross. Eisenbeisser brüllte vor Wut: „Hat irgendjemand von den Herren Offizieren sich einmal die Mühe gemacht zu kontrollieren, wie oft das Wasser an Deck gewechselt wurde?" Betretenes Schweigen. „Erst zwei Mal, ihr Holzköpfe! Macht sofort das dritte leere Fass auf!" Ross stotterte: „Aufmachen? Ich verstehe nicht Kapitän ..." Weiter kam er nicht, da Eisenbeisser ihn mit einem Faustschlag in die Ecke beförderte. „Habe ich eigentlich nur Trottel in meiner Mannschaft?", brüllte er. „Wo meint ihr denn, hat sich unser Blinder Passagier so lange versteckt? Und wie ist er unbemerkt an Bord gelangt? Macht also das verdammte Fass auf oder muss ich es selber tun?"

Eilig lief Leutnant Hasenbein zu einem der hinteren Fässer und machte sich am Deckel zu schaffen. Eisenbeisser kam dazu und stieß ihn mit einem Schlag zur Seite. Mit einer Hand riss er den Deckel des Fasses auf und schaute hinein. „Habe ich's mir doch gedacht. Dieser Hund! Das Fass ist völlig trocken, da ist seit Wochen kein Wasser drin gewesen. Und das Stroh hat ihm wohl zur Polsterung gedient." Eisenbeisser tauchte seinen großen Kopf in die finstere Öffnung. „Luftlöcher! Da hat jemand an alles gedacht." Er packte den Deckel und zertrümmerte ihn auf dem Fass. "Dieser Mistkerl!", brüllte er und trat mit seinen Füßen gegen das Fass. Ross rappelte sich auf und trat neben den Kapitän. „Dürfen wir das verbliebene Wasser jetzt an die Mannschaft ausgeben?", fragte er eingeschüchtert- „Der Tag ist heiß und die Männer haben Durst." „Wenn es sein muss - ja", fuhr ihn der Kapitän an, „aber rationieren, klar!" Dann fuhr er fort, das Fass zu demolieren während sich Offiziere und Bootsleute leise zurückzogen.

Während Eisenbeisser seine Wut an einem leeren Fass austobte, wurde ein volles Fass mit genießbarem Wasser an Deck gebracht. Innerhalb kurzer Zeit hatte sich eine Traube von Soldaten und Matrosen um das Wasser gebildet, die ihre Becher und Schöpfkellen immer wieder mit dem klaren Nass füllten. Diesmal schien alles in Ordnung. Auch die Bootsleute und Offiziere hatten Durst. Da war der Befehl des Kapitäns, das Wasser zu rationieren, schnell vergessen. Leutnant Ross staunte. So schnell hatte sich ein Wasserfass noch nie geleert. Er begann sich Sorgen zu machen, ob die verbliebenen Fässer noch bis zum nächsten Hafen ausreichen würden.

In den nächsten Stunden ging alles seinen gewohnten Gang. Die "Goldene Prachtgans" machte gute Fahrt. Die Mannschaft arbeitete und die Soldaten exerzierten auf dem engen Deck. Nur eines war ungewöhnlich - der große Durst. Alle paar Minuten holte sich einer der Männer etwas zu trinken. Die Offiziere ließen sich gar nicht blicken. Eisenbeisser hatte eine Krisensitzung einberufen.

Alle Offiziere hatten sich in der Kajüte des Kommandanten eingefunden. Eisenbeisser führte den Vorsitz. Er hatte sich inzwischen so weit beruhigt, dass er wieder klar denken konnte. Und was er dachte, wollte er nicht für sich behalten. Roderich von Blattlaus saß zusammengesunken in einem Sessel und beteiligte sich nicht am Gespräch. Er hatte immer noch eine ziemlich grünliche Gesichtsfarbe.

„Irgendjemand", dozierte Eisenbeisser, „hat einen Sabotageakt auf unsere Wasservorräte verübt. Warum? Wenn der Saboteur unser gesamtes Trinkwasser ungenießbar gemacht hat, müssten wir innerhalb von 3 Tagen wieder Land anlaufen und unsere Vorräte auffüllen. Hat jemand eine Idee, wo das sein könnte?" Betretenes Schweigen. Leutnant Hasenbein schnüffelte an seinen Händen, die noch immer nach Seife rochen.

Ross blickte mit großem Interesse auf seine Schuhspitzen. Leutnant Weingeist, der zweite Offizier, versuchte offensichtlich, ein Loch in die Decke zu starren. Roderich stierte nur weiter teilnahmslos vor sich hin. „Habe ich mir gedacht", stellte Eisenbeisser zufrieden fest. „Wenn man sich die Seekarte ansieht, so gibt es nur noch ein Ziel, das wir bei unserer jetzigen Position schnell anlaufen können: Die Makkaroni-Insel!"

„Massenweise Piraten!", entfuhr es Ross. „Lebensgefahr", prophezeite Hasenbein. „Weiträumig umfahren", rief Weingeist. „Aber genau das war der Plan!", knurrte Eisenbeisser. „Die 'Goldene Prachtgans' sollte so in gefährliche Gewässer gelockt werden, um dann mit einer Übermacht überfallen und geplündert zu werden. Machen wir uns nichts vor, meine Herren, mit zwei Piratenschiffen werden wir fertig, aber nicht mit 3, 4 oder 5. Daher können wir von Glück sagen, dass unsere Vorräte uns erlauben, die Insel Ricarro anzulaufen, 5 Tagesreisen von hier und mit einer königlichen Garnison. Also, Kurswechsel nach Westen, Weingeist, Du übernimmst die nächste Wache." Eisenbeisser sah sehr zufrieden aus und griff nach der Wasserkaraffe, die auf dem Tisch stand. „Wie, schon wieder leer", rief er überrascht, „nun, Reden macht durstig."

Das letzte Fass

Die "Goldene Prachtgans" machte flotte Fahrt nach Westen mit Kurs auf die Insel Ricarro. Eisenbeisser tauchte anfangs gelegentlich auf dem Achterdeck auf, dann gar nicht mehr. Sein verbeulter Kopf machte ihm wohl immer noch zu schaffen. Kommandant Roderich ließ sich überhaupt nicht mehr blicken. Das Wasserfass vor dem Hauptmast leerte sich und wurde bereits am nächsten Morgen gegen ein neues Fass ausgetauscht. Der Tag wurde sonnig und heiß. Der Durst der Matrosen war ungebrochen. Auch dieses Fass leerte sich mit beängstigender Geschwindigkeit. Regelmäßig tauchte der Schiffsjunge auf, um eine Karaffe für die Offiziersmesse abzufüllen.

Tief unter Deck, im Dunkel des Ankerkastens saß ein unglücklicher Rian. Es war mächtig unbequem im Ankerkasten, denn hier wurde die Ankerkette aufbewahrt und es war nur wenig Raum für einen Menschen. Außerdem war es dreckig und roch faulig. Aber wenigstens war die Suche nach ihm eingestellt worden. Rian hatte einen ganzen Tag im Wasserfass vor dem Hauptmast ausgeharrt. Zum Glück hatten die Matrosen nie in das Fass hineingeschaut, wenn sie Wasser holten. Trotzdem hatte er jedes Mal vor Spannung die Luft angehalten, wenn wieder jemand seinen Becher auffüllte. Endlich war die Nacht gekommen und ein durchnässter und durchgefrorener Rian hatte sich aus dem Fass geschlichen, nicht ohne vorher noch einmal ausgiebig zu trinken. Dann hatte er sich vorsichtig auf die Suche nach einem Versteck gemacht. Die Wachen waren verstärkt worden, so dass es unmöglich war, unbemerkt ein Boot zu Wasser zu lassen. Da Rian ahnte, dass alle Wasserfässer untersucht werden würden, versuchte er erst gar nicht, dort wieder Unterschlupf zu suchen. Nachdem er lange auf Deck herumgeschlichen war, hatte er endlich einen Zugang zum Ankerkasten gefunden und sich dort versteckt. Weil es hier so hart und eng war, hatte Rian kaum geschlafen. Außerdem störte ihn, dass er nun vom Geschehen auf Deck abgeschnitten war. Besonders beunruhigt war er über die Geschwindigkeit, mit der sich die

"Goldene Prachtgans" über das Meer bewegte. Dies konnte er durch die Schiffsbewegung und das Geräusch der Wellen, die gegen den Bug schlugen, ganz gut abschätzen. "Wenn das so weitergeht, sind sie in zwei Tagen auf Ricarro und dann adieu Schätze", murmelte er leise. "Und wenn sie mich fassen, werde ich den Rest meines Lebens auf den Grünkohlplantagen von Ricarro schuften müssen!"

Gegen Mittag schlief der Wind ein. Die Hitze des Tages wurde dadurch geradezu unerträglich. Die Männer wurden träge. Die Matrosen hatten ohnehin nicht viel zu tun und suchten sich - so gut es ging - ein Plätzchen im Schatten. Die Seesoldaten stellten ihre Exerzierübungen ein und begannen gelangweilt, ihre Gewehre zu reinigen. Eisenbeisser erschien nur einmal auf Deck, sah sich lustlos um und verschwand wieder in seiner Kabine. Leutnant Ross, der wachhabende Offizier, stützte sich auf die Reling und sah aus, als ob er jeden Moment einschlafen würde. Immer wieder fielen ihm die Augen zu. Der Friese am Steuer wirkte auch nicht viel wacher. "So hat das keinen Sinn", sagte Ross zum Steuermann, "die ganze Mannschaft hängt in den Seilen. So kann man doch kein Schiff lenken, wir brauchen dringend eine Pause. Der Wind ist eingeschlafen, das Schiff bewegt sich kaum noch. Mach das Steuerrad fest und ruh' Dich aus." Beide setzten sich mit dem Rücken zur Reling und dösten vor sich hin. Die "Goldene Prachtgans" schaukelte sanft auf den Wellen. Auf dem Schiff war es unnatürlich ruhig. Die Mannschaft hockte auf Deck und tat – nichts.

Tief unter Deck war die Hitze noch unerträglicher, da sich hier die aufgewärmte Luft staute. Im Ankerkasten kam der Gestank von verfaulenden Algen, die sich an der Kette abgelagert hatten, hinzu. Trotzdem schlief Rian; im Schlaf lächelte er. Sein Plan ging auf.

Am Abend kam ein leichter Wind auf und brachte endlich Abkühlung. Die Mannschaft wurde wieder lebhafter, wirkte aber immer noch müde und erschöpft. Immerhin raffte sich Ross dazu auf, wieder Segel setzen zu lassen und das Schiff auf den Kurs nach Ricarro zu bringen. Außerdem ließ er das letzte Wasserfass auf Deck bringen, da das alte schon wieder leer war. Ross machte sich Sorgen. Er rechnete mit weiteren 2 Tagen bis Ricarro erreicht würde und befahl, das Fass erst am nächsten Morgen zu öffnen.

Das Gold des Königs

Der nächste Morgen brachte einen frischen Wind, der die "Goldene Prachtgans" stetig vorantrieb. Ross löste einen müden Leutnant Weingeist ab. Mit Blick auf die straffen Segel gab Ross gut gelaunt den Befehl, das letzte Wasserfass zu öffnen. Schnell bildete sich eine lange Schlange von Matrosen und Seesoldaten, die zur Wasserausgabe anstanden. Leutnant Hasenbein war dazu abkommandiert worden, die Wasserausgabe zu überwachen. Er achtete darauf, dass jeder Mann immer nur einen Becher erhielt. Leider achtete er nicht darauf, ob die Leute sich nicht einfach ein zweites oder drittes Mal anstellten. Er wunderte sich nur, dass die Schlange nicht kürzer zu werden schien. Der Wasserpegel war schon beträchtlich gesunken, als Ross vom Achterdeck aus bemerkte, was gespielt wurde, und die Matrosen mit lauten Flüchen auseinandertrieb. "Leutnant Hasenbein, bei allem Respekt", schnauzte Ross, "wie haben Sie es nur geschafft, Ihr Offizierspatent zu bekommen?" "Oh, das war einfach", erwiderte Hasenbein. "Meine Schwester ist eine Kusine der besten Freundin der Königin, da hat sie mir das Offizierspatent zum Geburtstag geschenkt." Leutnant Ross blieb vor Erstaunen der Mund offen stehen. Dann drehte er sich fassungslos um und stapfte aufs Achterdeck zurück.

Mit dem neuen Tag verflog auch die Trägheit der Mannschaft. Die Matrosen pfiffen während der Arbeit, die Seesoldaten putzten mit neuem Schwung ihre Gewehre und Ross ertappte sich dabei, wie er fröhlich auf den Schuhspitzen auf und ab wippte. Die Fröhlichkeit nahm noch zu, als der Matrose Benny, der Freiwache hatte, sein Akkordeon aus seinem Seesack holte, eine Melodie spielte und laut ein altes Seemannslied sang. Zögernd, einer nach dem anderen, stimmten Matrosen und Seesoldaten auf Deck in die Melodie ein.

Seemann, Deine Heimat ist stets ferne,
Deine große Liebe sind die Sterne,
wie sie nachts so hell am Himmel stehen.
Habe nie etwas Schöneres gesehen.
Rauscht die Brandung, pfeift der Wind,
Seemann, Du weißt ja, wo wir sind.
Das Schiff, das trägt uns mit sich fort
von hier zu einem anderen Ort.
Wir lieben den Sturm, lieben den Wind,
Seemann, du weißt ja, wo wir sind,
in Sturm und Sonnenschein
auf dem Schiff - und nie allein.

Bald grölte die ganze Mannschaft mit, vor allem als zwei Matrosen mit Flöte und Geige Benny begleiteten und derbe, fröhliche Trinklieder angestimmt wurden. Einige Matrosen begannen zu tanzen. Die Stimmung wurde immer ausgelassener; niemand arbeitete mehr oder achtete auf das Schiff.

Auf einmal gab es einen lauten Knall, als eine Tür aufgerissen wurde und gegen die Wand krachte: Eisenbeisser erschien auf Deck. Schlagartig erstarb die Musik. Die Matrosen hörten auf zu tanzen. Ross, der eben noch am lautesten (und falschesten) von allen gesungen hatte, wurde leichenblass.

Eisenbeisser stapfte mit hochrotem Kopf auf Deck, direkt auf Benny zu: "Was fällt Dir eigentlich ein so etwas zu spielen?", brüllte er. Benny versuchte im Holzboden zu versinken, hatte aber wenig Erfolg damit.

"Kennst Du das Lied '10 Mann auf den Totenschragen'?", fragte Eisenbeisser. Benny nickte zögernd - ein schönes, beliebtes Lied, aber leider auch ein Piratenlied, das in König Antares Reich nicht gern gehört und daher nur heimlich gespielt wurde.

"Dann spiel es gefälligst!", brüllte Eisenbeisser. "Dieses langweilige Gedudel ist ja kaum noch zu ertragen. Ich will tanzen! Und Ross, mach das Rumfass auf - für alle!"

Die Matrosen waren vor Überraschung stumm. Einen Moment war es totenstill auf der "Goldenen Prachtgans". Dann begann Benny die Melodie zu spielen, Flöte und Geige stimmten ein. Und Eisenbeisser begann mit seiner lauten, schönen Bassstimme die Strophen zu singen. Nach kurzem Erstaunen fiel die gesamte Mannschaft begeistert ein:

10 Mann auf den Totenschragen,
tanzten, sangen, tranken Rum.
König Antares hat hier nichts zu sagen,
da guckt er aber dumm.

10 Mann auf den Totenschragen,
lachten, tollten voll Heiterkeit.
Hier ist kein Jammern, hier ist kein Klagen,
König Antares, ja der ist weit.

10 Mann auf den Totenschragen,
uns geht es hier so richtig gut.
Von Tyrannen lässt sich keiner hier was sagen,
die verlässt hier jeder Mut.

10 Mann auf den Totenschragen,
sind Piraten, frei und wild.
Welcher König will es hierhin wagen?
Antares, wir spucken auf Dein Bild!

Die Melodie war fröhlich und wild. Matrosen tanzten mit Seesoldaten, die Offiziere schunkelten mit breitem Grinsen mit. Nur Eisenbeisser tanzte alleine in der Mitte einen wilden, kraftvollen Kriegstanz. Jeder trank kräftig vom Rumfass, das eigentlich als Gastgeschenk gedacht gewesen war, und so wurde die Fröhlichkeit nur noch größer.

Auf einmal erschien in der Mitte eine schlanke Gestalt, die flott mittanzte. Kommandant Roderich von Blattlaus hatte sowohl seine Unpässlichkeit als auch seine Distanziertheit überwunden. In der ausgelassenen Stimmung an Bord war darüber niemand wirklich verwundert. Roderich wurde mit freundlichen Rufen und Klapsen auf die Schulter begrüßt.

Niemand bemerkte einen kleinen, verdreckten Mann, der in der Luke zum Mannschaftsdeck stand und dem fröhlichen Treiben wohlwollend, aber auch erstaunt zusah. Rian hatte sich die Wirkung des blauen Pulvers etwas anders vorgestellt. Diese Vorstellung hier übertraf jedoch alle seine Erwartungen. Er schaute dem Fest so gebannt zu, dass selbst er die „Sturmvogel" erst bemerkte, als der große Schatten ihrer Segel das Deck der "Goldenen Prachtgans" verdunkelte. Die Feiernden ließen sich davon nicht stören. Die meisten sahen nicht einmal aufs Meer hinaus. Nur Eisenbeisser guckte einen Moment verwirrt und rief dann: "Ah ja, noch mehr Gäste. Schön, sollen 'rüberkommen!"

Rian löste seine Augen von der ausgelassenen Mannschaft der „Goldenen Prachtgans", sprintete aufs Achterdeck und schaute glücklich zur „Sturmvogel" herüber. Nur eine Bootslänge entfernt schwamm das schlanke Schiff, sein Schiff, das er sich während vieler Stunden im Wasserfass und auf der Ankerkette so sehr herbeigewünscht hatte. Auf dem flachen Achterdeck erkannte er Hennas schlanke Gestalt. Ihre roten Haare schimmerten in der Sonne. "Na, Kapitän", rief sie spöttisch, "da hast Du aber eine Riesenfete organisiert. Sind wir auch eingeladen?" "Klar!", schrie Rian zurück, "aber als wohlerzogenen Gäste bringt Ihr bitte Gastgeschenke mit. Ich denke da an ein paar Fässchen Rum, das hier ist ganz schön leer, und tu noch was von diesem blauen Pülverchen rein, das uns deine Tante freundlicherweise überlassen hat. Ein Fässchen Wasser ist auch wieder fällig, am besten auch mit etwas "Blau"!" "Geht klar, Käpt'n", rief Henna grinsend zurück. "Wir können es kaum erwarten mitzufeiern."

Wenige Minuten später wurden 2 große Ruderboote von der „Sturmvogel" zu Wasser gelassen. Sie waren jeweils mit 5 kräftigen Piraten besetzt. Die Boote machten an der "Goldenen Prachtgans" fest und die Piraten kletterten an Deck. Niemand schien darüber beunruhigt zu sein. Sie wurden von der feiernden Mannschaft der „Goldenen Prachtgans" überhaupt nicht beachtet. Henna sah sich um und klopfte auf die beiden Fässer zu ihren Füßen. "Unsere Gastgeschenke, Käpt'n", sagte sie. "Und hier als kostenlose Dreingabe eine besondere Aufmerksamkeit für unseren geschätzten Chef!" Ihre Augen blitzten spöttisch. Rian nahm das Paket entgegen. "Mein Degen - und frische Wäsche!", rief er erfreut. "Und Seife", fügte Henna trocken hinzu. "Mit Verlaub, Chef, Du riechst wie ein schlecht gewordener Hering. So geht man doch auf keine Feier. Wasch' Dich erst mal, ich kümmere mich in der Zeit um unsere Gastgeber." "Einverstanden Henna,", murmelte Rian verlegen, "Du denkst wieder mal an alles!" "Weiß ich!", erwiderte Henna, drehte sich um und ging auf Eisenbeisser und Roderich von Blattlaus zu, die mittlerweile Arm in Arm am Hauptmast saßen und das Fass Rum leerten.

"Hallo, ich bin Henna!", stellte sich die Piratin vor. "Erster Offizier auf der „Sturmvogel" von Rian, dem Piraten." "Willkommen, schöne Frau!", sagte Eisenbeisser freundlich. "Ich sehe, Du hast einen Beitrag zu unserer kleinen Feier mitgebracht." "In der Tat, das habe ich", antwortete Henna. "Das helle Fass ist gegen den kleinen Durst, das große gegen den großen Durst." Eisenbeissers Augen wurden glasig, als er den Nachschub an Getränken sah, vielleicht lag das aber auch daran, dass er mittlerweile alles doppelt zu sehen begann. Roderich sagte gar nichts, aber sein Mund stand weit offen. Er konnte die Augen nicht von Henna lösen. "Na Hoheit, noch nie 'ne Frau gesehen?", fragte Henna und schloss im Vorbeigehen Roderichs Mund mit einem leichten Klaps unter sein Kinn. Roderich wurde rot, griff nach seinem Rumbecher und trank ihn leer. Als er wieder aufsah, war Henna bereits verschwunden.

Zwei Piraten bedienten unterdessen auf dem Vorderdeck die Bordpumpe, die normalerweise zum Abpumpen von eingedrungenem Seewasser verwendet wurde. Jetzt wurde sie anders herum benutzt. Ein starker Strahl kalten Seewassers schoss aus der Pumpe. Rian wusch sich gründlich ab, obwohl er vor Kälte bibberte. Schnell trocknete er sich ab und zog die sauberen Kleidungsstücke an. "Endlich fühle ich mich wieder wie ein Piratenkapitän", sagte er zu Bolus, einem besonders kräftigen Piraten der „Sturmvogel". "Das glaub' ich gerne Chef", erwiderte Bolus brummend. "Ich habe Dich fast nicht wieder erkannt vor lauter Dreck, und schlecht hast Du gerochen." "Dann bin ich ja froh, dass Du nicht auf mich losgegangen bist", sagte Rian lächelnd und setzte einen schwarzen Dreispitz auf. "Jetzt aber an die Arbeit!" "Alles klar, Käpt'n", rief Bolus und folgte Rian unter Deck. Das Mannschaftsdeck war leer, die Besatzung feierte ja. Nur Henna und die anderen Piraten warteten dort unten schon auf Rian. Der hielt gar nicht erst an, sondern schritt zügig auf die nächste Leiter unter Deck zu. "Hier entlang", sagte er knapp. "Habt ihr genug Werkzeug mitgebracht?" Ohne die Antwort abzuwarten, kletterte Rian die Leiter hinab.

Unten führte Rian seine Leute zielsicher Richtung Heck, bis sie vor einer schweren Tür standen. "Hier ist es" sagte Rian. "Als die Feier losging, habe ich mich hier unten in aller Ruhe umsehen können. Es ist der einzige Raum, der derartig gut gesichert ist und der nur einen Zugang hat. Das Schloss habe ich trotz aller Bemühungen nicht mit einem Draht öffnen können. Also knacken wir es entweder auf die harte Tour - was mir nicht so recht wäre, oder wir benutzen einen Nachschlüssel. Wenn ich bitten dürfte, Gero." "Gerne Chef!", antwortete Gero ernst. Er war einer der Ältesten auf der „Sturmvogel", hager und schweigsam, er kämpfte nicht gerne, hatte aber ein geniales Händchen für jede Art von Mechanik. Jetzt nahm er einen Bund mit Schlüsseln sowie eine Feile und begann, systematisch einen passenden Schlüssel-Rohling zu suchen, der ins Schloss passte. Dann bearbeitete er den Rohling mit der Feile. Das dauerte. Die anderen Piraten liefen nervös auf und ab. Henna bewachte den Zugang zum Oberdeck.

Nach langen, endlos erscheinenden Versuchen öffnete sich die Tür quietschend. Rian stieß sie mit seiner Schulter ganz auf und starrte ins Dunkel. Henna, die praktischer veranlagt war, hatte zuerst eine Kerze angezündet und schob ihn beiseite. Die Kammer war klein und leer, bis auf eine riesige Truhe, die an der Wand stand. Sie war durch ein dickes Vorhängeschloss gesichert. Bolus schob sich mit einer Brechstange in den Raum. "Halt, Bolus!", rief Rian, "lass Gero machen." Gero schaute sich das Schloss genau an, dann nahm er einen anderen Rohling zur Hand und führte ihn in das Schloss ein. Immer wieder bearbeitete er den Rohling mit der Feile. Die Piraten drängten sich alle in die Kammer und sahen ihm gespannt zu. Endlich schnappte das Schloss auf. Rian öffnete langsam den Deckel. Die Piraten erstarrten vor Anspannung. Dicht aneinandergereiht standen dunkle Ledersäcke in der Truhe, je 2 Fäuste groß. Rian hob einen heraus und öffnete ihn. Das Licht der Kerze wurde von

Goldstücken zurückgespiegelt. Die Piraten jubelten laut auf. Rian grinste. "Das war's wert, oder?", sagte er.

Henna teilte große, feste Ledersäcke aus und sie packten die schweren Goldsäckchen ein. "Halt!", rief Rian, " Leert die Säckchen direkt in die großen Säcke und lasst mir zwei hier." Die anderen Piraten stutzten einen Moment, machten es aber dann so wie Rian gesagt hatte. Bisher hatte Rian immer die richtigen Entscheidungen getroffen, also widersprach niemand. Nur Henna schaute ein wenig ärgerlich drein, da Rian keine Anstalten machte, seine Anweisung zu erklären. Doch der schmunzelte nur. Kurz darauf waren die großen Ledersäcke gefüllt. "So, und jetzt ab zur „Sturmvogel", der Schatz will in unsere Schatzkammer." Schnell nahmen alle ihre schwere Last auf und verließen das Unterdeck.

Oben wurde immer noch gefeiert, aber die Lautstärke hatte bereits erheblich nachgelassen, auch sang niemand mehr. Der Rum begann seine Wirkung zu entfalten, die Matrosen saßen träge auf Deck und brachten gerade noch die Energie auf, sich einen neuen Becher einzuschenken oder dummes Zeug zu lallen. Die Piraten bewegten sich trotzdem unauffällig und leise und schifften sich mit ihrem Schatz zur "„Sturmvogel" ein.

Rian stellte sich ans Heck eines Bootes und genoss die kurze Überfahrt zur „Sturmvogel". Er konnte sich gar nicht satt sehen an den schnittigen Formen des schlanken Schiffs. Gegen die „Sturmvogel" wirkte die "Goldene Prachtgans" wie ein übergewichtiges Pummelchen. "Aber ein gefährliches Pummelchen", fügte Rian in Gedanken hinzu. "Sie ist trotzdem schnell und sehr gut bewaffnet. Ich möchte ihr unter anderen Umständen lieber nicht begegnen. Mit Schiffen wie diesem wird es für uns Piraten enger auf dem "Großen Meer."

Die beiden Boote legten an und Rian enterte mit einem Sack voll Gold auf der Schulter als erster die Strickleiter, die an Bord seines Schiffs führte. Ein großes Hallo und Willkommensrufe ertönten, als er seinen Fuß auf Deck setzte. Rian grinste über das ganze Gesicht. Er schaute über Deck. Alle waren da: der breite Björn, der lange Hari, der rundgesichtige

Boris, der einfältig dreinschauende "Bunte Hund", der einbeinige Quartiermeister Long Jonsilva und Maritha, die pausbäckige, imposante Köchin, die sich eine kleine Kajüte mit Henna teilte. Die ganze Piratenbande, insgesamt an die 40 Leute, eine eingeschworene Gemeinschaft. "Schön, wieder bei euch zu Hause zu sein, ihr verdammten Galgenvögel", begrüßte sie Rian. "Und schaut euch das an, ich habe sogar Geschenke mitgebracht!" Damit deutete er auf die anderen Piraten, die ächzend mit ihrer schweren Last die Strickleiter heraufkletterten. Lautes Gejohle war die Antwort. "Holt unsere Schatzkiste hoch!", rief Rian, „die leidet schließlich schon unter Entzugserscheinungen, so leer wie sie ist!"

Eine schwere Holztruhe mit 3 Schlössern wurde mit einem Flaschenzug vom Unterdeck hochgezogen. Rian griff an seinen Hals und zog an einer dünnen Kette einen Schlüssel hervor. Dann öffnete er das mittlere Schloss. Henna tat es ihm nach und brachte einen zweiten Schlüssel hervor, mit dem sie das rechte Schloss öffnete. Long Jonsilva, der Quartiermeister humpelte herbei. Wo er seinen Schlüssel verbarg, hatte noch niemand herausgefunden. Jetzt hielt er ihn jedenfalls in der Hand und öffnete damit das linke Schloss. Rian stieß den Deckel auf. Der Boden der Truhe war spärlich mit Gold- und Silberstücken bedeckt. Daneben lag ein Stück Pergament, auf dem der Bestand an verbliebenen Schätzen genau aufgezeichnet war. Rian nahm es heraus. " 9 Taler in Gold und 67 Denar in Silber.", las er traurig vor, lebhaft rief er dann laut. "Kippen wir das Gold hinein! Machen wir sie wieder voll!"

Er nahm den Sack von der Schulter, öffnete ihn und kippte ihn über der geöffneten Truhe aus. Ein schimmernder Regen von Goldmünzen prasselte auf den Boden. Einer nach dem anderen kamen die Piraten mit ihren Säcken und schütteten die Münzen in die Kiste. Als der letzte Sack geleert war, war die Truhe randvoll mit glänzenden Münzen. Rian griff eine Handvoll heraus und ließ sie eine nach der anderen wieder hineinfallen. "So schöne Münzen", bedauerte er, "wenn sie nur nicht mit der hässlichen Fratze von König Antares geprägt wären ... ich glaube, ich würde sie nicht mehr hergeben, aber so muss das Zeug im nächsten Hafen weg!" Die umstehenden Piraten lachten. "So Kinder", scherzte Rian, "nun machen wir die Kiste wieder zu. Zählen werden wir später. Ich weiß nicht, wie lange die Männer der "Goldenen Prachtgans" noch so friedlich bleiben. Wenn sie aufwachen, möchte ich jedenfalls weit weg sein. Und wir haben noch viel Arbeit vor uns." Mit diesen Worten schloss er die Kiste ab. Henna und Long Jonsilva taten es ihm nach. Rian sah grinsend auf die verschlossene Kiste und die leeren Säcke daneben.

"Bolus, Björn und Boris, bringt den Schatz in unsere Schatzkammer. Und ihr anderen füllt die Säcke mit gutem Meersand, Steinen oder Metallschrott und wir bringen sie zur "Goldenen Prachtgans". Mal sehen, was König Antares dann zu seinem Goldschatz sagt." Die Piraten lachten, die Idee gefiel ihnen.

Einige Zeit später fuhren die zwei Boote wieder zurück zur "Goldenen Prachtgans", genauso voll beladen wie auf der Hinfahrt. Die Piraten ächzten wieder unter ihrer Last, als sie das große Schiff enterten. An Deck war es erheblich ruhiger geworden. Die Mannschaft saß noch immer teilnahmslos an Deck, viele schliefen ihren Rausch aus. "Los, Beeilung!", sagte Henna leise. "Nicht mehr lange und die ersten werden wieder klar denken können." Rian schaute auf dem Deck umher. Alles war ruhig. Keine Gefahr. Benny lag auf dem Rücken, sein Akkordeon über dem Bauch und schnarchte. Roderich von Blattlaus schlief am Hauptmast, den Bauch über dem Rumfass und regte sich nicht. Leutnant Ross und Leutnant Hasenbein lehnten Schulter an Schulter an der Reling und summten mit halb geschlossenen Augen das Lied von den Totenschragen. Leutnant Weingeist hatte sich offensichtlich mit dem Steuermann verbrüdert, die beiden saßen Arm in Arm an der Reling des Achterdecks und waren kurz davor einzuschlafen. Rian lächelte. Er schaute sich noch mal um und runzelte die Stirn. Irgendetwas stimmte nicht, aber er konnte nicht herausfinden was. Als sein Blick erneut zum Hauptmast schweifte, stutzte er: Roderich von Blattlaus schlief seinen Rausch aus, aber der Platz neben ihm war leer. Eisenbeisser war verschwunden. Rian war beunruhigt. Wahrscheinlich hatte es nichts zu bedeuten, aber Eisenbeisser war auch nicht zu unterschätzen. Rian zog seinen Degen und ging mit den anderen Piraten leise unter Deck.

Der Weg durch das düstere Mannschaftsdeck und tiefer ins Schiff zur Schatzkammer erschien ihm endlos. Doch kein Mensch begegnete ihnen.

Die Tür zur Schatzkammer war noch immer offen. Rian seufzte erleichtert. Noch immer war niemand von der Mannschaft zu sehen. "Leise!", befahl Rian. "Füllt die Säckchen mit Eurem Schrott." Vorsichtig füllten die Piraten den Inhalt der großen Säcke in die kleinen Säcke um. Rian legte auf jeden, der bereits gefüllten Säcke der obersten Lage eine dünne Schicht Goldmünzen. Auf den ersten Blick konnte so niemand erkennen, dass der Inhalt ausgetauscht worden war. Rians Nervosität legte sich ein wenig, als alle Säckchen gefüllt und ordentlich in der Schatztruhe verstaut waren. Vorsichtig klappte er die Truhe zu. Das Schloss rastete ein. Die Piraten schlichen aus der Kammer. Es war totenstill an Bord. "So, jetzt müssen wir noch die Tür zusperren", wisperte Rian. "Gero, lass mir den Dietrich da und geh mit den anderen schon an Deck. Wartet in den Booten auf mich." Die anderen Piraten zögerten kurz, schlichen dann jedoch stumm mit ihren leeren Säcken davon. Auch ihnen war auf diesem schweigenden Schiff unheimlich zumute und sie waren froh, wieder an Deck zu kommen.

Rian schaute ihnen nicht lange nach, sondern schloss die Tür zur Schatzkammer zu, legte seinen Degen neben sich und stocherte mit dem Dietrich im Schloss herum. Bald zeigte sich, dass es keine gute Idee gewesen war, Gero wegzuschicken. Rian hatte nicht die gleiche Geschicklichkeit mit Schlössern wie Gero. Immer wieder rutschte der Dietrich ab, ohne das Schloss zu verriegeln. Die Kerze flackerte. Rian begann zu schwitzen. Immer wieder tauchte das Bild des leeren Platzes am Hauptmast vor seinem inneren Auge auf. Rian horchte auf. Er hörte ein Stapfen über sich, als ob jemand über Deck schlurfte. Rian setzte den Dietrich erneut an und versuchte, das Schloss zu schließen. Der Dietrich kratzte auf dem Metall, der Schlossmechanismus bewegte sich, da rutschte der Dietrich erneut ab. Rian stöhnte auf. Das Schlurfen war nun deutlich zu hören, dann knarrte die Leiter, die zum Gang führte, in dem Rian hockte. Es hörte sich nach einem schweren Mann an. "Hoffentlich Bolus, dachte Rian, aber er glaubte nicht so recht daran. Er löschte die Kerze. Leise zog er sich von der Tür zurück und nahm seinen Degen in die Hand. Die Leiter knarrte noch einmal laut. Ein großer Mann mit einer abgeblendeten Laterne stand keuchend im Gang. Rian konnte nur die Umrisse erkennen. Der Mann befand sich etwa 10 Meter entfernt mit dem Rücken zu ihm. Er drehte sich plötzlich um und blendete die Laterne auf. „Hab' ich Dich endlich, Du mieser kleiner Pirat!", brüllte Eisenbeisser. „Alarm! Feind an Bord!" Eisenbeisser zog mit einem schneidenden Geräusch seinen Degen aus dem Futteral und stürzte auf Rian zu. Rian hatte das Gefühl, dass eine Lawine durch den Gang auf ihn zurollte. Er hob seinen Degen, um Eisenbeisser entweder aufzuspießen oder seinen Schlag zu parieren. Eisenbeisser war nur noch einen Meter vor ihm, als Rian mit einem Ruck die Tür zur Schatzkammer halb aufriss. Damit hatte Eisenbeisser nicht gerechnet. Er knallte mit voller Wucht gegen die Kante der Tür - kippte besinnungslos nach hinten und schlug mit einem lauten Bums auf.

Rian stieß erleichtert einen Seufzer aus. Er beugte sich über den bewusstlosen Eisenbeisser und rümpfte die Nase. Der Kapitän verströmte den gleichen Geruch wie ein volles Rumfass. "Nüchtern wäre er vielleicht nicht auf meinen Trick hereingefallen", murmelte Rian. Er zog Eisenbeisser von der Tür weg und durchsuchte seine Taschen. Er fand, worauf er gehofft hatte: einen Schlüsselbund. Rian schloss die Tür zur Schatzkammer und probierte die Schlüssel aus. Der dritte passte. Mit einem Klack rastete das Schloss ein. Rian befestigte den Schlüsselbund wieder an Eisenbeissers Hosenbund. Dann packte er den schweren Kapitän der "Goldenen Prachtgans" unter den Achseln, lehnte ihn gegen die Tür und legte ihm den Degen über die Knie. Die Laterne war zum Glück nicht kaputt gegangen, sie brannte sogar noch. Rian leuchtete in das Gesicht von Eisenbeisser. Die Stelle, mit der er gegen die Tür geknallt war, verfärbte sich bläulich, fiel aber neben den zahlreichen Beulen und Schrammen nicht sonderlich auf. Rian entzündete seine Kerze an der Flamme, dann löschte er die Laterne und verließ das Unterdeck. Auf Deck schliefen inzwischen alle. Rian schaute sich noch einmal um, ob sie irgendetwas zurückgelassen hatten, das ihre Anwesenheit verraten würde. Henna hatte vorher sorgfältig alles abgesucht und so auch die - inzwischen leeren - Rumfässer wieder eingesammelt, die sie mitgebracht hatten. Dann kletterte er an einem Seil herab zu den wartenden Booten. Bolus sah ihn an. "Schwierigkeiten gehabt, Chef?", fragte er. "Ich musste noch Eisenbeisser schlafen legen", entgegnete Rian knapp. Dann musste er aber doch grinsen. "Er hat jetzt noch eine Beule mehr", fügte er hinzu.

Die beiden Boote kehrten zur „Sturmvogel" zurück. Kaum waren die Boote eingeholt, ließ Rian alle Segel setzen. Die „Sturmvogel" drehte sofort von der „Goldenen Prachtgans" ab und fuhr nach Westen, zur Makkaroni-Insel.

Nach dem großen Fest

Etwa eine Stunde, nachdem Rian die „Goldene Prachtgans" verlassen hatte, trieb ein kräftiger Wind eine Regenfront über das Schiff. Die kalten Tropfen weckten die Mannschaft. Leutnant Ross erwachte und zog verblüfft seinen Arm von Leutnant Hasenbeins Schulter. Hasenbein selbst schlief trotz des einsetzenden Regens noch. Ross richtete sich auf. Im gleichen Moment fühlte er stechende Kopfschmerzen und leichte Übelkeit. Er sah sich mit zusammengekniffenen Augen auf Deck um. Überall richteten sich - mehr oder weniger stöhnend - Matrosen und Seesoldaten auf, die meisten griffen sich erst einmal an den Kopf, andere stürzten sofort zur Reling und spendeten ihre letzte Mahlzeit den Fischen. Allen war eine etwas grünliche Gesichtsfarbe gemeinsam. Ein Blick auf das leere Rumfass weckte in Ross Erinnerungen an ein tolles Fest, nur die Einzelheiten fielen ihm nicht mehr ein. Der Zustand, in dem sich die Mannschaft und er selber befanden, entsprach aber nicht seinen Vorstellungen von guter Führung eines Schiffs und war ihm deswegen zutiefst unangenehm. Er dachte kurz nach, was vor dem Gelage vorgefallen war. Richtig, das schlechte Wasser, der Kurswechsel zur Insel Ricarro und dann ein spontanes Fest. Gut, dass das niemand gesehen hatte, die See ringsherum war leer. Ross ging zu einem Matrosen, der ihm etwas weniger grün im Gesicht erschien als die anderen, und scheuchte ihn mit einem Fernglas auf das Krähennest des Hauptmasts, um nach anderen Schiffen zu suchen. Dann begann er mit lauten Flüchen, die Mannschaft wach zu brüllen - auch wenn er glaubte, dass ihm sein Kopf dabei jeden Moment platzen würde.

Der Regen und Leutnant Ross' Gebrüll ließen die gesamte Mannschaft aufstehen und wackelig auf Posten gehen. Matrosen kletterten im Schneckentempo in die Wanten, um die Segel wieder auszurichten. Der Friese steuerte wieder, auch wenn ihn das Steuerrad mehr aufrecht hielt als seine Beine. Roderich stand beschämt auf dem Achterdeck und bemühte sich darum, würdevoll auszusehen. Alle anderen waren damit beschäftigt, aufzuräumen und klar Schiff zu machen. Alle? Ross sah sich um und vermisste Kapitän Eisenbeisser. Er beauftragte Feldwebel Stocks, nach ihm zu suchen.

Eine Viertelstunde später meldete Stocks, dass Eisenbeisser offensichtlich schlafend vor der Schatzkammer gefunden wurde. Ross ging sofort unter Deck. Der Kapitän atmete tief und ruhig im Schein einer Laterne, die Seesoldaten standen in einem respektvollen Kreis um ihn herum. Ross trat auf Eisenbeisser zu und sah ihn genau an. Ihm schien nichts Ernsthaftes zu fehlen. Doch Ross kannte seinen Kapitän gut, er nahm daher einen Stab und begann damit, Eisenbeisser an der Schulter anzustoßen. Nur Sekunden später fegte Eisenbeissers Pranke den Holzstab aus Ross' Hand und Eisenbeisser sprang auf die Beine. „Alarm!", brüllte er. „Feind an Bord, ergreift ihn!" Dabei zog er seinen Degen und fuchtelte damit wild in der Luft herum. Ross und die Seesoldaten wichen vorsichtshalber an das äußerste Ende des Gangs zurück. Endlich realisierte auch der Kapitän, dass sich kein Feind im Gang befand. „Wo ist der Pirat?", brüllte er Ross an. „Eben war er noch hier." „Es ist kein einziger Pirat an Bord", sagte Ross beschwichtigend. „Sie haben hier vor der Tür Wache gehalten und sind dabei eingeschlafen. Ich habe Sie gerade erst geweckt." Eisenbeisser senkte den Degen und sah sich ratlos um. Dann prüfte er, ob die Tür zur Schatzkammer verschlossen war. „Holt Roderich von Blattlaus", murmelte er schließlich. Einer der Seesoldaten drehte sich hastig um und rannte auf Deck. Einige Zeit später kehrte er mit dem Kommandanten zurück, der sich in den engen Gängen sichtlich unwohl fühlte. „Kapitän Eisenbeisser, warum in aller Welt quälen Sie mich so?", begehrte Roderich auf. „Eine reine Routineangelegenheit, Euer Durchlaucht", sagte Eisenbeisser. „Nach den absonderlichen Vorfällen der letzten Tage möchte ich sicherstellen, dass sich niemand am Eigentum der Krone zu schaffen gemacht hat." Mit diesen Worten nahm Eisenbeisser einen Schlüssel und öffnete die Tür zur Schatzkammer. Roderich betrat die Kammer und leuchtete sie mit seiner Laterne aus. „Ich weiß gar nicht, was Sie wollen, Kapitän", maulte Roderich, „es ist doch alles in bester Ordnung." „Vergewissern Sie sich bitte, ob auch in der Kiste noch alles vorhanden ist", erwiderte Eisenbeisser unnachgiebig. Dann winkte er die neugierig dreinschauenden Seesoldaten außer

Sichtweite. Widerwillig zog Roderich einen Schlüssel an einer Halskette hervor und öffnete das Schloss der Truhe. Er klappte den Deckel der Truhe zurück und sah hinein. Dann öffnete er eines der Säckchen und schaute kurz hinein. „Es ist noch alles da, Kapitän." Roderich klang nun verärgert. Er schnürte das Säckchen zu und legte es zurück. Eisenbeisser griff nach einem der anderen Säckchen, die in Reih und Glied in der Kiste aufgereiht standen. Roderich schlug ihm auf die Hand. Eisenbeisser lief rot an, doch Roderich blickte ihn herausfordernd an. Hier war er in seinem Element. „Eigentum der Krone, Kapitän Eisenbeisser! Niemand außer unserem großen König Antares und mir weiß, was sich in diesen Säcken befindet - und so soll es auch bleiben." Damit klappte Roderich den Deckel zu und verschloss die Truhe wieder.

Eisenbeisser stand wie erstarrt da. Er war wütend, zum ersten Mal musste er sich auf seinem Schiff Graf Roderich geschlagen geben. Er funkelte Roderich an, drehte sich um, verließ die Schatzkammer und stampfte zornig ans Oberdeck.

Auf dem Achterdeck pflaumte Eisenbeisser den immer noch grünlich aussehenden Rudergänger an, er solle gefälligst besser Kurs halten. Dann brüllte er die Matrosen an, die ihm nicht schnell genug arbeiteten. Kurz, er ließ an allen, denen er begegnete, seine schlechte Laune aus. Erst nach zwei Stunden verschwand er unter Deck, um den Sextanten zu holen und den Kurs zur Insel Ricarro festzulegen.

Wasser auf Ricarro

Der Weg nach Ricarro war beschwerlich, genauer gesagt: durstig. 3 Tage waren sie unterwegs. Aufgrund von wechselndem Wind musste die „Goldene Prachtgans" häufig kreuzen und kam nur langsam voran. Die Mannschaft war entsetzlich durstig. Über das große Saufgelage sprach niemand mehr, den meisten war der Gedanke daran peinlich. Als dann endlich die grauen Klippen von Ricarro auftauchten, jubelten alle, auch wenn es etwas krächzend klang.

Ricarro war die am weitesten westlich gelegene Insel des Reichs von König Antares. Eine Insel mit grauen, steilen Klippen, aber einem grünen Hinterland. Antares ließ die Insel als Gefängnisinsel und kleinen Marinestützpunkt benutzen. Ohne Schiff kam hier niemand mehr weg. Mauern gab es nur rund um die Garnison am Hafen. Die Gefangenen lebten in kleinen Hütten und mussten im Hinterland Grünkohl und Kartoffeln anpflanzen.

Als die „Goldene Prachtgans" einlief, wurde sie von der Besatzung der Garnison aufgeregt begrüßt. Besuch kam nur selten und wenn, dann waren es meist nur alte Frachtschiffe. So ein großes Kriegsschiff hatten die meisten noch nie gesehen. Die „Goldene Prachtgans" füllte das kleine Hafenbecken fast komplett aus. Außer ein paar Ruderbooten gab es keine anderen Schiffe auf Ricarro, damit niemand von der Insel fliehen konnte.

Kaum hatte die „Goldene Prachtgans" angelegt, kam der Hafenkommandant in seiner besten Uniform angelaufen, um den hohen Gast zu begrüßen und nach dem Grund seiner Reise zu fragen.

Eisenbeisser teilte dem Hafenkommandanten von Ricarro nur mit, das Wasser sei verdorben gewesen. Man müsse die Fässer ausspülen und auffüllen, bevor die Fahrt fortgesetzt werden könne. Und er solle sich gefälligst beeilen, wenn er nicht den Zorn des Kommandanten, des hochwohlgeborenen Roderich von Blattlaus, der immerhin ein Neffe 2. Grades des Königs sei, auf sich ziehen wolle. Daraufhin begann eine hektische Betriebsamkeit und alle verfügbaren Soldaten der Garnison wurden zum Wasserschleppen eingeteilt, während die Besatzung der „Goldenen Prachtgans" am Brunnen der Garnison Schlange stand, um endlich wieder frisches Wasser zu trinken. Am nächsten Tag waren die Wasservorräte wieder aufgefüllt und die Vorräte mit großen Mengen Grünkohl ergänzt. Das große Schiff setzte seine Reise fort.

Auf der Makkaroni-Insel

Unterdessen waren Rian und seine Mannschaft in die entgegengesetzte Richtung gesegelt und erreichten an einem sonnigen Nachmittag die Makkaroni-Insel.

Eigentlich hieß die Insel „Spitzbauch-Insel" nach ihrem Entdecker, dem berühmten Seefahrer Balsamico von Spitzbauch. Der landete nur kurz auf der Insel, erklärte sie zum Eigentum des Reiches von Geranien und segelte dann eilig weiter. Nach seiner Rückkehr wurde jedoch von einem nachlässigen Kartenschreiber vergessen, die Insel in die Seekarten einzutragen und so geriet auch die Insel zunächst in Vergessenheit. Als man den Fehler des Kartenschreibers einige Jahre später korrigierte, interessierte sich niemand mehr für die „Spitzbauch-Insel". Für die Piraten war das vorteilhaft und so wurde die Insel zu einem Piraten-Treffpunkt. Es entstanden einige Hütten und Verschläge, in denen die Piraten lebten, wenn sie nicht auf See waren. Den Namen „Spitzbauch-Insel" gebrauchte niemand mehr. Den Namen „Makkaroni-Insel" erhielt die Insel, weil irgendwann Margareta Pizzata die einzige Spelunke der Insel, die „Makkaroni Bar" eröffnete. Die Makkaroni Bar wurde bald zum beliebten Treffpunkt aller Piraten, die sich auf der Insel aufhielten. Allerdings gab es dort nur ein Gericht: Makkaroni mit Pfefferminzsoße und Wirsing. Die meisten Piraten zogen es daher vor, nur etwas zu trinken, doch der Name der Bar wurde bald auch für die gesamte Insel genutzt.

Die „Sturmvogel" lief in die geschützte „Piraten-Bucht" an der Ostseite der Makkaroni-Insel ein. Die Bucht besaß nur eine lange, schmale, leicht gebogene Zufahrt von Osten, durch die Schiffe fahren konnten. Links und rechts befanden sich zwei kleine Türme, der Hühnerturm und der Falkenturm, die von den Piraten auf die Felsen gebaut worden waren. Jeder der Türme war an der Spitze mit vier Kanonen bestückt. Dadurch wurde feindlichen Schiffen die Einfahrt in den Hafen der Makkaroni-Insel fast unmöglich gemacht. Meist waren die Türme aber unbesetzt.

Seit Balsamico von Spitzbauch hatte sich kein königliches Schiff mehr in die Nähe der Makkaroni-Insel getraut. Weiter zum eigentlichen Ankerplatz hin stiegen die Felsen steil an und gingen in die umliegenden Hügel über. Am Ende der Einfahrt verbreiterte sich die lange Einfahrt zu einer großen Bucht mit guten Anlegemöglichkeiten. Es war ein idealer, natürlicher Hafen. Inseleinwärts schlossen sich flache Landflächen mit Feldern und Gärten an.

Rian ließ prüfend seinen Blick über die zahlreichen vor Anker liegenden Piratenschiffe schweifen. „Mensch Bolus", staunte er, "es ist wirklich alles da, was Rang und Namen hat. Dort backbord, das schwarze Schiff ist die „Walross" von Kapitän Flintenstein, ein schönes Schiff, wenn bloß der Käpt'n nicht so viel Rum trinken würde... Daneben liegt die „Golden Hund" von Kapitän Franzis Ekard. Die haben wohl ihre Weltumseglung beendet, das Schiff sieht ziemlich reparaturbedürftig aus." „Und eins weiter steuerbord liegt die „Weißer Falke"", brummte Bolus, „die ist aber ziemlich zerrupft!" Tatsächlich war das Schiff des „Rosa Piraten" nicht gerade in bestem Zustand. Es lag zu tief und außerdem etwas schief im Wasser. Überall befanden sich Löcher im Holz, die von Kanonenkugeln stammten. Die Segel waren unordentlich gerefft und wirkten löchrig. Am Ufer lag ein großer Stapel Holz zur Reparatur. Einige Matrosen hantierten lustlos mit Werkzeugen, um die Schäden auszubessern.

Der „Rosa Pirat" hieß in Wirklichkeit Jens-Leonard Bleibmirblossvomhals und war der größte Angeber der gesamten Piratenflotte. Er hatte als Wahrzeichen in seiner Flagge einen roten Totenkopf gewählt. Durch das Sonnenlicht bleichte die Farbe aber regelmäßig zu einem zarten Rosa aus, wodurch Jens-Leonard Bleibmirblossvomhals zu seinem Namen „Rosa Pirat" gekommen war.

Das Schiff neben der „Weißer Falke" war kleiner, wirkte schnell und wendig und war in einem ausgezeichneten Zustand. „Die „Diabolo" von Rackhahn dem Roten", sagte Rian. „Ein gefährliches Schiff mit einem gefährlichen Käpt'n. Nur schade, dass wir uns gegenseitig nicht ausstehen können." „Long Jonsilva kommt ganz gut mit den Kerlen zurecht", bemerkte Bolus. „Er hat Ihnen letztens sogar etwas von ihrem Barrikidischen Rum abschwatzen können, den Du an die Matrosen der „Goldenen Prachtgans" verschwendet hast." „Es hat sich gelohnt, Bolus", erwiderte Rian. „Aye, aye Käpt'n", sagte Bolus, „aber schade um den schönen Rum war's trotzdem."

Rian blieb stumm und schaute sich die anderen Schiffe an. Es lagen 10 weitere Schiffe in der Bucht vor Anker. Allesamt kleiner und schwächer bewaffnet als die weiter backbord liegenden Schiffe der berühmten Piraten. Rian wies Bolus an, so weit wie möglich backbord zu ankern. Er mochte weder in der Nähe des jähzornigen Rackhahn noch des Rosa Piraten sein. Und auf den lallenden Käpt'n Flintenstein hatte er erst recht keine Lust. Also segelten sie ans andere Ende der Bucht. Dort passierten sie langsam ein auslaufendes Segelschiff. Die „Sirene" war ein kleines Piraten- und Schmuggelschiff, auf dem ausschließlich Frauen lebten. Kapitänin Pentilisea, eine drahtige, kleine Frau, winkte ihnen fröhlich zu. „Ahoi „Sturmvogel"!", rief sie, „schön, dass ihr euch mal wieder hier sehen lasst. Habt ihr wieder mal Lust auf Makkaroni mit Pfefferminzsoße und Wirsing?" „Ahoi „Sirene"!", lachte Rian, "wir können es kaum erwarten, in die Makkaroni Bar zu kommen. Habt ihr uns etwas zu essen übrig gelassen." Pentilisea lachte ebenfalls. „Was gibt es denn Neues hier?", fragte Rian. Pentilisea zuckte die Schultern. „Alle jammern über zu wenig Beute und über die zu schwere Bewaffnung der königlichen Schiffe. Und anstatt etwas zu unternehmen, sitzen sie in der Makkaroni Bar und klagen sich gegenseitig ihr Leid. Die Ideen werden immer verrückter. Ich bin froh, dass wir von hier wegkommen. Am besten macht ihr es genauso!" „Nein", rief Rian, "wir haben fette Beute gemacht und wollen das heute Abend auch kräftig in der Makkaroni Bar feiern. Da laufen schließlich keine Soldaten oder königliche Spitzel herum, auf die man achten muss. Wollt ihr nicht noch bleiben und mit uns feiern? Ich gebe euch auch einen aus." „Nee Du", erwiderte Pentilisea, „in der Makkaroni Bar habe ich schon viel zu viel Zeit verbracht. Ich wünsche euch aber trotzdem viel Spaß. Aber passt auf, der eine oder andere würde euch sicher gerne die Beute abjagen, prahlt also nicht zu sehr damit herum. Noch besser wäre es, wenn ihr gar nicht erst vor Anker geht." Der Abstand der Schiffe wurde immer größer. Pentilisea winkte und wandte sich wieder ihrer Arbeit zu. Rian winkte zurück und gab nachdenklich den Befehl zum Ankern. Er fragte sich, was Pentilisea mit ihren Andeutungen gemeint hatte, und beschloss, vorsichtig zu sein.

Rian wollte neben der „Balrog", dem Schiff des Piraten Schwarzbart ankern. Der wurde aufgrund seiner dunklen Haare, seines dunklen Barts und seiner schwarzen Kleidung so genannt. Er war ein finsterer Mann, dem es niemand recht machen konnte. Als die „Sturmvogel" vor Anker ging, stand Kapitän Schwarzbart an Deck und beobachtete das Manöver. „Sauber vor Anker gegangen, Rian!", rief er. „Ahoi, „Balrog", danke Schwarzbart!", grüßte Rian höflich zurück. „Gut, dass Du das nicht dieser Henna überlassen hast, Rian", lachte Schwarzbart meckernd. „Frauen sind in der Küche prima. Aber Schiffe können sie nicht einparken, sie sind nun mal keine guten Seeleute!" Henna kam in diesem Moment auf das Achterdeck. Sie griff nach ihrem Degen und wollte zu einer giftigen Erwiderung ansetzen, als sie Rians Arm auf ihrem Handgelenk spürte. „Ruhig, Henna, lass ihn reden", flüsterte Rian ihr zu. „Wir beide wissen es besser. Lass uns nicht gleich als erstes Streit beginnen, nachdem wir gerade erst hier eingelaufen sind." Henna zitterte vor Wut, nickte dann aber und stellte sich neben Rian. An Schwarzbart sah sie vorbei.

Unter den wachsamen Augen von Henna refften die Matrosen der „Sturmvogel" die Segel und ließen den Anker herab. Rian gab jedem Matrosen einen kleinen Anteil der Beute und teilte die Bordwachen ein. Dann verließen alle Matrosen mit Landurlaub johlend das Schiff und ruderten im Schein der untergehenden Sonne an Land.

Die Makkaroni Bar befand sich in einem Gebäude, an das immer wieder angebaut worden war, um mehr Platz zu schaffen. So entstanden viele, verwinkelte Räume. Da es der einzige Treffpunkt der Piraten auf der Makkaroni Insel war, waren alle Räume gerammelt voll. Die Tische waren voll besetzt mit trinkenden, rauchenden und lärmenden Piraten. Die meisten trugen schmutzige, abgewetzte oder zerrissene Kleidung und hatten Messer, Pistolen und Degen in ihren Gürteln stecken. Die Gesichter waren vom Wetter gegerbt, oft vernarbt. Einige wenige hatten Augenklappen oder Hakenhände. Fröhlich lärmend betraten die Piraten der „Sturmvogel" die Spelunke. Die anderen Piraten drehten sich neugierig nach den Neuankömmlingen um. „Hey Leute!", brüllte Rian, „ich geb' eine Lokalrunde! Rum für alle!" Die Ankündigung wurde mit großem Jubel entgegengenommen. „Ein Hoch auf die Leute von der „Sturmvogel"!", riefen einige, andere fielen ein und bald ertönte die Spelunke von Gelächter und Hallo-Rufen, als die Leute der „Sturmvogel" alte Freunde begrüßten. Rian arbeitete sich inzwischen zur Theke vor, wo Margareta Pizzata höchstpersönlich bediente. Margareta hatte den Umfang eines sehr großen Rumfasses, dichte, inzwischen ergraute Haare und ein Gesicht, das an eine Bulldogge erinnerte. Es war noch kein Pirat bekannt, der ihr eine Rechnung schuldig geblieben wäre. „Hallo Margareta!", grinste Rian sie an. Margareta erwiderte sein Lächeln nicht. „Erst das Geld, Seemann!", knurrte sie. „Hey Margareta!", rief Rian, „habe ich jemals eine Rechnung unbezahlt gelassen? Los, schenk schon aus, die Leute haben Durst." Margaretas Gesicht blieb völlig unbewegt. "Das Geld", sagte sie, „oder Du verlässt sofort mein Haus." Rians Lächeln erlosch, aber er war zu gut gelaunt, um Streit anzufangen. „Wenn Du mich so lieb darum bittest, zahle ich natürlich im Voraus", sagte er und warf Margareta einen Beutel zu. „Da sind genug Silberstücke drin, das reicht für 3 Runden Rum für alle", fügte er scharf hinzu. Margareta fing den Beutel geschickt auf, leerte den Inhalt auf den Tresen aus und zählte das Geld. Dann nickte sie stumm und begann, den Rum zu zapfen. Rian schüttelte verärgert den Kopf und drehte sich um, um einen alten Freund zu suchen. Er wollte herausfinden, was es mit Pentiliseas Warnung auf sich hatte.

Er brauchte nicht lange zu suchen, hinten rechts an der Wand sah er einen fast kahlen Kopf, auf dem nur noch einige dichte Haarbüschel wuchsen, die in alle möglichen Richtungen abstanden, „Na, wenn das nicht Fisch ist!", murmelte Rian erfreut und schob sich durch die Menge. Viele der Piraten grinsten ihn an, prosteten ihm zu, als er an ihnen vorbeiging. Dann endlich hatte er den kleinen Tisch erreicht, an dem Fisch mit einigen anderen saß.

Fisch war einmal ein Pirat gewesen, der sehr gut mit seinem Degen umgehen konnte. Später, als er älter wurde, tauschte er seinen Degen gegen die Zimmermannsaxt ein und arbeitete auf Handelsschiffen und

Piratenschiffen als Schiffszimmermann. Dort hatte ihn Rian auch kennengelernt, als er selbst noch ein Schiffsjunge gewesen war. Mittlerweile arbeitete Fisch auf der „Lebertran". Er benutzte jetzt nur noch die Zimmermannsaxt und sein Mundwerk. Rian hörte ihm gerne zu, von Fisch erfuhr man immer recht gut, was auf der Insel so vor sich ging.

„Hallo Seemann!", rief ihm Fisch fröhlich zu. „Schön, dass Du noch mal den Weg hierhin gefunden hast." „Fisch, Du altes Seeungeheuer, bist Du nicht langsam zu alt für solch schlechte Gesellschaft?", lachte ihn Rian an und quetschte sich auf eine Bank neben seinen alten Freund. „Wie ist es Dir ergangen?", fragte Fisch. „Du musst einen erfolgreichen Kaperzug hinter Dir haben, wenn Du uns alle zum Rum einlädst." „Ja", erwiderte Rian, „wir waren ziemlich erfolgreich." Dann fiel ihm Pentiliseas Warnung ein und er fügte einschränkend hinzu: „Nun, zumindest erfolgreich genug, um noch einmal eine Lokalrunde zu geben." „Was ist eigentlich mit Margareta los?", fragte Rian, um das Thema zu wechseln. „Als ich eben die Lokalrunde ausgeben wollte, hat sie erst das Geld gezählt, bevor sie den Zapfhahn auch nur angefasst hat. Hat sie Ärger, dass sie so sauer ist?" „Nun, Ärger nicht gerade, aber leider auch kaum noch zahlende Kunden", antwortete Fisch. „Die meisten von uns haben kaum noch Geld in der Tasche und lassen bei Margareta anschreiben, wenn sie einen Rum haben wollen." Rian sah Fisch neugierig an. „Guck nicht so erstaunt!", sagte Fisch verärgert. „Die Schatzschiffe sind immer stärker und besser bewaffnet, selbst zwei Schiffe haben da kaum eine Chance. Das neueste Schatzschiff aus Antares Flotte heißt „Goldene Prachtgans". Die ist noch größer und noch stärker bewaffnet als die anderen und zu allem Überfluss ist Eisenbeisser ihr Kapitän." Fisch nahm einen Schluck Rum. „Kennst Du Eisenbeisser?", fragte er Rian unvermittelt. Rian war überrascht und wurde ein bisschen rot, was man im Dunkel der Spelunke zum Glück nicht sehen konnte. Er holte tief Luft, räusperte sich und wollte gerade erzählen, dass er Eisenbeisser nicht nur kannte, sondern sogar besiegt hatte, da redete Fisch schon wieder weiter. Er hatte Rians Räuspern als „Kann sein" verstanden und konnte es gar nicht erwarten, mehr zu erzählen. „Na dann sei froh, dass Du noch lebst!", schnaubte er. „Eisenbeisser ist nämlich ein Ungeheuer, ein richtiger Piratenfresser. Stark wie ein Ochse, schnell mit dem Degen, aber kein bisschen blöd und ein guter Seemann obendrein. Als wir hier auf der Makkaroni-Insel davon gehört haben, dass Eisenbeisser der Kapitän der „Goldenen Prachtgans" werden soll, hat der Rote Rackhahn auf seine Kaperfahrt verzichtet. Er meinte, wenn er gegen die „Goldene Prachtgans" mit Eisenbeisser antreten soll, könne er sein Schiff auch gleich hier in der Bucht versenken, dann müsse er nicht so weit schwimmen. Na ja, kurz gesagt, die Stimmung ist bei uns allen schlecht, es lohnt sich einfach nicht mehr, Pirat zu sein. Aber was sollen wir machen? Kaum einer von uns hat je was anderes gelernt." Rian wollte etwas erwidern und endlich von seinen Abenteuern erzählen, da kam Margareta und stellte mit finsterem Gesicht ein paar Gläser Rum auf den Tisch. Rian nahm sich ein Glas, trank einen großen Schluck und wollte gerade anfangen zu sprechen, doch Fisch kam ihm schon wieder zuvor.

„Hast Du den „Falken" vom Rosa Pirat gesehen?", fragte er, redete aber, ohne Rians Antwort abzuwarten, gleich weiter. „Der Dummkopf hat vor 6 Wochen versucht, die „Goldene Prachtgans" anzugreifen. Erfolglos natürlich. Er ist nicht mal zum Entern gekommen, da war sein Schiff schon von Kanonenkugeln zerschossen. Da blieb ihm nur die Flucht. Komischerweise hat ihn Eisenbeisser nicht verfolgt, hatte wohl einen wichtigen Auftrag. Die Leute der „Falke" standen während der ganzen Rückfahrt an den Pumpen, damit ihnen das Schiff nicht absäuft. Der Rosa Pirat selbst behauptet natürlich, die „Goldene Prachtgans" ziemlich ramponiert zu haben, aber alle anderen seiner Mannschaft erzählen eine andere Geschichte, selbst sein Sohn Eric."

Fisch schwieg und nahm einen großen Schluck aus seinem Rumglas. Rian hätte nun endlich von seinen Abenteuern erzählen können, aber er zögerte. Irgendetwas stimmte nicht auf der Makkaroni-Insel. Er beschloss, erst einmal herauszufinden, was hier vorging. „Was machen die Jungs denn nun, wenn sie nicht mehr seeräubern wollen?", fragte er. „Du", sagte Fisch, „wir haben uns tagelang die Köpfe heiß geredet. Die einen haben vorgeschlagen, die Schatzschiffe gemeinsam anzugreifen, aber sie konnten sich nicht auf einen Chef einigen, der das Kommando hat, geschweige denn, wer wie viel von der Beute bekommen hätte. Andere wollten den Stützpunkt auf der Makkaroni-Insel aufgeben und lieber weiter südlich Handelsschiffen auflauern. Aber dann kam raus, dass eigentlich niemand weiß, ob weiter südlich überhaupt noch Handelsschiffe unterwegs sind und wie schwer die bewaffnet sind. Außerdem wollen die meisten nicht von hier weg. Ich ja auch nicht."

Fisch wollte einen weiteren Schluck aus seinem Rumglas nehmen, es war aber bereits leer. Wortlos schob ihm Rian sein Glas hin. „Mensch Rian, Du bist ein echter Freund. Danke!", sagte Fisch und trank den Rum in einem Zug aus. „Und wie habt ihr euch geeinigt?", fragte Rian. „Nun ja, heute haben wir ein Komitee gewählt, das über alles entscheidet, was hier auf der Makkaroni-Insel passiert. Als erstes haben sie festgelegt, dass Margareta jedem von uns den Rum weiter auf Pump rausgeben muss, bis wir wieder Geld haben, um sie zu bezahlen. Kein Wunder, dass sie sich so auf Deine Silberstücke gestürzt hat", kicherte Fisch.

Rian wurde immer unruhiger. „Und wer gehört dem Komitee an?", fragte er möglichst unbefangen. „Wird Dir nicht gefallen, was ich Dir jetzt sage", brummte Fisch. „Der Rote Rackhahn ist der Vorsitzende. Flintenstein ist sein Stellvertreter, zumindest wenn er nüchtern ist. Und der Rosa Pirat gehört auch dazu, weil er doch gegen die „Goldene Prachtgans" gekämpft hat. Pentilisea hat sich danach jedenfalls sofort verabschiedet, bevor sie ihr Schiff beschlagnahmen konnten." „Was?", rief Rian ungläubig. „Sie wollten ihr das Schiff wegnehmen?" „Ja, die Schiffe sollen nun uns allen gehören, und das Komitee bestimmt, was damit passiert", sagte Fisch entschuldigend. „Du machst doch sicher auch mit, vielleicht kommst Du dann sogar mit ins Komitee", fügte er hinzu. Rian war alarmiert. Niemand sollte ihm das Kommando über die „Sturmvogel" abnehmen. Er stand auf und legte Fisch die Hand auf die Schulter. „Nett, mit Dir gesprochen zu haben", sagte er freundlich, „aber ich muss dringend noch was erledigen." „Hey, Du hast mir noch gar nicht erzählt, wo Du Deine Beute gemacht hast", protestierte Fisch, als sich Rian durch die Menge schob und nach seinen Leuten Ausschau hielt. In dem Gedränge war es gar nicht so einfach, jemanden wiederzufinden. Schließlich sah er Bolus, der offensichtlich eine Gruppe von Piraten mit seinen Erzählungen unterhielt. „Und wie der Eisenbeisser geguckt hat, als wir die Schätze vor seinen Augen weggeschleppt haben, das war zum Brüllen komisch", grölte Bolus gerade, als ihn Rian am Kragen nach hinten wegzog. „Lass mich los, Du Dummkopf! ... Oh Käpt'n ....", sagte Bolus überrascht. „Kein Wort mehr!", zischte ihm Rian leise zu. „Wir müssen sofort von hier abhauen, sonst ist unser Schatz futsch. Lass Dir eine Ausrede einfallen und verabschiede Dich von Deinen Freunden. Dann such die anderen zusammen und sofort zurück auf die „Sturmvogel". Keine Widerrede! Und jetzt lach laut. Wenn die anderen fragen, was ich gesagt habe, erklär ihnen, ich hätte Dir einen blöden Witz erzählt!" Dabei grinste Rian, so gut es eben ging, und wartete ab, bis Bolus erst ungläubig genickt hatte und dann in ein etwas künstlich klingendes Gelächter ausbrach. Während Bolus sich mit einem schiefen Grinsen von seinen Freunden verabschiedete und nach anderen Piraten der „Sturmvogel" suchte, ging Rian zur Bar. Dort bestellte er bei Margareta eine weitere Runde Rum für alle. Dann machte auch er sich wieder auf die Suche nach weiteren Mitgliedern seiner Mannschaft. Mehr als die Hälfte seiner Männer hatten Landurlaub und waren überall in den überfüllten Räumen verteilt. Rian drängte sich rücksichtslos durch die Menge, holte seine Leute mit den verschiedensten Ausreden aus ihren Gesprächen und schob sie zum Ausgang. Da jeder Pirat, den er aufs Schiff zurückschickte, seinerseits erst ein oder zwei andere suchte, waren bald die meisten Leute der „Sturmvogel" auf dem Weg zum Hafen. Sie verließen unter neugierigen Blicken und ziemlich verdattert die Makkaroni Bar. Rian folgte ihnen.

„Gut, dass bisher noch keiner vom sogenannten Komitee aufgetaucht ist", murmelte er vor sich hin, während er zum nächtlichen Hafen rannte. Bolus bestieg gerade mit Björn, dem langen Hari, und einigen anderen das vorletzte Ruderboot. Rian lief zu ihnen und zählte durch - es fehlten nur noch fünf. „Setzt die „Sturmvogel" in Alarmbereitschaft. Alarmstufe gelb, also Kanonen fertigmachen, aber noch nicht laden und auch die Gefechtsklappe geschlossen lassen. Henna hat das Kommando, bis ich wieder bei euch bin. Sagt den anderen, dass wir hier wegmüssen, der Rote Rackhahn und ein paar andere wollen uns Beute und Schiff wegnehmen", rief er. Die Männer nickten ungläubig. Piraten gegen Piraten. Das hatte es noch nie gegeben. Kopfschüttelnd oder mit versteinerten Gesichtern ruderten sie das Boot zurück zur „Sturmvogel". Ein einziges Ruderboot der „Sturmvogel" lag nun noch vor Anker. Rian drehte sich um und lief zur „Makkaroni Bar" zurück, um den Rest seiner Mannschaft zu finden.

Rian tauschte seinen Dreispitz gegen ein Kopftuch. Er zog es sich tief ins Gesicht, um nicht so leicht erkannt zu werden. Systematisch durchsuchte er alle Räume, aber er entdeckte keine Spur von seinen fehlenden Mannschaftsmitgliedern. Rian eilte zur Theke. „Margareta!", rief er. „Ich suche ein paar meiner Leute, hast Du gesehen, wo sie hingegangen sind?" Dabei schnippte er ein Silberstück über die Theke. Margareta schnappte das Silberstück und sah ihn mürrisch an. „Hast Du es mal im Kasino probiert?" „Welches Kasino?", staunte Rian. „Außen ums Gebäude rumlaufen, auf der Rückseite ist eine Treppe, die in den Keller führt. Da ist ein Raum, in dem die Jungs um Geld spielen." Margareta drehte sich um und ging zur anderen Seite der Theke. Rian spurtete aus der Spelunke und lief um das große Haus, bis er den Kellereingang fand. Eine von einer Fackel schlecht beleuchtete Holztreppe führte in einen dunklen Flur. Niemand war zu sehen. Rian schluckte. Das gefiel ihm gar nicht, aber er würde niemanden seiner Mannschaft einfach so hierlassen. Also atmete er tief ein und stieg die Treppe herab, die unter seinem Gewicht knarrte und quietschte. Dann betrat er den dunklen Flur. Es roch muffig. Von irgendwoher kam der Geruch von kaltem Rauch. Rian wartete einen Moment, um seine Augen an das wenige Licht zu gewöhnen. Der Flur war lang. Mindestens 5 Gänge zweigten links und rechts ab. Rian ging langsam vorwärts und horchte. Es war sehr ruhig, aber auf einmal hörte er in einiger Entfernung jemanden sprechen. Rian horchte aufmerksam und folgte dann dem dritten Gang. Es war so dunkel, dass er kaum die Hand vor Augen sah. Dann wurde es langsam heller. Wieder eine Stimme, diesmal laut und deutlich: " ... siehst Du Longjon? Ich habe 3 Asse, her mit den Goldstücken!" Rian hörte Longjon Silva fluchen. Dann sah er endlich eine offene Tür, die in einen schlecht beleuchteten Raum führte. Rian trat vorsichtig näher und spähte hinein.

Hinter der Türöffnung war ein großer Raum, dessen Boden aus festgetretener Erde bestand. An den Wänden standen geborstene Fässer, Bretter und anderer Unrat. An den Wänden brannten flackernd einige Kerzen und Fackeln und verbreiteten ein unruhiges Licht. In der Mitte des

Raums erkannte Rian einen großen Tisch, an dem einige dunkle Gestalten saßen und Karten spielten. Longjon Silva saß mit dem Rücken zum Eingang und konnte Rian daher nicht sehen. Seine Karten hatte er wütend vor sich hingeworfen. Vereinzelt saßen andere Personen in der Nähe des Tischs. Rian erkannte zwei weitere Mitglieder seiner Mannschaft, einer davon vermutlich ziemlich betrunken. Rian zögerte einen Moment, dann trat er in den Raum.

„Kapitän Rian!", hörte er eine schneidende Stimme, als er den Raum betrat, „Wir haben schon gedacht, Du würdest den Weg nicht hierhin finden." Rian zuckte zusammen. Dann drehte er sich betont langsam um. Rackhahn der Rote saß lässig zurückgelehnt auf einem Lehnstuhl an der Wand, seinen Degen auf den Knien und ein Glas Rum in der linken Hand.

„Rackhahn, der Rote!" Rian gelang ein strahlendes Lächeln, obwohl er viel lieber seinen Degen gezogen hätte. „Ich habe mich auch schon gefragt, wo Du wohl steckst." „Du und Dein verfluchtes Komitee von Doofnasen!", fügte er in Gedanken hinzu. „Was gibt es schöneres als ein spannendes Spiel am Ende eines arbeitsreichen Tages", sagte Rackhahn, „Fortuna war mir gewogen. Dein Quartiermeister hatte leider weniger Glück. Er ist völlig pleite." Longjon Silva sah Rian an und lächelte gequält. „Ja!", seufzte er. „So schlimm habe ich noch nie verloren." „Dann wäre es ja an der Zeit, zurück auf die „Sturmvogel" zu fahren", sagte Rian fröhlich, „die anderen sind schon weg und wir haben nur noch ein Boot, um gemeinsam zum Schiff zurückzurudern. Und Matrose Ringelsocke scheint mir auch dringend in die Koje zu müssen." Dabei deutete er auf den betrunkenen Piraten an der Wand. Longjon riss die Augen auf. „Was, die sind schon gegangen? Sonst geht doch keiner von uns von hier weg, bevor die Sonne aufgegangen ist!" Von links und rechts gaben auch die anderen Piraten der „Sturmvogel" überraschte oder protestierende Rufe von sich. „Heute hat den Jungs irgendwas die Laune verdorben, sie sind jedenfalls schon alle weg", sagte Rian grimmig. „Alle Mann an Bord! Und zwar ein bisschen plötzlich!", rief er und fügte hinzu: „Das ist ein Befehl." Murrend, aber ohne Zögern standen die Leute der „Sturmvogel" auf und wandten sich dem Ausgang zu.

„Nun mal langsam!", sagte der Rote Rackhahn scharf. „Du hast den Leuten hier gar nichts mehr zu sagen, Rian. Das Komitee bestimmt, was hier auf der Insel geschieht. Und ihr habt Schätze und ein gutes Schiff, damit werden wir endlich stark genug sein, um Antares Schatzschiffe wieder zu überfallen. Daher wirst Du hier bleiben, Rian, und Deine Leute auch." Er griff nach seinem Degen. Rian war schneller. Mit einer schnellen, präzisen Bewegung zog Rian seinen Degen und platzierte die Spitze direkt vor Rackhahns Hals. Mit der linken Hand zog er eine Pistole aus dem Gürtel und richtete sie auf andere Piraten, die Rackhahn zur Hilfe kommen wollten. „Euer Komitee kann mir gestohlen bleiben", sagte Rian mit einem gefährlichen Lächeln, „über die „Sturmvogel" werdet ihr nicht entscheiden, genauso wenig wie über die Schätze, die wir von der „Goldenen Prachtgans" geraubt haben. Der große Rackhahn hatte schließlich nicht mal den Mut zum Auslaufen gehabt!"

Der Rote Rackhahn sagte nichts. Rians Degen drückte auch so unter sein Kinn, dass er seinen Mund nicht öffnen konnte. Schweißperlen bildeten sich auf seiner Stirn. „Longjon, Wanja, Hakan: Entwaffnet die anderen Kerle hier und bindet ihnen die Hände zusammen. Seht zu, dass ihr die Tür von außen verriegeln könnt. Gernot, Du schnappst Dir Ringelsocke und hilfst ihm hier raus. Beeilt euch oder wollt ihr eure Schätze an Käpt'n Rackhahn abgeben?"

Longjon Silva starrte Rian an. Er begriff nicht, was hier vor sich ging. Wanja, Hakan und Gernot dachten dagegen nicht lange nach und befolgten stumm Rians Befehle. Die anderen Piraten waren entweder ebenso fassungslos wie Longjon Silva oder zu betrunken, um Widerstand zu leisten. Rians Leute nahmen ihnen die Waffen ab und legten sie vor der Tür auf einen Haufen. Dann banden sie den anderen Piraten die Hände mit ihren Kopftüchern und Gürteln zusammen und setzten sie in einer langen Reihe an die Wand. Rian lockerte in dieser Zeit weder den Druck auf den Degen unter Rackhahns Hals noch ließ er die Pistole sinken. „So, zum Schluss noch den Chef!", verkündete Rian, als alle anderen Piraten gefesselt an der Wand saßen. Er lockerte den Degen etwas und wies Wanja an, Rackhahn mit dessen Halstuch und seinem Gürtel zu fesseln. Rackhahns Augen funkelten, er kochte vor Wut, wagte aber nichts zu sagen. Longjon, der die ganze Zeit hilflos dagestanden hatte, fand endlich seine Sprache wieder. „Rian, das kannst Du doch nicht machen!", stammelte er. „Piraten gegen Piraten, das geht doch nicht!". „Doch, das geht!", sagte Rian knapp. „Und jetzt komm' mit auf die „Sturmvogel"." Wanja platzierte den Roten Rackhahn gerade neben seinen Gefährten an der Wand. „Jeder eine Fackel!", befahl Rian, „Alle anderen Kerzen und Fackeln im Raum macht ihr aus. Jetzt raus, Türe verrammeln und weg!" „Mein Gold!", jammerte Longjon Silva und lief zum Tisch, um die darauf liegenden Münzen einzustecken. „Zurück Longjon!", befahl Rian. „Du hast die Münzen ehrlich verloren, lass sie ihren neuen Besitzern. Wir bestehlen keine anderen Piraten." Longjon fluchte laut, kehrte aber um und verließ mit Rian den Raum. Rian glaubte, aber noch so etwas wie Achtung oder Dankbarkeit in dem einen oder anderen Gesicht zu sehen. Bevor sie die Tür verriegelten, hörten sie noch einmal den Roten Rackhahn: "Wir haben uns nicht zum letzten Mal gesehen, Rian!", drohte er, „Ich werde Dich über alle 7 Weltmeere jagen und Du wirst den Tag verfluchen, an dem Du geboren wurdest, wenn ich Dich gefunden habe! Hörst Du, Rian? Verfluchst seiest Du...." Der Rest seiner Worte ging im lauten Knall unter, als die Tür zugeschlagen und verriegelt wurde. Rian grinste. „Im Reden halten ist er echt großartig", sagte er. „Los Jungs, Beeilung, wir müssen sofort zur „Sturmvogel". Erklärungen gibt's später. Jetzt erst mal Degen in die Hand und ab zum Hafen. Wir dürfen uns von niemandem aufhalten lassen."

Sie liefen durch die dunklen Gänge. Als sie die Holztreppe erreichten, die wieder aus dem Keller herausführte, hörten sie Stimmgewirr von draußen. Der Feuerschein von Fackeln erleuchtete den Keller. „Bleibt hinter mir", befahl Rian leise, „und lasst euch erst mal nicht sehen!" Er schmierte sich etwas Ruß von der Fackel ins Gesicht und zog sein Kopftuch noch tiefer in die Stirn. Laut rief er: „Hilfe, Hilfe, der Rote Rackhahn und die anderen Piraten kämpfen miteinander am Spieltisch, sie schlachten sich gegenseitig ab, hört mich denn niemand?" Dabei lief er die Holztreppe hinauf. Oben stand ein Trupp von Piraten mit gezogenen Degen, mittendrin der Rosa Pirat. Die Piraten guckten etwas verdattert. Rian hielt seine Fackel möglichst weit von seinem Gesicht weg. „Gut dass ihr kommt!", sagte er erleichtert und mit verstellter Stimme. „Der

Rote Rackhahn ist verrückt geworden! Er tobt da unten im „Kasino" und droht, er werde jeden umbringen, der ihn daran hindern will, den Rosa Piraten in einem Fass Rum zu ersäufen!" „Was redest Du da?", rief der Rosa Pirat fassungslos. „Er will mich in Rum ersäufen?" „Ja", rief Rian verzweifelt, „die anderen wollen ihn daran hindern, aber die brauchen Hilfe. Denn einige von Rackhahns Leuten helfen ihrem Chef." Der Rosa Pirat stürmte an Rian vorbei die Treppe herunter, seine Leute folgten ihm. In ihrer Eile sahen sie Rians Leute nicht, die sich so gut wie möglich an den Seiten des Gangs versteckten.

„Weiter! Die Luft ist rein", rief Rian, als die anderen Piraten in den Tiefen der Kellerräume verschwunden waren. Gernot und Hakan folgten ihm als erste. Danach kam Wanja schnaufend die Treppe heraufgestampft. Auf seinen breiten Schultern trug der den Matrosen Ringelsocke, der sich nicht mehr auf seinen Beinen halten konnte. Erst danach erschien mit verwirrtem Gesichtsausdruck Longjon Silva. „Beeilung, Beeilung!", hetzte Rian. „Noch mal funktioniert dieser Trick nicht, es sind ja nicht alle so blöd wie der Rosa Pirat!" Schnaufend und keuchend liefen die Männer zum Hafen. Einige Piraten, die schwankend auf dem Heimweg waren, sahen ihnen verwundert nach, aber niemand versuchte, sie aufzuhalten. Sie erreichten das Ruderboot. Wanja ließ Ringelsocke erleichtert auf eine Ruderbank gleiten, dann schoben sie das Boot ins Wasser und sprangen hinein. Gernot und Hakan ruderten, Rian übernahm die Pinne. Als sie etwa 100 Meter vom Ufer entfernt waren, hörte Rian einen vielstimmigen lauten Schrei und blickte zurück. In unmittelbarer Nähe der Makkaroni Bar sah er zahlreiche Lichtpunkte von Fackeln hin und her laufen. Schüsse knallten in der Nacht. Dann bewegte sich ein Großteil der Lichtpunkte auf den Hafen zu. Kurz bevor das Boot die „Sturmvogel" erreichte, hörten die Männer, wie jemand die Sturmglocke läutete, die sonst nur bei Gefahr oder als Alarm geläutet wurde.

Auf der „Sturmvogel" hatte man Rian und seine Leute bereits entdeckt. Hilfreiche Hände halfen Ihnen an Deck. Der betrunkene Ringelsocke wurde gleich in seine Hängematte getragen. Henna stand mitten auf Deck und blickte Rian wütend an. „Was soll das?", protestierte sie. „Wir sind kaum hier angekommen, das Schiff ist gerade ruhig geworden und

Maritha hat mir ein heißes Bad bereitet, da kommt ihr Kerle zurück wie ein Haufen aufgescheuchter Hühner und erzählt was davon, dass der Rote Rackhahn unsere Schätze klauen will. An Land knallen Pistolen und jetzt läutet auch noch die Alarmglocke. Habt ihr Margareta Pizzata gezwungen, ihre eigenen Makkaroni mit Pfefferminzsoße zu essen, oder was ist passiert?" Rian blickte sie gehetzt an. „Pentilisea hatte Recht mit ihrer Warnung, Henna. Wir müssen weg von hier oder wir können nicht mehr länger selbst entscheiden, was wir tun und lassen wollen. Der Rote Rackhahn wird uns das abnehmen, genau wie unsere Schätze." Henna schaute Rian ungläubig an. „Ich erkläre euch das alles später, Leute!", rief Rian laut. „Setzt die Segel und nichts wie raus aus dem Hafen, bevor die anderen die Kanonen auf den Türmen besetzen!" Die Piraten enterten die Masten und ließen die gerefften Segel herab. Bolus lief zum Steuerrad und prüfte die Windrichtung, während andere Piraten den schweren Anker einholten. Longjon Silva ging über Deck und prüfte methodisch, ob alle Ausrüstungsgegenstände an ihrem Platz waren. Jetzt, wo es etwas zu tun gab, war er wieder ganz der Alte, ruhig und besonnen.

Der Wind blies leicht von Land, die „Sturmvogel" nahm Fahrt auf und bewegte sich schnell auf die Hafenausfahrt der „Piraten-Bucht" zu. „Wenn nur die Türme nicht besetzt werden", murmelte Rian leise. Die Hafenausfahrt kam immer näher. Selbst in der Nacht konnte man nun die dunklen Schatten der beiden Türme auf den Felsen erkennen. Nur noch 100 Meter trennte die „Sturmvogel" von der rettenden Ausfahrt. Auf einmal flackerte das Licht einer Fackel auf dem Hühnerturm links. Rian erschrak. „Auch das noch!", fluchte er. Laut rief er: „Oskar und Knurrhahn, macht die beiden 18-Pfünder auf Backbord klar, Gefechtsklappe auf. Zielt auf die Turmspitze, wo die Kanonen stehen. Und zielt sorgfältig! Longjon, hol schnell eins von den Feuerwerken, die wir dem byzantinischen Kauffahrer geklaut haben und schieß es in Richtung des Turms backbord. Oskar und Knurrhahn brauchen Licht, um zu treffen!" Rian stellte sich neben Bolus ans Steuerrad und holte aus einer Kiste das Fernrohr heraus. Er richtete es auf den Umriss des Hühnerturms. Viel zu erkennen war natürlich nicht, dazu war es zu dunkel. Dann knallte es mehrmals laut. Über dem Turm schwebten mehrere, in allen Farben leuchtende Sterne, die langsam zu Boden sanken. Sie tauchten Turm und

Felsen in ein buntes Licht und Rian konnte nun mit dem Fernrohr auf der Turmspitze einige Piraten erkennen, die hektisch die vier Kanonen luden und auf die „Sturmvogel" richteten.

„Kanonen geladen, ausgerichtet und feuerbereit, Käpt'n!", rief Knurrhahn von unten herauf. „Feuer!", schrie Rian laut. Zweimal donnerte es laut und die „Sturmvogel" wurde von zwei Stößen erschüttert. Ein kurzes Heulen und ein lautes Krachen ertönten, als die Kanonenkugeln im Hühnerturm einschlugen. „Nachladen und neue Salve!", befahl Rian. Das Licht des Feuerwerks war verloschen und er konnte nicht erkennen, welchen Schaden die beiden 18-Pfünder am Hühnerturm angerichtet hatten. Die „Sturmvogel" befand sich nun genau zwischen den beiden Türmen. Der Wind, der bis dahin schwach, aber beständig geweht hatte, schlief nun ein und die „Sturmvogel" trieb im Schneckentempo durch die Hafenausfahrt. Rian kam es so vor, als bewege sich das Schiff nicht mehr von der Stelle. Die Wolken, die den Mond verdeckten, öffneten sich und das Mondlicht tauchte das Wasser in silbernes Licht. Die Türme waren nun besser zu erkennen, die „Sturmvogel" bot nun aber auch ein besseres Ziel. Rian schaute auf den Hühnerturm. Es kam ihm so vor, als fehle die Hälfte des oberen Stockwerks, aber er konnte nichts Genaueres erkennen. Nervös schaute er nach steuerbord. Der Falkenturm lag im völligen Dunkel. Rian überlegte, ob er weitere Piraten an die Kanonen schicken oder das Schiff lieber mit Ruderbooten durch die Hafenausfahrt ziehen lassen sollte. Er entschied sich für die Kanonen, da die Ruderboote keinerlei Schutz gegen einen Treffer durch eine Kanone boten.

„Kanonen geladen, ausgerichtet und feuerbereit, Käpt'n!", rief Knurrhahn erneut. „Feuert so oft und so schnell ihr könnt!", rief Rian herunter. Wieder bebte die „Sturmvogel" unter dem Donnern der beiden Kanonen. Diesmal knallte es nur dumpf, als die Kanonenkugeln aufschlugen. Offenbar hatten Knurrhahn und Oskar diesmal nur Felsen getroffen. Auf dem Hühnerturm war nichts zu erkennen. Rian schickte Hakan und Gernot an die Kanonen auf der Steuerbordseite. Er schaute nervös auf den Falkenturm auf der anderen Seite. Alles war dunkel und kein Laut war zu hören. Rian kniff die Augen zusammen, er meinte einen kleinen leuchtenden Punkt gesehen zu haben. Es knallte laut und auf dem Falkenturm war ein flammender Blitz zu sehen. Gleichzeitig krachte es laut im Rumpf der „Sturmvogel" und alle wurden von dem mächtigen Stoß erfasst. Das Schiff ächzte. Rian glaubte, Wasser ins Schiff strömen zu hören. Ein weiterer Knall und ein heller Blitz, diesmal vom Hühnerturm. Eine Kanonenkugel schlug backbord ins Deck ein und hinterließ ein großes Loch in den Planken. Rauch stieg aus dem Loch auf und es roch verbrannt. Wieder knallte es und die „Sturmvogel" erbebte. Hakan und Gernot feuerten auf den Falkenturm. Es krachte laut, als der Falkenturm von 2 Kanonenkugeln getroffen wurde.

„Bolus und Wanja, kontrolliert das Unterdeck und macht die Pumpen klar. Bunter Hund und Langer Hari, ihr löscht das Feuer, das die zweite Kanonenkugel unter Deck angefacht hat. Alle anderen an die Kanonen!", brüllte Rian. „Macht diese beiden Türme dem Erdboden gleich!" Die Piraten liefen an die Kanonen, öffneten die Gefechtsklappen und begannen, die Kanonen zu laden. Ein erneuter Knall vom Hühnerturm, einer der beiden 18-Pfünder steuerbord wurde mit einem lauten Klong zerschmettert. Oskar wurde beiseite geschleudert und blieb benommen liegen. Knurrhahn feuerte einen weiteren Schuss auf den Hühnerturm ab. Die Kugel riss ein weiteres Stück aus der Turmflanke. Die oberste Etage war aber immer noch teilweise intakt und Rian erkannte das Leuchten einer Zündschnur. Unmittelbar darauf knallte es wieder und eine Kanonenkugel sauste über das Deck. Im Besansegel war auf einmal ein großes Loch zu sehen und ein paar Leinen fielen auf Deck. Inzwischen waren auch die anderen Kanonen der „Sturmvogel" feuerbereit. Steuerbord knallten sechs Kanonen kurz nacheinander, gefolgt von Heulen, Krachen und einem dumpfen Knirschen - der Hühnerturm schwankte, aber er hielt stand. Offensichtlich war mindestens noch eine Kanone gefechtsklar, denn es knallte erneut und wieder krachte es hässlich auf der „Sturmvogel", als die Kanonenkugel dicht über der Wasseroberfläche in den Rumpf einschlug. Ein weiterer Stoß erschütterte das Schiff. Auch auf dem Falkenturm wurde noch geschossen. Eine Kanonenkugel schlug in das Achterdeck ein und der Schlag riss Rian und Longjon Silva von den Füßen. Die „Sturmvogel" schwankte und ächzte. Steuerbord erklang Hennas klare Stimme: „Auf mein Kommando: Drei, zwei, eins, Feuer!" Das Schiff legte sich unter dem Rückstoß von 8 Kanonen zur Seite. Rian konnte im fahlen Mondlicht erkennen, wie der Falkenturm von mehreren Treffern erschüttert wurde und dann ganz langsam in sich zusammenfiel. Piraten krabbelten aus den Trümmern. Einige schüttelten ihre Fäuste in Richtung der „Sturmvogel".

„Gut gemacht!", schrie Rian. „Steuerbordmannschaft: Gefechtsklappen schließen, unter Deck Schäden reparieren und Pumpen bedienen, wir haben mindestens 2 Löcher im Rumpf. Henna, Du führst unter Deck das Kommando." Wieder knallte es vom Hühnerturm. Die Kanonenkugel schlug ins Deck vor dem Besanmast ein. Der Mast zitterte und knickte dann langsam ein Stück in Richtung Bug ab. Auch diesmal begann es, unter Deck zu brennen. Flüche unter Deck zeigten, dass die Reparaturmannschaft den erneuten Schaden bereits entdeckt hatte. Wieder ein Knall vom Hühnerturm, gefolgt von einem lauten Klatschen und einem Schlag, der das Schiff erbeben ließ. „Treffer im Rumpf unter der Wasseroberfläche!", schrie Rian. Nacheinander knallten nun alle sieben verbliebenen Kanonen auf der Steuerbordseite. Der Hühnerturm knirschte, wackelte und fiel endlich in sich zusammen. „Gut gemacht Leute!", rief Rian. „Knurrhahn, kümmere Dich um Oskar, alle anderen sichern den Besanmast, Gero hat das Kommando." Es begann zu dämmern. Ein frischer Wind setzte ein und trieb die „Sturmvogel" aus der „Piraten-Bucht" der Makkaroni-Insel. „Zu spät", dachte Rian, „das Schiff ist schwer beschädigt und es ist nur eine Frage der Zeit, bis die anderen Piratenschiffe die Verfolgung aufnehmen werden. Ich muss nachdenken, ich brauche einen Plan!" Die Sonne ging auf.

Piratenpläne

Auf dem Ausguck oberhalb der Makkaroni Bar richtete der Rote Rackhahn sein Fernrohr auf die „Sturmvogel", die, soweit er das gegen die aufgehende Sonne erkennen konnte, ohne erkennbare Beschädigungen den Hafen der Makkaroni-Insel verließ. Links und rechts der Ausfahrt rauchten die Trümmer der beiden Wachtürme. „Dieser verdammte Mistkerl hat es tatsächlich geschafft zu entkommen!", brüllte der Rote Rackhahn wütend. Er stand kurz davor, einen seiner berühmten Tobsuchtsanfälle zu bekommen. Den letzten hatte er gehabt, nachdem der Rosa Pirat und seine Leute ins „Kasino" gepoltert waren und ziemlich dumm aus der Wäsche geschaut hatten.

Als der Rote Rackhahn erfahren hatte, dass Rian ungehindert zum Hafen hatte laufen können fiel er über den Rosa Piraten her und wollte ihn in einem Fass Rum ertränken. Vier Matrosen, die dem Rosa Piraten helfen wollten, jammerten immer noch über blaue Flecken und Prellungen, die ihnen der Rote Rackhahn zugefügt hatte. Mit dieser Keilerei hatten die Piraten viel Zeit verloren, bis sie sich endlich wieder zusammengerauft hatten und aus dem Gebäude herausgelaufen waren. Mit Pistolenschüssen und lautem Gebrüll hatten sie dann andere Piraten alarmiert. Anschließend war Rackhahn selbst zur Alarmglocke gelaufen und hatte sie geläutet. Er selbst hatte bereits Stunden zuvor zwei Trupps seiner eigenen Leute auf die Wachtürme an der Hafenausfahrt abkommandiert, die die Ausfahrt absichern sollten, ohne dass die anderen Piraten dies bemerkten. Aber irgendetwas war fürchterlich schief gelaufen. Nicht nur, dass es viel zu lange dauerte, bis die beiden Mannschaften die Kanonen abgefeuert hatten, nein, sie hatten es auch nicht geschafft, der „Sturmvogel" ernsthaft zu schaden. Dafür hatten die Kanoniere der „Sturmvogel" aber umso besser getroffen, wie man an den beiden Turmruinen sah. Die Besatzungen der Türme hatten das Gefecht offensichtlich mit geringen Blessuren überstanden. „Nun, sie werden noch bedauern, dass sie nicht besser getroffen haben. Es gibt sehr unangenehme Kerkerzellen auf der Makkaroni-Insel. Die, die ich für Rian freigehalten habe, kann ich ja jetzt ohne weiteres mit diesen Versagern füllen!", stieß der Rote Rackhahn grimmig hervor. „Du solltest nicht so streng mit ihnen sein!", sagte der Mann hinter ihm. „Sicher war ihnen langweilig auf den Türmen, da sind sie eingeschlafen oder haben auf den Felsen ein Fass Rum geleert. Und außerdem: Wer soll dann die „Diabolo" segeln? Doch nicht etwa Du ganz alleine?"

Der Mann hinter Rackhahn war Kapitän Flintenstein. Er war groß und kräftig, hatte eine Hakennase und einen struppigen Bart. Seine Kleidung sah ungepflegt und schmutzig aus. Sein Gesicht war etwas aufgedunsen, die Nase hatte eine rote Verfärbung. Auf dem Kopf trug er einen einfachen schwarzen Dreispitz. In seinem Gürtel steckte ein breiter Degen, der offensichtlich schon oft im Kampf benutzt worden war. Momentan roch er nicht nach Rum, Flintenstein begann immer erst nach dem Mittagessen zu trinken. Hätte er die Trinkerei aufgegeben, wäre er sicher der erfolgreichste Pirat der Karibik gewesen. Er war ein ausgezeichneter Seemann, ein furchtloser Kämpfer und hatte einfach immer den richtigen Riecher für fette Beute oder aber, wann man ein Schiff besser nicht angriff. Zumindest war er all das, wenn er nüchtern war. Wenn er jedoch betrunken war, verfiel er in Schwermut und nervte jeden, der ihm zuhörte mit traurigen Geschichten aus seiner Kindheit. Manchmal wurde er auch wütend und ging auf jeden los, der ihm begegnete, aber das geschah zum Glück selten. Bei seiner Mannschaft war er beliebt und geachtet, trotz oder vielleicht sogar wegen seiner Trinkerei, denn dann war er freigiebig mit Rum, sofern man dafür seinen Geschichten zuhörte.

Sein guter Riecher für Gefahr hatte Flintenstein auch dazu bewogen, lieber nicht mit dem Rosa Piraten die „Goldene Prachtgans" anzugreifen. Flintenstein mochte Rackhahn zwar nicht besonders, aber er war zu träge, sich ihm entgegenzustellen. Um Ärger mit dem Roten Rackhahn zu vermeiden, hatte er sich daher auch nicht gegen die Idee des Komitees gewehrt, so konnte er wenigstens sein Schiff „Walross" behalten. Und was für ihn außerordentlich wichtig war: Er konnte mithilfe des Komitees durchsetzen, dass er in der Makkaroni Bar weiter seinen Rum bekam, obwohl er inzwischen völlig pleite war. Dennoch hätte er den

Schatz, den Rian erbeutet hatte, gerne zum Zahlen seiner Schulden und für weiteren Rum verwendet.

Rackhahn ignorierte Flintenstein, er war zu klug, um mit ihm Streit anzufangen. Flintenstein war mit dem Degen möglicherweise noch besser als Rian und bei der Erinnerung an Rians Degen an seinem Hals wurde er ganz nervös. Der Rote Rackhahn setzte sein Fernrohr ab und wischte sich mit einem Taschentuch die Stirn ab. Er atmete tief durch, zwang sich zu einem Lächeln und drehte sich zu Flintenstein um.

„Was sollen wir Deiner Meinung nach nun tun?", fragte er. Flintenstein zuckte die Achseln. „Meine Leute haben diese Nacht zu viel Rum getrunken, um die „Sturmvogel" mit der „Walross" zu verfolgen, und bis Deine Unglücksvögel", Flintenstein deutete auf die Piraten, die von den beiden Türmen zurückhinkten, „wieder an Bord der Diabolo sind, ist die „Sturmvogel" längst hinter dem Horizont verschwunden. Aber Du wolltest die Jungs ja ohnehin einkerkern, dann brauchst Du ja gar nicht erst loszufahren." Flintenstein lachte höhnisch. Rackhahns Augen verengten sich, aber er unterdrückte seine Wut. „Ich denke, das ist ein Job für den Rosa Piraten", sagte er entschieden. „Der ist zwar blöd, aber zuverlässig. Er wird mit 10 seiner Leute die „Delfin" besetzen und die „Sturmvogel" verfolgen. Zusätzlich wird mein erster Offizier Rinaldo mit der Brigg „Lebertran" von Käpt'n Ahab Larson mitsegeln, damit ein Schiff zurückfahren kann, um uns zu alarmieren, sobald sie wissen, wohin die „Sturmvogel" fährt. Wir laufen mit der gesamten Flotte morgen aus und dann holen wir uns die „Sturmvogel" und lassen ihre Besatzung über die Klinge springen."

„Der Rosa Pirat wird sich freuen", höhnte Flintenstein, „sagst Du's ihm?" „Das werde ich!", erwiderte Rackhahn grimmig. „Ich habe ohnehin noch eine Rechnung mit ihm offen." Er schob das Fernrohr zusammen und verließ den Aussichtspunkt mit schnellen Schritten. Flintenstein sah erst ihm nach, dann der „Sturmvogel", die sich immer weiter von der „Makkaroni-Insel" entfernte. „Rackhahn hält Rian für zu blöd", murmelte Flintenstein. Dann drehte er sich um und ging nachdenklich hinunter zum Hafen.

Am Hafen war inzwischen ein Streit entbrannt. Der Rosa Pirat war nicht erfreut über die Aussicht, sein Schiff „Weißer Falke" zurückzulassen, um mit der kleinen „Delfin" die „Sturmvogel" zu verfolgen. Würde die „Sturmvogel" die Delfin angreifen, so hatte das kleine Schiff keine Chance und würde buchstäblich von den großen Kanonen der „Sturmvogel" in Fetzen geschossen. Laut schimpfend weigerte er sich, sicherheitshalber aber hinter seinen eigenen Piraten verschanzt, damit Rackhahn ihn nicht schon wieder zu packen bekam. Der brüllte zurück, hatte aber noch ein weiteres Problem, weil Käpt'n Larson Rackhahns ersten Offizier Rinaldo einfach über Bord geworfen hatte, als der von Larson verlangte, die „Sturmvogel" zu verfolgen. Kapitän Francis Ekard und andere Piraten unterstützen hingegen Rackhahn und verlangten, dass der Rosa Pirat und Käpt'n Larson auslaufen sollten, bevor Rian mit der „Sturmvogel" endgültig hinter dem Horizont verschwand. Es dauerte nicht lange, da verlor Rackhahn die Geduld und stürmte mit einem dicken Knüppel bewaffnet auf den Rosa Piraten zu. Der versteckte sich zwar immer noch hinter seinen Leuten, die aber vergeblich versuchten, Rackhahn aufzuhalten, der inzwischen auch von anderen Piraten unterstützt wurde. Rinaldo hatte derweil weitere Männer von der „Diabolo" herbei befohlen und versuchte, mit ihnen die „Lebertran" zu kapern. Käpt'n Larson und seine Leute wehrten sich dagegen und schon war die schönste Rauferei im Gange. Außerhalb des ganzen Getümmels lehnte sich Flintenstein lässig an ein Fass und beschloss, sich heute etwas früher als sonst ein Glas Rum zu genehmigen und zuzusehen, wer aus der Prügelei als Sieger hervorgehen würde.

Am Ende waren es wie immer Rackhahn und seine Männer, die die Oberhand behielten. Käpt'n Larson und seine Leute waren von Rinaldo überwältigt und über Bord der „Lebertran" geworfen worden. Sie standen nun pitschnass und mit hängenden Schultern an Land, während Rinaldo triumphierend Larsons Flagge verbrannte. (Sie zeigte einen weißen Wal auf schwarzem Hintergrund.) Der Rote Rackhahn lief Knüppel schwingend hinter dem Rosa Piraten her. Dessen Leute waren inzwischen ohne Ausnahme von Rackhahns Mannschaft überwältigt worden.

„Ist ja gut, ich gebe auf!", rief der Rosa Pirat. Er war der einzige Pirat, der bislang noch ohne Blessuren herumlief. Seine Leute hatten dagegen zahlreiche Beulen und blaue Flecken bei dem Versuch davongetragen, ihren Kapitän vor dem Roten Rackhahn zu schützen. Auch der Rote Rackhahn hatte einiges abgekriegt und brach jappsend seine Jagd auf den Rosa Piraten ab. „Also, Du gehorchst jetzt meinen Befehlen?", fragte der Rote Rackhahn keuchend. „Ja, ja, ist ja gut. Ich gehorche", rief der Rosa Pirat ärgerlich. „Also, wo ist die „Delfin"?".

Jemand lachte laut. Der Rote Rackhahn und der Rosa Pirat drehten sich gleichzeitig um. Flintenstein stand immer noch an ein Fass gelehnt, in der Hand ein volles Rumglas und lachte aus vollem Hals. „Toll habt ihr das gemacht!", höhnte er. „Rian würde sich vor Lachen biegen, wenn er euch Torfköpfe sehen könnte. Wer solche Freunde hat, braucht keine Feinde mehr! Ha, ha, ha, ha! Und die „Sturmvogel" ist inzwischen uneinholbar weit weg, irgendwo in der Karibik!"

„Und Du Dummkopf guckst jetzt genauso dumm aus der Wäsche wie wir!", zischte der Rote Rackhahn und schritt wütend auf Flintenstein zu. Mit einem gezielten Schlag seines Knüppels schlug er Flintenstein das Rumglas aus der Hand. „Wir sind alle pleite auf der „Makkaroni-Insel". Und wenn Margareta der Rum ausgeht, wirst Du nirgendwo anders welchen herkriegen. Margareta hat kein Geld, Rum zu nachzukaufen. Und wir schaffen es seit Monaten nicht mehr, irgendein Schiff zu kapern, sei es nun mit Schätzen, Rum oder Kartoffeln beladen!" Flintenstein war so perplex, dass er nicht einmal daran dachte, sich zu wehren. So hatte er das noch nie betrachtet. Bald wären die Rumvorräte aufgebraucht. Für Flintenstein eine schreckliche, undenkbare Situation. Rackhahn erkannte, dass er Flintenstein jetzt endlich auf seine Seite ziehen konnte. „Und der einzige, der in den letzten Tagen fette Beute gemacht hat, weigert sich, mit uns zu teilen!", rief er laut. „Nicht nur das! Er zerschießt auch unsere Wachtürme, die uns Schutz vor den Kriegsschiffen des Königs bieten! Rian ist ein Verräter! Wir müssen ihn jagen, ihm seine Beute abnehmen und ihn dann zu den Fischen schicken - ihn und sein verdammtes Schiff! Ich führe die „Diabolo" morgen auf die Jagd - wer will mich begleiten?"

Ein wütendes und trotziges „Hier!" oder „Wir sind dabei!" erscholl aus den Mündern der Piraten am Hafen, und das waren fast alle, die sich zur Zeit auf der Makkaroni-Insel aufhielten. In ihrer Wut merkten sie nicht einmal, wie sehr der Rote Rackhahn die Tatsachen verdreht hatte. Die Piraten hatten jetzt nur noch ein Ziel: Rian und die „Sturmvogel" zu jagen und die Beute einzustreichen. Was danach sein würde, daran dachte niemand, nicht einmal Flintenstein, denn wenn es um seinen Rum ging - da hörte er auf zu denken.

Die Piraten begannen, ihre Schiffe seeklar zu machen. Flintenstein klaute Margareta die letzten Rumfässer und ließ sie auf der „Walross" verstauen. Die Kanonen wurden überholt, die Waffen gewetzt. Alle packten bei den verschiedensten Arbeiten mit an. Dies wäre in den zurückliegenden Wochen noch vollkommen undenkbar gewesen. Nur dass es jetzt nicht auf die Jagd nach Schatzschiffen, sondern auf die Jagd nach einem anderen Piratenschiff ging.

Genau einen Tag, nachdem die beiden Wachtürme von der „Sturmvogel" zerschossen worden waren, liefen die ersten Schiffe der Piratenflotte aus. Niemals zuvor waren sich die Piraten so einig gewesen - und sie waren wütend. Wehe, wenn Rian ihnen in die Hände fallen würde.

„Sturmvogel" in Not

Rian und die Leute der „Sturmvogel" hatten derweil ganz andere Sorgen. Sie segelten Richtung Osten auf die offene See. Aber der Beschuss aus den beiden Wachtürmen hatte die „Sturmvogel" viel stärker beschädigt, als die Piraten der Makkaroni-Insel glaubten. Das Schiff hatte schwere Treffer abbekommen. Es war nur dem ständigen Einsatz der gut gewarteten Pumpen zu verdanken, dass das Schiff nicht voll Wasser lief. Deren lautes Quietschen erfüllte das ganze Schiff. Besondere Sorgen bereitete Rian der Treffer unter der Wasseroberfläche. Das Leck hatte den Vorratsraum unter Wasser gesetzt. Zum Glück hatten die Matrosen noch die umfangreichen Lebensmittelvorräte in Sicherheit bringen können, bevor sie durch das Seewasser verdorben worden wären. Es hatte eine ganze Weile gedauert, bis der Vorratsraum geräumt worden war und Gero beginnen konnte, das Leck von innen mit Bohlen notdürftig zu verschließen. Doch der Verschluss war nicht richtig dicht und so strömte weiter Wasser in die „Sturmvogel". Jeder Matrose, der nicht mit der Bedienung des Schiffs beschäftigt war, stand an den Pumpen oder ruhte sich gerade von der Anstrengung aus. Da keiner von ihnen in der vorangegangenen Nacht geschlafen hatte (außer Ringelsocke) und die meisten zudem viel Rum getrunken hatten, war niemand richtig ausgeruht. Auch Rian nicht. Er dachte über die Möglichkeiten nach, die ihnen blieben. Viele waren es nicht. „Diese Entscheidung kann und möchte ich nicht alleine treffen, ich könnte etwas übersehen!", murmelte er leise. Laut rief er: „Henna, Longjon, Bunter Hund: Kommt bitte sofort aufs Achterdeck!"

Es dauerte einige Minuten, bis die drei auf dem Achterdeck eintrafen. Alle waren verdreckt oder nass und sahen müde aus. Rian straffte sich. „Wenn ein Schiff in einer schwierigen Situation ist, darf der Kommandant vor den anderen nie den Mut verlieren!" Diesen Grundsatz hatte er bereits als Kind von seinem Vater gelernt. Rian hatte dies nie vergessen.

„Gut, dass ihr hier seid!", begrüßte er die drei lächelnd und führte sie an die hintere Reling des Achterdecks, um Bolus am Steuer nicht zu behindern. Rian sah auf die Wellen, die das Heck der „Sturmvogel" im Wasser verursachte. Die Sonne schien auf die blauen Wogen. Was für ein schöner Tag hätte das heute werden können. Das Quietschen der Pumpen riss ihn aus seinen Gedanken und er wandte sich den anderen zu. „Der Gegner hat unsere „Sturmvogel" ziemlich übel zugerichtet, aber gekriegt haben sie uns nicht!", sagte er. „Ja, aber viel hätte nicht gefehlt", unterbrach ihn Longjon Silva ärgerlich. „Warum hast Du Dich mit dem „Roten Rackhahn" angelegt, Rian?", klagte er. „Rackhahn plant eine gemeinsame Piratenflotte", erwiderte Rian. „Dagegen ist erst mal nichts einzuwenden. Aber jeder, der Rackhahn kennt, weiß, dass dann nur noch Rackhahn und seine Leute das Sagen haben werden. Und unsere Schätze wären wir auch erst mal losgeworden. Sozusagen als Einstand, damit wir überhaupt mitmachen dürfen. Glaubst Du vielleicht, Du würdest noch Quartiermeister auf der „Sturmvogel" bleiben?" Longjon antwortete nicht, sondern schaute düster zu Boden.

Henna schaute Rian freundlich an. „Wir haben den Brüdern ordentlich gezeigt, dass wir nicht so leicht zu besiegen sind. Aber jetzt stecken wir in einer schwierigen Lage. Ich denke, Du hast uns hergerufen, damit wir gemeinsam darüber nachdenken, wie wir wieder aus dem Schlamassel herauskommen." „So ist es!", sagte Rian ruhig. „Ich vermute, dass Rackhahn schon bald ein Enterkommando aus mehreren Schiffen zusammenstellen wird, um uns zu jagen. Wir haben also nicht viel Zeit. Was können wir nun unternehmen?" Rian wartete einen Moment, ob jemand einen Einwand hatte, dann fuhr er fort.

„Erstens: Wir segeln zurück, ergeben uns und hoffen, dass man uns am Leben lässt und uns auch nicht einkerkert. Für mich ist das nur eine theoretische Möglichkeit, denn ich werde mich Rackhahn niemals ergeben."

Rian sah die anderen prüfend an. Niemand sagte etwas. Longjon Silva sah weiterhin verärgert drein. Der Bunte Hund wirkte etwas verwirrt. Er war zwar nicht der Klügste, aber von der Mannschaft zum Sprecher gewählt worden. Henna nickte Rian ermutigend zu, fortzufahren.

„Zweitens: Wir segeln nach Osten. Die Piraten werden uns ungern in diese Richtung folgen, weil sie die königlichen Schiffe fürchten. Aber für uns ist das natürlich auch gefährlich, da wir dann 2 Gegner haben. An der unzugänglichen Nordküste von Geranien würden wir die Reparaturen durchzuführen, die wir unterwegs nicht machen können. Außerdem kommen wir dort an Lebensmittel. Auf diese Weise sind wir dann stark genug, um uns durch die königliche Blockade an die Küsten der nördlichen Königreiche mit ihrem tückischen Wetter durchzuschlagen. Dort sind wir in Sicherheit und können abwarten, bis Gras über die Sache gewachsen ist.

Drittens: Wir segeln nach Westen, in die Kolonien. Hier gibt es kaum königliche Schiffe, aber genug einsame Buchten, in denen wir uns für eine Weile verstecken können. Der Nachteil ist, dass die anderen Piraten diese Verstecke auch kennen und uns dort am ehesten suchen werden. Außerdem sind Lebensmittel, Waffen und Munition in den Kolonien schwer zu beschaffen und die Einheimischen nicht immer freundlich."

Rian sah die anderen der Reihe nach an. Alle drei schauten unglücklich drein. „Und was ist mit dem Süden?", wagte der Bunte Hund schließlich zu fragen. „Was erwartet uns da?" „Keine gute Idee. Hitze, Staub, Wüste und schlechtgelaunte Einwohner!", antwortete Henna anstelle von Rian. „Nein, wirklich nicht", bestätigte Longjon nachdenklich, „ich war nur einmal dort und bin einbeinig wieder zurückgekehrt. Niemand geht freiwillig dorthin". Alle vier schwiegen. „Mir gefällt keiner Deiner Vorschläge, Rian!", jammerte der Bunte Hund. "Können wir nicht zurück zur Makkaroni-Insel, ohne uns zu ergeben?" Longjon Silva verzog verächtlich den Mund. Rian zog es vor, nicht auf diesen Vorschlag zu antworten. Henna sah nachdenklich aus. „Die Höhle des Löwen, niemand würde uns dort vermuten", sagte sie leise. Dann hellte sich ihre Miene auf. „Warum eigentlich nicht?", rief sie. „Lasst uns zurücksegeln!" Rian sah sie entsetzt an und Longjon Silva machte ein Gesicht, als ob Henna den Verstand verloren hätte.

„Hört zu!", sagte Henna lebhaft. „An der Westseite der Makkaroni-Insel befindet sich eine kaum bekannte, schmale Bucht, die ich einmal entdeckt habe, als ich bei einem Segelausflug von einem Sturm überrascht wurde. Sie hat die Form eines gebogenen Schlauchs und ist von See her kaum zu erkennen. Von der Landseite führt kein Weg dorthin. Die „Sturmvogel" wird gerade so durch die Zufahrt passen und ist danach weder von See noch von Land zu entdecken. Das Wasser ist tief, aber am Ende der Bucht ist ein schmaler Strand. Dort können wir schlafen, während das Schiff überholt wird."

„Klingt paradiesisch!", höhnte Longjon, „Und wie viele andere Piraten wissen davon?" „Niemand!", sagte Henna trotzig. Unter Rians prüfendem Blick wurde sie rot und senkte den Blick. „Fast niemand. Nur Ahab Larson. Mit dem war ich dort. Aber wir haben der Bucht keine weitere Bedeutung beigemessen. So schön ist es dort auch nicht."

„Ahab Larson ist kein Freund von Rackhahn", stellte Rian nach einer längeren Pause fest. „Mir gefällt Dein Vorschlag, Henna ... und Deine Idee Bunter Hund", fügte er hinzu. Der Bunte Hund strahlte stolz und Henna lächelte.

„Was meinst Du Longjon, fahren wir zurück?", fragte Rian. Longjon Silva schwieg eine Weile, dann erwiderte er gepresst: „Keine Einwände, Käpt'n." Doch er sah aus, als würde er an seinen Worten fast ersticken. „Dann ist es beschlossen!", sagte Rian feierlich. „Wir werden die „Sturmvogel" wieder flott machen. Dann holt uns niemand auf diesem ganzen weiten Meer ein, weder Antares Schiffe noch irgendein neidischer Freibeuter. An die Arbeit, Freunde!"

Die nächsten Stunden war Rian mit Navigieren beschäftigt, während das Quietschen der Pumpen durch das Schiff dröhnte. Er musste sorgfältig einen Kurs festlegen, der sie außerhalb der Sichtweite der Makkaroni-Insel einmal um die halbe Insel herumführte. Der Kurs um die Insel musste so gewählt werden, dass sie mit einbrechender Dämmerung direkt auf den Wurmfjord (wie Rian Hennas Entdeckung getauft hatte) zulaufen konnten. Der Hauptmast war mit 4 Matrosen besetzt, die unablässig mit Fernrohren nach anderen Schiffen und der Makkaroni-Insel Ausschau hielten. Die anderen Piraten mussten weiterpumpen, denn Gero gelang es immer noch nicht, das Leck in der Vorratskammer ordentlich abzudichten. Die Matrosen, die von den Pumpen abgelöst wurden, waren so erschöpft, dass sie es nicht mal bis zu ihren Kojen schafften, sondern gleich auf den harten Holzbohlen an Deck schliefen. Rian machte die erschöpfte Mannschaft Sorgen. Sie würden bei Nacht in eine unbekannte Bucht einlaufen müssen, dazu würden sie alle Aufmerksamkeit benötigen.

Viele Stunden später tauchte ein prächtiger Sonnenuntergang das Meer in ein leuchtendes Orange. Die „Sturmvogel" ging nun wieder auf Ostkurs in Richtung der Makkaroni-Insel. Kurze Zeit später wurde es dunkel und der Mond ging auf und färbte das Meer in Silber und Schwarz. Gegen Mitternacht tauchten die schroffen Umrisse der Felsen der Westküste auf. Das tosende Geräusch, mit dem die Wellen auf die Felsen brandeten, schallte weit über das Meer. Rian rieb sich die Augen. Er war hundemüde. Er hatte seit fast 2 Tagen nicht mehr geschlafen. Nun musste er noch einmal seine ganze Aufmerksamkeit zusammennehmen, um den Eingang zum Wurmfjord zu finden. Danach musste Henna die Navigation übernehmen. Rian hatte sie zum Schlafen in ihre Kabine geschickt. Von ihr hing ab, ob die „Sturmvogel" heil in den Wurmfjord einlaufen würde oder ob sie alle Schiffbruch erleiden würden. Was dann passieren würde, daran wollte Rian erst gar nicht denken.

Die „Sturmvogel" lag tief im Wasser. Die Pumpen wurden kaum noch bedient, da fast die gesamte Mannschaft mit dem Manövrieren des Schiffs beschäftigt war. Mit jeder Minute sank das Schiff nun tiefer ins Wasser. Rian musterte die schattenhaften Umrisse der Felsen. Der Wurmfjord lag zwischen einem fast kugelförmigen Felsen im Norden, so groß wie ein Haus, und einer hoch aufragenden, steilen Felswand im Süden, so hatte es Henna beschrieben. Rian glaubte, die Stelle gefunden zu haben. „Los, lauf und weck Henna!", raunte er Bolus zu. „Ich übernehme so lange das Ruder." Bolus lief unter Deck. Rian versuchte, im blassen Mondlicht einen Spalt zwischen den Felsen zu entdecken - vergeblich. Dann ließ er die Segel reffen. Die „Sturmvogel" trieb langsam die Küste der Makkaroni-Insel entlang. Die Geräusche der Brandung waren hier bereits sehr laut. Heftig gähnend erschien Henna neben ihm. Sie beobachtete aufmerksam die Küste. „Bei Nacht sieht alles anders aus", stellte sie kleinlaut fest. „Wir müssen noch näher ran." Rian gab Befehl, das Schiff noch näher an die Küste zu bringen. Ein Segel wurde gesetzt, die „Sturmvogel" nahm wieder Fahrt auf und segelte noch dichter an die Küste heran. Das Schiff reagierte nun schon merklich träger auf das Ruder. Es war bereits zu viel Wasser im Schiff. Henna suchte die Felswand ab. „Wir müssen weiter nach Süden!", raunte sie. Rian steuerte die „Sturmvogel" parallel zur Küste. Minuten vergingen. Henna blickte weiterhin angestrengt auf die Küste. „Verdammt!", schimpfte sie. "Wir sind schon zu weit! Wir müssen noch einmal drehen und nach Norden fahren." Rian unterdrückte einen Fluch und gab die Kommandos zum Wenden des Schiffs. Widerwillig folgte die „Sturmvogel" dem Ruder. Während der Wende legte sich das Schiff bedenklich zur Seite. Wasser gluckste unter Deck. Longjon Silva kam herauf und meldete, dass das Wasser inzwischen das gesamte Unterdeck überflutet hatte. „Wir haben nur noch ein paar Minuten, dann müssen wir entweder pumpen oder untergehen", sagte er ruhig. Rian nickte, ohne seinen Blick von der Küste abzuwenden. „Lass jeden, der nicht unbedingt zum Segeln benötigt wird, wieder an die Pumpen gehen", befahl er. „Damit gewinnen wir noch etwas Zeit." Longjon nickte stumm und begann, einige Leute für den Pumpendienst auszuwählen.

Die „Sturmvogel" passierte den kugelförmigen Felsen und segelte weiter nach Norden. „Wir müssen wenden, Henna!", raunte Rian. „Hier ist es nicht!", gab Henna verzweifelt zurück. „Ich hätte den Eingang sehen müssen." Sie fuhren immer weiter nach Norden. Die Zeit schien sich endlos zu dehnen. Schließlich machte die Küstenlinie einen Knick und sie fuhren direkt auf einen großen, kugelförmigen Felsen zu. Direkt vor dem Felsen sah Rian einen dunklen, schmalen Schatten. „Da ist es!", seufzte Henna erleichtert. Rian ließ die „Sturmvogel" auf die Zufahrt zum „Wurmfjord" steuern. Zwei Matrosen wurden an den Bug geschickt, um auf Untiefen und Riffe im Wasser zu achten. Rian war klar, dass es fast unmöglich war, nachts rechtzeitig ein Riff zu entdecken

Rian gab einige Kommandos. Segel wurden gesetzt, Bolus drehte das große Steuerrad und die „Sturmvogel" drehte sich. Der Bug zeigte genau auf den Eingang des Wurmfjords. Rian ließ alle Segel bis auf ein kleines Bugsegel streichen. Das Schiff bewegte sich nun direkt auf die schmale Öffnung in den Felsen zu. Es wurde sehr dunkel, als sich die „Sturmvogel" so dicht an der Küste befand, dass das Mondlicht von den Klippen über ihnen verdeckt wurde. „Buglaternen an!", befahl Rian. „Henna, Du hast das Kommando - viel Glück!" Damit verließ Rian das Achterdeck und lief an den Bug, um ebenfalls nach Riffen und Untiefen Ausschau zu halten.

Henna war dankbar, dass er nicht neben ihr stand, während die ganze Verantwortung für das Schiff und seine Besatzung auf ihren Schultern lastete. Sie rief sich noch einmal ihre Erinnerungen ins Gedächtnis, dann atmete sie tief durch und traf ihre Entscheidung. „2 Grad backbord, Bolus", befahl sie, „wir müssen ganz dicht an die linke Felswand. Nur dort ist das Wasser so tief, dass die „Sturmvogel" nicht auf Grund läuft." Die „Sturmvogel" neigte sich leicht unter dem Druck des Ruders. Dann erschlaffte das Segel. Sie waren in den Windschatten der Felsen geraten. Ohne den Zug des Segels erschien der Wellengang wesentlich heftiger und bedrohlicher. Die „Sturmvogel" schwankte auf den Wellen und bewegte sich nur noch ganz langsam, vom eigenen Schwung getrieben, auf die Felsöffnung zu. „Das Schiff reagiert nicht mehr!", stellte Bolus verzweifelt fest, „Wir sind zu langsam!" Panik stieg in Henna auf. Da hörte sie lautes Platschen vom Bug. Rian und Longjon Silva hatten sich mit einigen Piraten in 2 Beibooten ins Wasser plumpsen lassen. Die Beiboote waren durch Seile mit der „Sturmvogel" verbunden. Die Besatzung der Beiboote begann nun, wie verrückt in Richtung des Wurmfjords zu rudern. Die Leinen strafften sich und das große Schiff nahm langsam wieder Fahrt auf. „Ruder reagiert wieder, Henna!", sagte Bolus erleichtert. Henna nickte und rannte zum Bug. „Rian, Longjon, wir müssen uns backbord halten!", rief sie in Richtung der Beiboote. Rian winkte ihr zum Zeichen, dass er verstanden hatte, und dirigierte die Boote zur linken Felswand. Die Männer an den Riemen pullten mit aller Kraft. Widerwillig folgte die „Sturmvogel" dem Zug der Leinen. An der Öffnung des Wurmfjords herrschte starker Seegang. Ankommende und zurückflutende Wellen schienen sich um die Vorherrschaft zu streiten. Die beiden Ruderboote wurden hin und her geworfen, die „Sturmvogel" schwankte. Doch diesmal stabilisierte das viele Wasser im Rumpf das Schiff. Dann hatten sie es geschafft. Das Wasser wurde mit einem Mal sehr ruhig und es war sehr still. Nur die knarrenden Geräusche des Schiffs und das Platschen der Ruder waren zu hören. Henna sah auf. Gegen den hellen Sternhimmel konnte sie die steilen Umrisse der Felswände ausmachen. „Riff 10 Grad steuerbord, Abstand ca. 20 m", meldete einer der beiden Bugausgucke nervös. „Wir müssen links dran vorbei Bolus", erklärte Henna. „Rechts hinter dem Riff versperrt eine ganze Reihe von Riffen unter der Wasseroberfläche die Zufahrt!" Bolus sah sie zweifelnd an. „Ich weiß", seufzte Henna, „es klingt verrückt, aber tu es einfach! Ich laufe zum Bug und weise Dich ein."

Bolus schwitzte, als er nach Hennas Kommando die „Sturmvogel" auf der schmalen Fahrrinne zwischen der schroffen und steilen Felswand links und dem Riff auf der rechten Seite steuerte. Er war ein guter Steuermann. Die „Sturmvogel" hatte zeitweise kaum einen Meter Abstand von den scharfen Felskanten, die im Schein der Schiffslaternen deutlich erkennbar waren. „5 Grad backbord, Bolus", rief ihm Henna zu, „wir müssen noch weiter an die Felswand heran! Schnell!" Bolus konnte kaum glauben, was er hörte. Doch er gehorchte widerwillig. Der Bug der „Sturmvogel" schwenkte in Richtung der Felswand, der Aufprall schien unvermeidbar, da tat sich plötzlich eine Ausbuchtung in der Wand auf. Trotzdem streifte die Bordwand die Felsen. Mit einem schabenden Geräusch schob sich das Schiff in die Ausbuchtung hinein. „Hart steuerbord!", rief Henna vom Bug. Bolus kurbelte das große Steuerrad, so schnell wie er konnte, nach rechts. Die „Sturmvogel" drehte sich behäbig quer zur Längsrichtung des Wurmfjords und bewegte sich nun genau auf die rechte Felswand zu. Aus den Augenwinkeln sah Bolus, wie sich steuerbord Wasser an einem Riff brach. Mit ihrem Zick-Zack-Kurs hatten sie ein gefährliches Riff umfahren. Bolus beschloss, in Zukunft nicht mehr an Hennas Anweisungen zu zweifeln. „Hart backbord Bolus!", befahl Henna vom Bug. „Bleib nun in der Mitte des Wurmfjords, wir sind gleich da!" Bolus brachte das Schiff wieder auf Kurs. Von den beiden Ruderbooten gezogen fuhren sie noch weitere 400 m in den gewundenen Fjord hinein. Die Segel waren alle gerefft und alle Piraten, die nicht mit Rudern oder Steuern beschäftigt waren, pumpten nun wieder Wasser aus dem Schiff. Vor dem Bug tauchte ein schmaler Sandstrand auf. Das Wasser war hier sehr ruhig und wurde schnell flach. Ein leises Schleifgeräusch vom Kiel zeigte an, dass die „Sturmvogel" langsam auf Grund lief. Bolus kurbelte das Steuerrad, so schnell er konnte, nach rechts. Die „Sturmvogel" stellte sich wieder quer. Dann lief das Schiff mit voller Breite auf Grund und legte sich auf die Seite. Der Boden stand auf einmal sehr schräg. Die Planken ächzten und überall hörte man, wie Gegenstände gegen die Bordwände krachten. Aber das Schiff lag fest auf weichem Sandboden und konnte nicht weiter sinken. Sie waren erst einmal in Sicherheit.

Es brach kein Jubel aus, aber die Erleichterung war auf allen Gesichtern abzulesen. Die beiden Ruderboote kamen längsseits und Rian stieg an Bord. Er ging im Schein der Schiffslaternen zwischen den erschöpften Piraten hindurch, klopfte dem einen oder anderen kurz anerkennend auf die Schulter und betrat das Achterdeck. Einen Moment schwieg er, aber dann glitt ein Lächeln über sein Gesicht. „Wir alle haben heute tapfer gekämpft und hart gearbeitet, um uns und unser Schiff in Sicherheit zu bringen! Ich glaube, dass nur eine Mannschaft auf dieser verdammten weiten See dazu in der Lage ist – und das sind wir! Es lebe die „Sturmvogel", es lebe unsere Freiheit. Hoch! Hoch!" Die letzten Worte schrie Rian in den Nachthimmel und die Piraten stimmten begeistert ein. Die ganze Anspannung und Angst der letzten Stunden fiel von ihnen ab und machte einem Gefühl der Erleichterung Platz: Wir haben es geschafft!

Nach einiger Zeit beruhigten sich die Hochrufe. Rian hob die Hand und begann erneut zu sprechen: „Wir haben gekämpft und nun werden wir ruhen. Holt Eure Decken und alles, was ihr sonst so benötigt, und setzt mit den Beibooten zum Strand über. Dort könnt ihr bis zum Mittag schlafen. Bolus und ich werden ein Beiboot nehmen und am Beginn des Wurmfjords Wache halten. Morgen Nachmittag werden wir dann die „Sturmvogel" wieder in Stand setzen und dann Gnade jedem Schiff, das uns aufhalten will!" Wieder jubelten die Piraten. Doch dann drängten sie in die Beiboote. Longjon versorgte jeden noch mit etwas Schiffszwieback und Dörrfleisch und sorgte auch dafür, dass ein Wasserfass und ein kleines Rumfass an den Strand gebracht wurden. Während Rian und Bolus zum Ausgang des Wurmfjords ruderten, schliefen einige Piraten bereits in ihre Decken gehüllt am Strand.

Piratenjagd

Als am darauf folgenden Morgen die Piraten der „Sturmvogel" noch in tiefem Schlaf lagen, liefen auf der anderen Seite der „Makkaroni-Insel" bereits die ersten Schiffe der Piratenflotte aus. In der Nacht hatte es noch heftige Streitereien gegeben, wo man Rian und die „Sturmvogel" denn suchen sollte, doch in den frühen Morgenstunden hatte man sich auf 3 Suchtrupps geeinigt. Einen unter der Führung von Rackhahn, der nach Osten aufbrechen wollte und der die meisten Schiffe mitnahm, und einen unter Flintensteins Kommando in Richtung Süden. Der Rosa Pirat wollte nach Westen segeln, um dort die Häfen und Buchten der Kolonien abzusuchen.

Es gab noch weitere Änderungen in Rackhahns ursprünglicher Planung. Ahab Larson durfte seine „Lebertran" nun doch behalten, musste sich aber dem Kommando des Rosa Piraten unterordnen. Die „Weißer Falke" befand sich in einem so üblen Zustand, dass sie nicht auslaufen konnte. Sie wurde nun von Eric, dem Sohn des Rosa Piraten mit einem Teil der Mannschaft repariert und sollte dann der Flotte folgen. Der Rosa Pirat selbst besetzte mit einigen seiner Leute die Kapitänskabine und Offizierskabinen auf der „Lebertran", während Larson und seine Mannschaft nun alle beengt im Mannschaftsdeck schlafen mussten. Larson fügte sich zähneknirschend. Immerhin behielt er so wenigstens das Kommando über sein Schiff, wenn er auch das Fahrtziel nicht aussuchen durfte. Die „Lebertran" war Flaggschiff der kleinen Flotte, der noch die „Delfin" und die „Pechmarie" angehörten. Zwei Stunden nach ihrem Auslaufen aus dem Hafen umrundeten sie das Nordkap der „Makkaroni-Insel" und fuhren entlang der Küste südwärts. Kapitän Larson betrachtete die felsige Küste, an der er vor einigen Monaten mit Henna entlang gesegelt war. Er erinnerte sich, wie sie vor einem Unwetter Zuflucht in einem, von außen kaum erkennbarem Fjord gefunden hatten. Larson musste bei der Erinnerung an diesen schönen Tag lächeln und suchte die Küste ab. Vor ihm tauchte der schmale Spalt in der Felswand auf, an dem der „Wurmfjord" begann. Larson zuckte zusammen. Hatte er da nicht gerade eine Bewegung auf den Felsen gesehen. Er nahm sein Fernrohr und suchte die Felsen ab. Da, schon wieder! Kaum erkennbar sah Larson einen Kopf zwischen den Felsen. Ein kurzes Aufblitzen verriet Larson, dass sein Gegenüber ihn ebenfalls mit einem Fernrohr beobachtete. Larson stutzte. Dort hätte niemand sein dürfen. Alle kleinen und großen Schiffe der Piratenflotte waren gezählt worden und entweder ausgelaufen oder ankerten noch im Hafen der „Makkaroni-Insel". Soldaten des Königs vielleicht? Doch für ein großes Schiff war der Eingang des Fjords viel zu schmal. Man musste schon sehr verzweifelt sein, um die Durchfahrt zu versuchen. Larson kam ein Gedanke. Rian war vielleicht verzweifelt. Vielleicht war seine „Sturmvogel" doch im Gefecht zwischen den beiden Türmen beschädigt worden. Außerdem war er einer der besten Seeleute, die Larson kannte. Ein grimmiges Lächeln ging über sein Gesicht. Das Jagdfieber hatte ihn gepackt. „Du sitzt in der Falle, Rian!", murmelte er. „Hier kommst Du nicht mehr heil 'raus. Schade für Dich, aber so bekomme ich mein Schiff zurück!" Larson setzte sein Fernrohr ab und öffnete seinen Mund, um Alarm zu rufen. In diesem Moment stolperte der Rosa Pirat aus der Kapitänskajüte, genauer gesagt aus Larsons Kapitänskajüte, spuckte achtlos auf das saubere Deck und schrie dann Larson an: „Was glotzt Du denn auf die Küste, Larson? Rian ist da draußen!" Dabei fuchtelte er mit seiner Hand in Richtung des offenen Meers. „Ich dachte eigentlich, das hättest Du begriffen. Dummkopf!" Larson klappte seinen Mund wieder zu. „Sehr wohl, Kommandant!", sagte er dann und gab das Kommando zum Kurswechsel nach Westen. Vor Wut zitterten ihm die Hände, doch dann grinste er breit. Wie hatte er nur auf den Gedanken kommen können, Rian an diesen Riesentrottel ausliefern zu wollen. Es reichte doch, dass er seine Freiheit verloren hatte. Mochte Rian nur davonkommen. Außerdem war Henna auf der „Sturmvogel". Er wollte nicht, dass ihr etwas zustoßen würde. „Setzt alle Segel!", brüllte Larson seiner Mannschaft zu. „Die Lebertran soll fliegen!". Und während der Rosa Pirat selbstzufrieden am Bug stand und mit dem Fernrohr nach der „Sturmvogel" Ausschau hielt, bekam Larson richtig gute Laune. Es war nun kein gefährliches Gefecht mit der „Sturmvogel" zu erwarten. Daher konnte er den Ausflug nach Westen, so gut es ging, genießen. Und irgendwann würde er auch mit dem Rosa Piraten und dessen Leuten fertig werden und sie auf einer hübschen, einsamen Insel aussetzen. Vergnügt begann er das Lied von den 10 Mann auf den Totenschragen zu pfeifen, während die drei Schiffe sich immer weiter von der „Makkaroni-Insel" entfernten.

Auf den Felsen am Eingang des Wurmfjords setzte Rian müde das Fernrohr ab. „Sie drehen ab, Bolus", stellte er fest. Bolus saß etwas weiter unten und hatte den Kampf gegen den Schlaf bereits fast verloren. „Gut!", sagte er nur. „Einen Moment dachte ich, er hätte mich gesehen, aber dann sind alle Schiffe abgedreht und laufen nun mit allen Segeln in Richtung Westen", murmelte Rian. „Sie werden uns also in den Kolonien suchen. Ich bin mir sicher, dass noch weitere Piratenflotten unterwegs sind. Keine guten Aussichten für die Zukunft!" Rian stand auf, dann weckte er Bolus: „Komm Bolus, so schnell wird keiner mehr kommen. Lass uns zurückrudern. Die anderen haben genug geschlafen, jetzt muss ein anderer den Eingang bewachen." Bolus grunzte, setzte sich auf und gemeinsam kehrten sie zu ihrem Ruderboot zurück.

Auf der Ostseite der „Makkaroni-Insel" beobachtete Kapitän Rackhahn vom Achterdeck seines Schiffs „Diabolo" argwöhnisch das Auslaufen von Kapitän Flintensteins Flotte. Er hatte große Zweifel an der Zuverlässigkeit von Flintenstein und deshalb Francis Ekard als Begleiter bestimmt. Die prachtvolle „Walross" führte die fast genauso große „Golden Hund" und die kleine Schaluppe „Seetang" mit ihrem Kapitän Schimmerlos an. Schimmerlos, genannt „Hering", und seine Leute hatten hauptsächlich Fischkutter ausgeraubt und hin und wieder auch etwas geschmuggelt. Die „Seetang" war nicht besonders kampfstark, aber schnell und als Botenschiff daher gut geeignet, falls die „Sturmvogel" gefunden oder falls Flintenstein Schwierigkeiten machen würde.

Rackhahn hielt es ohnehin für unwahrscheinlich, dass Rian die „Sturmvogel" in den heißen, unwirtlichen und gefährlichen Süden lenken würde. Auch die Kolonien im Westen erschienen Rackhahn wenig wahrscheinlich. Dort gab es zwar schöne Buchten, aber nur wenige Häfen, in denen man Munition und Proviant kaufen konnte – und alle waren mit königlichen Garnisonen bemannt. Nein, Rian würde mit Sicherheit versuchen, die Blockade der königlichen Schiffe zu durchbrechen und sich in den nördlichen Königreichen zu verbergen. In den Nordmeeren segelten keine Schatzschiffe und es gab daher auch keine Piraten. Rian würde dort nicht gejagt werden.

Das Durchbrechen der Blockade würde sicherlich den schwierigsten Teil von Rians Flucht ausmachen, so glaubte Rackhahn. Das war auch der Grund, weshalb er mit dem größten Teil der Piratenflotte auslaufen würde. Der Nachteil an diesem Vorgehen war allerdings, dass die gemeinsame Flotte langsamer vorankommen würde als die schnelle „Diabolo" alleine. Rackhahn glaubte nicht, dass er Rian einholen könnte, aber er würde die Küsten nach ihm absuchen und ihn irgendwann finden.

Doch jetzt musste er erst einmal seine Männer dazu bewegen, schneller zu arbeiten. Die Wasserfässer polterten beim Beladen. Die Piraten hatten sie auf der „Makkaroni- Insel" frisch befüllt und hievten sie nun mühsam an Deck. Von der anderen Seite des Hafens kamen Boote mit Vorräten, hauptsächlich Nudeln aus Margarethas Speisekammer. Margaretha war gar nicht entzückt gewesen, als ihr Rinaldo erklärt hatte, dass auf Beschluss des Piratenkomitees alle ihre Vorräte beschlagnahmt würden. Margaretha hatte Rinaldo daraufhin eine Bratpfanne vor die Stirn geschlagen und erklärt, dass daran nicht zu denken sei. Die anderen Piraten hatten vor der wütenden Margaretha und ihrer gusseisernen Bratpfanne erst einmal die Flucht ergriffen und den bewusstlosen Rinaldo hinter sich hergeschleift. Rackhahn hatte sie mit Flüchen und unter Zuhilfenahme seines Degens zurückgetrieben. Aber Margaretha hatte ihre Spelunke unterdessen verriegelt und feuerte eine Schrotflinte über den Köpfen der Piraten ab. Wutschnaubend musste Rackhahn abziehen und hatte einige Warnschüsse aus den Kanonen der „Diabolo" auf die „Makkaroni Bar" abfeuern lassen. Eine Kanonenkugel war im Dach eingeschlagen. Daraufhin hatte Margaretha letztendlich kapituliert und den Piraten den Zugang zu ihren Vorratsräumen gewährt. Diese nahmen alles mit, was essbar war, nur die Pfefferminzsoße tasteten sie nicht an. Nun sah Margaretha wutschnaubend zu, wie ihre Vorräte auf die Schiffe von Rackhahns Flotte verteilt wurden. „Dafür wirst Du noch bezahlen, Roter Rackhahn!", schnaubte sie.

Rackhahn hatte zwar den Streit gewonnen, aber dies war eines von vielen Ereignissen gewesen, die eine zeitige Abfahrt verhindert hatten. Als schließlich am Abend alle Schiffe zur Abfahrt bereit waren, hinderte sie ein starker Ostwind am Auslaufen aus dem Hafen der „Makkaroni-Insel". Rackhahn bekam vor Wut einen knallroten Kopf und beschimpfte jeden, der in seine Nähe kam, aber das Wetter änderte sich dadurch auch nicht. Erst am darauffolgenden Morgen lief Rackhahns Flotte aus. Auf der „Makkaroni-Insel" blieben nur noch die schwer beschädigte „Weißer Falke" mit einer kleinen Reparaturmannschaft, Margaretha Pizzata mit ihren Leuten und – von allen unbemerkt – die „Sturmvogel" und ihre Mannschaft in einem kleinen, unzugänglichen Fjord an der Westseite der Insel zurück.

Teil 2: Geranien

Ankunft

Während die Piratenflotte Kurs auf Geranien hielt, lief einige hundert Kilometer entfernt die „Goldene Prachtgans" bereits in Valeria, dem größten Hafen von Geranien ein. Als größtes Schiff der Flotte verursachte ihr Einlauf einiges Aufsehen. Von der Hafenfestung und von anderen Kriegsschiffen wurden die Kanonen zur Begrüßung abgefeuert. Roderich von Blattlaus stand mit stolzgeschwellter Brust auf dem Achterdeck und führte sich so auf, als gelte der ganze Aufwand allein ihm. Eisenbeisser stand schlecht gelaunt hinter ihm. Das war wieder typisch, er machte die ganze Arbeit und Roderich bekam den Ruhm. Die zahlreichen Beulen auf seinem Kopf waren inzwischen abgeheilt, aber jedes Mal, wenn er an die Vorfälle auf See dachte, hatte er das Gefühl, etwas übersehen zu haben.

Das Ruderboot mit goldbetressten Offizieren, das vom Hafen auf die „Goldene Prachtgans" zuruderte, entging ihm jedoch nicht. Es war ein großes Boot, das von einem Dutzend Matrosen in weißer Uniform gerudert wurde, während sich die vier Offiziere im hinteren Teil alle Mühe gaben, möglichst würdevoll und prächtig auszusehen. Dabei zeigte der jüngste von ihnen bereits Anzeichen von Seekrankheit. Eisenbeisser schnaubte verächtlich. Angeführt wurden die „Goldfasane", wie Eisenbeisser sie insgeheim nannte, von einem graubärtigen Mann, dem Roderich, alle Würde vergessend, begeistert zuwinkte. Eisenbeisser wies derweil die Matrosen an, eine Strickleiter herunterzulassen, und befahl den Seesoldaten, sich im Spalier aufzustellen, um den hohen Besuch zu ehren.

Das Ruderboot kam längsseits. Von der „Goldenen Prachtgans" wurde eine Strickleiter heruntergeworfen. Während die weiß uniformierten Matrosen das Boot an einem ebenfalls zugeworfenen Tau befestigten, kletterten drei Offiziere die Strickleiter empor und betraten das Deck des großen Schiffs. Dort erwarteten sie die in Reih und Glied aufgestellten

Seesoldaten. Gleichzeitig feuerten die Kanonen der „Goldenen Prachtgans" 24 Schuss Salut. Mehr Schüsse bekam nur der König. Würdevoll liefen die drei „Goldfasane" an den aufgereihten Seesoldaten vorbei. Zuerst kamen zwei Kapitäne, dann der graubärtige Mann, dem Roderich zugewunken hatte. Es war ein Admiral der Flotte des Königs. Er sah besonders prächtig aus. Auf dem Kopf trug er einen Dreispitz, in den ein goldenes Wappen eingewebt war. Auf seinen Schultern trug er schwere goldene Schulterstücke. Die Brust war mit zahlreichen Orden und Abzeichen behangen. Der Degen hing an einem golden gefärbten Gürtel und war natürlich ebenfalls golden. Es war deutlich zu sehen, dass er Ehrenbezeigungen, wie ein Spalier von Seesoldaten, öfter ablief. Am Ende der Reihe stand Roderich von Blattlaus in seiner Galauniform und bemühte sich, wie ein echter Schiffskommandant zu wirken. Das gelang ihm aber nicht sehr gut, da er sich immer noch nicht an das schwankende Deck gewöhnt hatte und daher nicht ruhig stehen blieb. Die beiden Kapitäne hielten vor Roderich. Ihnen bereitete das Schaukeln des Schiffs keine Probleme. Sie salutierten vor dem leicht taumelnden Kommandanten. „Graf Roderich von Blattlaus, Kommandant der „Goldenen Prachtgans", Schiff unseres erlauchten Herrschers Antares von Geranien, der edle Fürst von Noslen, Admiral der 3. Flotte unseres ruhmreichen Herrschers Antares von Geranien ersucht, an Bord kommen zu dürfen."

„Was für ein Schwachsinn!", dachte Eisenbeisser. „Er ist doch längst an Bord. Diese höfischen Umgangsformen sind doch total verrückt!" Aber er sagte selbstverständlich nichts, sondern stand mit versteinerter Miene drei Schritte hinter Roderich. Der konnte zwar immer noch nicht stillstehen, wusste aber immerhin die richtige Antwort: „Es ist mir eine Ehre, meine Herren. Darf ich Sie alle untertänigst in unsere bescheidene Offiziersmesse einladen, um alles Weitere zu besprechen?" Die beiden Kapitäne drehten sich zum Admiral um, der nur gnädig nickte. Danach wendeten sie sich wieder Roderich zu und einer sagte: „Kommandant, der Admiral nimmt ihre Einladung dankend an. Wenn Sie bitte vorausgehen würden?" „Es ist mir ein Vergnügen", antwortete Roderich korrekt und verneigte sich. „Doch zuvor teilen Sie mir doch bitte untertänigst mit, mit wem ich das Vergnügen habe?"

„Kapitän Franziskus Branntwein, zu Euren Diensten!"

„Kapitän Horatio Hornbläser, ebenfalls zu Euren Diensten!", antworteten die beiden Kapitäne steif und verneigten sich. Roderich zuckte nur ganz leicht zurück, als er feststellte, dass die beiden Kapitäne nicht von Adel waren. Er hatte ein adliges Empfangskomitee erwartet. Trotz seiner Zeit auf der „Goldenen Prachtgans" war er immer noch davon überzeugt, dass Fürsten und Grafen jedem einfachen Bürger überlegen seien. Er war enttäuscht. Seine Verneigung fiel daher auch nur sehr knapp aus. Eisenbeisser entging das nicht, aber er biss nur seine Zähne zusammen.

Roderich ging zur Messe auf dem Achterdeck, die beiden Kapitäne und den Admiral im Schlepptau. Eisenbeisser folgte ihnen. Roderich öffnete die Tür zur Messe. Die beiden Kapitäne und Admiral Noslen traten ein. Als auch Eisenbeisser den Raum betreten wollte, versperrte ihm Roderich den Weg. „Eure Dienste werden nun an Deck benötigt, Kapitän Eisenbeisser!", näselte er. „Überwacht doch bitte das Anlegemanöver, ich bin zur Zeit leider unabkömmlich, da mein Onkel, der Admiral, hier ist, sonst würde ich das natürlich selbst erledigen. Danach überwacht doch bitte, dass das Schiff ordentlich gereinigt wird nach der langen Fahrt!" Mit diesen Worten schloss er vor Eisenbeissers Nase die Tür. Der Kapitän war vor Überraschung sprachlos. Das war einfach eine Frechheit. Roderich war überhaupt nicht in der Lage, ein Anlegemanöver zu befehligen. Aber vor dem Admiral tat er so, als sei er inzwischen ein großartiger Seemann. „Dir werde ich's noch heimzahlen!", knurrte Eisenbeisser leise und drehte sich um. Dann stampfte er aufs Achterdeck und befahl Leutnant Hasenbein, das Groß-Reinemachen des Schiffs vorzubereiten. Eisenbeisser selbst überwachte das Anlegemanöver. Für ein großes Segelschiff war das nicht einfach, aber Eisenbeisser war sehr erfahren und erledigte dies quasi nebenbei. Er stellte sich ganz hinten an die Reling des Achterdecks. Von dort konnte er durch das geöffnete Messefenster einiges von dem Gespräch im Raum mithören.

In der Messe hatte Roderich eine Karaffe Wein aus seinen privaten Vorräten aufstellen lassen. Er bot Admiral Noslen einen Stuhl an und goss ihm einen Becher Wein ein. Dann bediente er sich selbst und setzte sich. Er hielt es nicht für erforderlich, den beiden Kapitänen einen Platz oder

Wein anzubieten. Die blieben gelassen und stellten sich rechts und links von Admiral Noslen auf.

Admiral Noslen hob seinen Becher und prostete Roderich zu. „Auf die glückliche Rückkehr der „Goldenen Prachtgans.". Dann nahm er einen großen Schluck aus seinem Becher. „Mein lieber Neffe!", begann Admiral Noslen, sobald Roderich ebenfalls einen Schluck Wein getrunken hatte. „Ich bin erfreut zu sehen, dass Du inzwischen in der Lage bist, ein Schiff wie die „Goldene Prachtgans" zu befehligen. Das Schiff ist in einem wirklich guten Zustand und die Leute parieren. Da sieht man Deine gute Führung. Ich bin wahrhaftig sehr stolz auf Dich. Hast Du das Gold aus der Karibik genauso gut hierhergebracht, wie Du Dein Schiff führst?"

Roderich platzte fast vor Stolz. Endlich erkannte einmal jemand, was für ein guter Kommandant er war. Ohne nachzudenken, antwortete er daher sofort. „Es gab keine besonderen Vorkommnisse, Onkel. Den Schatz habe ich selbst noch während der Fahrt überprüft. Es ist alles in bester Ordnung. Der König wird zufrieden sein. Wir sind auf der ganzen Rückfahrt nicht einem feindlich gesinnten Schiff begegnet, ich hätte es auch umgehend versenkt. Lediglich das Trinkwasser ist schlecht geworden und musste auf der Insel, äh, Cimarro ersetzt werden. Ich habe noch nicht entschieden, wen ich dafür bestrafen lassen muss." Admiral Noslen schaute Roderich neugierig an. „Cimarro?", fragte er bedächtig. „Cimarro, die Gefängnisinsel", erwiderte Roderich unsicher. Der Admiral schaute Roderich immer noch fragend an. „Der Kommandant meint vermutlich Ricarro", versuchte Kapitän Hornbläser zu helfen. Roderich schaute ihn verärgert an. Er schätzte die Einwände von Menschen niedrigeren Standes nicht besonders. „Auf der Gefängnisinsel jedenfalls", sagte er trotzig. Es entstand ein peinliches Schweigen. Dann nickte der Admiral. Damit war die Sache erledigt.

„Nun lieber Neffe", bemerkte Admiral Noslen, „das ist ja alles sehr erfreulich. Ich würde nun gerne das Gold in Augenschein nehmen. Im Hafen wartet eine schwer bewaffnete Eskorte. Der Schatz soll direkt in den Palast gebracht werden." Admiral Noslen erhob sich jedoch nicht, stattdessen lehnte er sich zurück und trank etwas Wein. Er dachte einen

Moment nach, dann entschloss er sich dazu, Roderich ins Vertrauen zu ziehen. „Lieber Neffe, Du ahnst gar nicht, wie wichtig das Gold aus der Karibik für Geranien ist. Die Kriege, die unser erlauchter Herrscher begonnen hat, verlaufen nicht gut. Unsere Heere sind überall auf dem Rückzug. Wir benötigen das Gold, um weitere Söldner anzuheuern." Roderich war sprachlos. Er hatte die Armeen Geraniens bislang für unbesiegbar gehalten. So hatten es ihm die Höflinge in Antares Palast immer erzählt. Sein Mund klappte auf und zu. Kapitän Hornbläser und Kapitän Branntwein nickten ernst, sagten aber kein Wort. „Aber Onkel, wie kann das sein? Es sind doch so viele Soldaten..." „Auch unsere Feinde haben viele Soldaten", sagte Admiral Noslen ärgerlich. „Das Einzige, was Geranien derzeit noch gegen Feinde sichert, ist unsere Flotte. Mit den Schiffen können wir wenigstens die Küsten schützen." Angesichts von Roderichs hilfloser Reaktion auf seine Neuigkeiten bereute Admiral Noslen offensichtlich bereits, dass er seinen Neffen ins Vertrauen gezogen hatte. Er warf einen Blick aus dem Fenster. „Nun, ich sehe, dass Dein Kapitän das Anlegemanöver beinahe beendet hat. Lass uns nun die Schatzkammer inspizieren." Admiral Noslen stand auf. Notgedrungen erhob sich auch Roderich, Kapitän Hornbläser und Kapitän Branntwein standen ja ohnehin.

Die Gruppe verließ die Messe und betrat das Deck. Dort ließ Eisenbeisser gerade das Hauptsegel einholen. Eisenbeisser murmelte dem Steuermann ein Kommando zu. Der drehte daraufhin das Steuerrad noch etwas. Vom eigenen Schwung getrieben glitt die „Goldene Prachtgans" lautlos an ihren Ankerplatz. Eisenbeisser rief einen weiteren Befehl und die Matrosen warfen die Taue um die Poller am Hafenbecken. Es ging ein kaum merklicher Ruck durch das Schiff. Dann lag die „Goldene Prachtgans" fest am Pier. Admiral Noslen und die beiden Kapitäne sahen beeindruckt aus. „Perfektes Manöver, Kapitän!", rief Admiral Noslen Eisenbeisser zu. Eisenbeisser grinste und salutierte lässig. „So Neffe!", sagte Admiral Noslen. „Lass uns nun die Schatzkammer aufsuchen." Roderich lächelte säuerlich. Ihn ärgerte, dass Eisenbeisser so viel Aufmerksamkeit erhielt. Doch er gewann schnell seine Fassung zurück. „Aber gewiss doch", äußerte er liebenswürdig, „hier entlang bitte Onkel, wir müssen unter Deck."

Nach etwas Kletterei kamen sie vor der Schatzkammer an. Im schummrigen Licht seiner Laterne überprüfte Kapitän Branntwein das Schloss der Tür, bevor er zur Seite trat und Roderich aufschließen ließ. Als die Tür knarrend aufschwang, bemerkte Kapitän Branntwein in Augenhöhe eine Scharte an der Türkante, so als ob ein schwerer Gegenstand dagegen gekracht wäre. Dann betrat er als Erster die Schatzkammer. Roderich wollte protestieren, aber Admiral Noslen legte ihm beschwichtigend die Hand auf den Arm. „Kapitän Branntwein tut nur seine Pflicht", sagte er lächelnd. „Er überprüft, ob sich jemand an den Schätzen zu schaffen gemacht hat. Ihm entgeht nichts." Roderich schnaufte empört. „Der Schatz ist unangetastet, dafür stehe ich mit meinem Wort als Edelmann. Ich mag es nicht leiden, dass ein Bürgerlicher meine Zuverlässigkeit anzweifelt!" Branntwein, der mit seiner Lampe gerade das Schloss der Schatzkiste untersuchte, erstarrte einen Moment, setzte dann aber seine Überprüfung ungerührt fort. Admiral Noslen wurde dagegen ärgerlich. „Das reicht, Graf Roderich von Blattlaus!", sagte er schneidend. Roderich wurde blass, setzte ein hochmütiges Gesicht auf und schwieg.

Kapitän Branntwein hatte unterdessen seine Untersuchung beendet. „Ich kann weder am Türschloss noch an der Schatztruhe irgendwelche Spuren von Gewalt erkennen. Es hat sich also niemand daran zu schaffen gemacht, Herr Admiral", beendete Branntwein seine Untersuchung. „Sehr schön, sehr schön!", freute sich Admiral Noslen. „Roderich, als Träger des Schlüssels bitte ich Dich, die Truhe zu öffnen." Roderich trat vor. Er war immer noch verärgert, aber er zog den Schlüssel an seiner Halskette hervor und öffnete die große Truhe. Knarrend schwang der Deckel auf und gab den Blick auf die zahlreichen kleinen Goldsäcke frei. Admiral Noslen nahm prüfend einen Sack in die Hand und schnürte ihn ein wenig auf. Im Schein der Laterne glänzte Gold. „Ein wunderbarer Anblick!", sagte er andächtig und legte den Sack zurück in die Truhe. „Roderich, schließe bitte die Truhe. Ich lasse sie gleich abholen. Kapitän Hornbläser und Kapitän Branntwein werden den Transport überwachen." Er wollte sich gerade umdrehen, als Kapitän Branntwein sich vor die Truhe stellte. „Herr Admiral, einen Moment noch!", bat er. Er nahm ebenfalls einen Goldsack aus der Truhe und hob ihn prüfend hoch. Dabei rutschte ihm der Sack aus den Händen und fiel mit einem dumpfen

Plumps auf den Holzboden. „Eine Unverschämtheit!", empörte sich Roderich. „Passen Sie doch besser auf!" Kapitän Branntwein beachtete ihn nicht. Auch Kapitän Hornbläser und Admiral Noslen hatten auf einmal einen alarmierten Gesichtsausdruck. Nur Roderich bemerkte nichts. „Heben Sie umgehend den Beutel auf!", schrie er Kapitän Branntwein an. Mit einer gleitenden Bewegung zog Kapitän Branntwein seinen Degen. Roderich schrie auf. Kapitän Branntwein stieß den Degen in den am Boden liegenden Goldsack. Der Goldsack platzte auf und Sand rieselte heraus. Jede Menge Sand, und einige wenige Goldstücke.

Einen Moment lang war es totenstill. Admiral Noslen und Kapitän Hornbläser hatten einen entsetzten Gesichtsausdruck. Roderich von Blattlaus war völlig fassungslos und einer Ohnmacht nahe. Lediglich Kapitän Branntwein lächelte kalt. Dann nahm er einen weiteren Goldsack, schnürte ihn auf und leerte ihn auf dem Boden aus. Wieder viel Sand und kaum Gold. Den dritten Goldsack entnahm er nicht mehr der obersten Reihe. In diesem Sack war nur noch Sand. Roderich ächzte und japste. „Onkel, das ist mir völlig unbegreiflich. Ich hatte keine Ahnung...."

Admiral Noslens Gesicht wurde auf einmal sehr ernst. „Graf Roderich von Blattlaus", sagte er förmlich, „haben Sie irgendeine Erklärung für diese Schweinerei? Können Sie uns bitte mitteilen, wo das Gold geblieben ist, das in der Karibik für Seine Majestät verschifft wurde und für das Sie sich gerade noch verbürgt haben?" Admiral Noslen wartete höflich ein paar Sekunden. Aber alles was Roderich von sich gab, war ein Wimmern. „In diesem Fall, Graf, sehe ich mich gezwungen, Sie im Namen des Königs festzunehmen. Graf, übergeben Sie bitte Ihren Degen an Kapitän Hornbläser. Kapitän Branntwein, gehen Sie von Deck und übernehmen Sie das Kommando der Eskorte. Jedes Mitglied der Mannschaft ist festgenommen und wird in den Kerker gebracht. Ich werde jeden selbst befragen. Graf Roderich von Blattlaus wird im Palast unter Arrest gestellt."

Branntwein verließ die Gruppe und kletterte eilig ans Oberdeck. Kapitän Hornbläser musste dem fassungslosen Roderich den Degen aus dem Gürtel ziehen. Der Kommandant der „Goldenen Prachtgans" war zu keiner Bewegung mehr fähig. „Lassen Sie uns noch ein wenig warten", sagte Admiral Noslen, „die Matrosen würden sicher das Schiff verlassen, wenn sie wüssten, dass sie gleich verhaftet werden."

Von draußen war ein Klirren und Rasseln zu hören. Admiral Noslen nickte zufrieden. „Ah, die Eskorte ist da. Lasst uns gehen!"

Als Admiral Noslen an Deck kam, standen die Matrosen der „Goldenen Prachtgans" fassungslos an Deck. Eben hatten sie noch die Aussicht auf Landurlaub, nun sollte es in den Kerker gehen. Die von Kapitän Branntwein angeführten Soldaten hatten sie auf dem Oberdeck zusammengetrieben und bewachten sie mit angelegten Gewehren. Hoffnungsvoll schauten sie auf Admiral Noslen, doch der ging mit hochmütigem Gesicht von Deck. Ihm folgte, mit gesenktem Kopf, Roderich von Blattlaus, dahinter Kapitän Hornbläser.

Sobald die drei an Land waren, befahl Kapitän Branntwein den Matrosen, in einer Reihe von Bord zu gehen. Eskortiert von den Soldaten bewegte sich die Kolonne von der „Goldenen Prachtgans" weg. Auf dem Schiff wurde es sehr still.

Die letzten Schritte waren gerade verklungen, da wurde der Deckel des Wasserfasses vor dem Mast mit einem Knall aufgestoßen. Eisenbeisser kam triefend nass, aber mit einem triumphierenden Lächeln aus dem Fass gekrochen. „So leicht bekommt man mich nicht in den Kerker!", murmelte er. Nachdenklich schaute er auf sein Versteck. „Das erinnert mich an etwas ...", sagte er nachdenklich, „aber an was? Egal, ich muss schleunigst von hier verschwinden!" Dann eilte er in seine Kajüte und packte schnell einige Sachen in einen Seesack. Dabei tauschte er seine Kapitänsuniform gegen einfache Matrosenkleidung. Zum Schluss zog er sich einen alten, breitkrempigen Hut auf den Kopf und ging an Land. Er hatte gerade das Schiff verlassen, als ihm eine Gruppe von Matrosen und Soldaten entgegenkam. „Ah, die Ersatzmannschaft", murmelte Eisenbeisser und verschwand schnell in den verwinkelten Gassen rund um den Hafen.

Die Erinnerungen des Kapitän Eisenbeisser

Zwei Tage nachdem die „Goldene Prachtgans" in Geranien eingetroffen war, saß Kapitän Eisenbeisser in der „Goldenen Krabbe". Er war gekleidet wie ein Matrose und trug seinen breitkrempigen Hut tief ins Gesicht gezogen. Er saß an der Theke, hörte den Gesprächen der anderen Gäste mit gesenktem Kopf zu und trank ein Glas Rum nach dem anderen, als ob es Wasser wäre. Er wirkte dabei nicht einmal betrunken.

Die „Goldene Krabbe" war eine Spelunke in der Hafengegend von Valeria. Es war ein alter Weinkeller mit bogenförmigen Gewölben, die trotz vieler Öllaternen nur schlecht beleuchtet waren. Schiffsmodelle, Flaschenschiffe und alte Galionsfiguren zierten die Wände. Hierher kamen Matrosen und Bootsmänner der königlichen Flotte und man konnte daher einiges erfahren, was in Geraniens Hafen so vor sich ging.

Auch an diesem Abend war die Spelunke voll. Es gab – wie bereits seit zwei Tagen - nur ein Thema, das alle brennend interessierte. Das waren die Heimkehr der „Goldenen Prachtgans" und die Gefangennahme der gesamten Mannschaft. Niemand wusste genau, warum das geschehen war. Aber jeder äußerte lautstark seine Meinung. Ein alter Bootsmann erzählte von Gerüchten, der Goldschatz, den das Schiff angeblich geladen habe, sei verschwunden und niemand der Mannschaft könne sich erklären, wie das passiert sei. Es müsse also Hexerei im Spiel gewesen sein. Andere sprachen davon, dass der berüchtigte Kapitän Eisenbeisser nicht gefangengenommen wurde und daher vermutlich auch derjenige sei, der über den Verbleib des Schatzes Bescheid wisse. „Ja, ja, das wäre schön!", brummte Eisenbeisser leise vor sich hin. Der Wirt wertete das als Order und schenkte ihm ein weiteres Glas Rum ein. Eisenbeisser sah überrascht auf das Rumglas, leerte es dann aber in einem Zug. Inzwischen diskutierten die Gäste lautstark darüber, ob der geflohene Kapitän Eisenbeisser ein Hexer sei. Es sei ja bekannt, dass ihn überall Kopfgeldjäger suchten. Nur ein Hexer könne sich einfach so in Luft auflösen. Ja, und was man alles von der Belohnung kaufen könnte, die Admiral Graf Noslen auf die Ergreifung Eisenbeissers ausgesetzt hatte. Die Gespräche drehten sich bald nur noch um die schönen Dinge des Lebens, die für sie alle viel zu teuer waren.

Es ging inzwischen auf Mitternacht zu und Eisenbeisser zog einen gut gefüllten Geldbeutel aus der Tasche seiner weiten Jacke. Er verbarg das eingestickte goldene Wappen geschickt in seiner Hand. Der Beutel hatte einst Roderich gehört. Dann bezahlte er den Rum mit einigen Kupferstücken. Er hatte viel gehört, aber nichts Neues erfahren. Also ging er, leicht schwankend hinaus in die dunklen, aber belebten Gassen des Hafenviertels. Zwei schäbig gekleidete Gestalten, die den ganzen Abend bei nur einem Glas Rum in einer dunklen Ecke der „Goldenen Krabbe" gesessen hatten, standen ebenfalls auf und verließen eilig die Spelunke. Auf der Straße schlugen sie die Kragen ihrer weiten Mäntel hoch, so dass ihre Gesichter verborgen blieben, und folgten der großen Gestalt von Eisenbeisser in Richtung Gerberviertel.

Eisenbeisser schwankte, er hatte wohl doch etwas zuviel Rum getrunken. Er verließ die belebte Straße und bog in eine ruhige, schmale Gasse ab. Der Kapitän lief an dunklen Hauseingängen und wenigen, nur schwach leuchtenden Laternen vorbei. Der Lärm der Hauptstraße verebbte schnell und man hörte kaum einen Laut. So still, dass Eisenbeisser nach kurzer Zeit das leise Getrappel von Füßen zu hören glaubte. Er blieb stehen und sah sich um. In der dunklen Gasse war nichts zu erkennen. Gerade als Eisenbeisser beschloss, von nun an weniger Rum zu trinken, sah er eine Bewegung. Eine schattenhafte Gestalt bewegte sich vorsichtig dicht entlang der Mauer. Eisenbeisser erstarrte. Ein Kopfgeldjäger! Es musste ein Kopfgeldjäger sein, der ihn erkannt hatte und ihm nun heimlich folgte, um sein Quartier ausfindig zu machen. Dann würden ihn die königlichen Wachen dort in aller Ruhe festnehmen, während er schlief. Nein, so einfach würde es Eisenbeisser ihm aber nicht machen. Er ballte seine Fäuste und marschierte auf den Schatten zu. „He, Du!", brüllte er, „was spionierst Du hinter mir her?" Die Gestalt blieb stehen und wandte sich halb zur Flucht. „Moment Bürschchen, Du entkommst mir nicht!", rief Eisenbeisser, sprintete vorwärts, packte den Fliehenden am Kragen und hob die schmächtige Gestalt mühelos vom Boden. „Was willst Du von mir?", wiederholte er grimmig. Anstelle einer Antwort zog Eisenbeissers Gegner einen harten Holzknüppel aus seinem Umhang und schlug damit nach ihm. Damit hatte Eisenbeisser nicht gerechnet, er hatte einfach zu viel Rum getrunken. Der Schlag traf ihn an der Stirn. Eisenbeisser schleuderte seinen Gegner von sich und mit einem dumpfen Schlag prallte der auf ein Holztor. Eisenbeisser schüttelte sich. Ihm war schwindlig. Der Schlag hatte ihn hart getroffen. Ein leises Scharren ließ ihn herumfahren. Eine zweite vermummte Gestalt stand vor ihm. Sie schwang mit beiden Armen einen großen schweren Stab und ließ ihn auf Eisenbeissers Kopf prallen. Das war auch für einen Tutnichtgut Eisenbeisser zuviel. Seine Knie gaben unter ihm nach, ihm wurde schwarz vor Augen. Das letzte, dass er bemerkte, war, wie die dunkle Gestalt seinen Körper abtastete und ihm den Geldbeutel abnahm. „Habe ich ein Glück, doch nur Straßenräuber!", dachte Eisenbeisser. Mit einem Lächeln wurde er bewusstlos.

Eisenbeisser wurde erst wach, als am frühen Morgen ein leichter Regen einsetzte. Es begann gerade zu dämmern. Mit einem Stöhnen setzte er sich auf. Sein Kopf fühlte sich an, als würde er jeden Moment explodieren. Ihm war schlecht. Eisenbeisser befühlte seinen Körper, während er sich umsah. Er saß in einem stinkenden Straßengraben und trug abgetragene Matrosenkleidung.

Eisenbeisser wunderte sich. Wo war seine Uniform? War er nicht eben noch auf der „Goldenen Prachtgans" gewesen? Sie hatten dort ein Fest gefeiert, das seinesgleichen suchte. Und dann war irgendetwas passiert und er war in den Laderaum gegangen, um nach dem Gold zu sehen. Und er hatte etwas entdeckt. Es war wichtig gewesen, ungeheuer wichtig. Eisenbeisser hatte das Gefühl, dass er etwas Entscheidendes entdeckt hatte, doch seine Erinnerung kehrte nicht zurück, zumindest nicht in diesem Moment. Er sah erneut an sich herunter. Wie kam er nun hierher in diesen stinkenden Graben mit nichts als einer abgetragenen Hose und einem verdreckten, dünnen Matrosenhemd, ach ja, und mit einem Taschentuch?

Eisenbeisser rappelte sich auf und folgte dem Verlauf der Gasse. Sie kam ihm vage bekannt vor. Da sein Kopf noch höllisch wehtat, akzeptierte er für den Moment, dass er nicht wusste, wo er sich befand und warum er nicht mehr an Bord der „Goldenen Prachtgans" war. Die Gasse wurde belebter. Dann roch er das Meer. Ihm begegneten Marktweiber, die mit Gemüse und Obst beladene Karren zogen. Einige von ihnen wichen erschrocken vor der verdreckten, großen Gestalt mit gewaltigen Beulen auf dem kahlen Kopf zurück. Der schlechte Geruch des Fremden war sogar im Freien überdeutlich. Die Marktweiber rümpften angeekelt die Nase. Doch Eisenbeisser beachtete sie nicht. Er folgte dem salzigen Geruch des Meeres. Bald stand er auf einer belebten Hafenstraße, auf der Fischer, Matrosen, Händler und Hafenarbeiter unterwegs waren. Eisenbeisser lief auf das Wasser zu und blieb wie angewurzelt mitten auf der Straße stehen. Ein grobschlächtiger Hafenarbeiter, der nicht damit gerechnet hatte, prallte fluchend gegen Eisenbeissers Rücken. Angesichts der schweren Gestalt von Eisenbeisser zog er es aber vor, keinen Streit anzufangen und hastete weiter.

Eisenbeisser stand wie erstarrt und blickte auf das große Hafenbecken, das von der Morgensonne in strahlendes Licht getaucht wurde. Auf der gegenüberliegenden Seite des Hafens, inmitten anderer Fregatten und Linienschiffe lag die „Goldene Prachtgans" vor Anker.

Graf Prisemuth lief schlecht gelaunt auf dem Achterdeck der „Goldenen Prachtgans" auf und ab. Es war einfach unerhört von Admiral Noslen, ihn, einen Mann von Adel, mit so einem profanen Kommando zu beauftragen. „Bemannen Sie das Schiff, Graf, so lange, bis der neue Kommandant Sie mit seiner Mannschaft ablöst." Hätte Admiral Noslen ihm das Kommando über das prachtvolle Schiff gegeben, wäre Graf Prisemuth nicht erbost, sondern in höchstem Maß erfreut gewesen. Schließlich war die „Goldene Prachtgans" das stärkste Schiff der Flotte und er hatte immerhin einige Jahre Erfahrung auf kleineren Küstenschiffen. Jetzt harrte er mit einer neu zusammengestellten, unerfahrenen Mannschaft und einigen Seesoldaten auf dem Schiff aus und versuchte, die Zeit totzuschlagen. Abwechslung gab es nur dann, wenn hin und wieder Kapitän Branntwein oder Kapitän Hornbläser auftauchten und das Schiff untersuchten. Aber dabei durfte Graf Prisemuth nie anwesend sein. Weder er noch seine Leute hatten angesichts von so viel Langeweile gute Laune. Deshalb gab es auch ständig Streit und Reibereien, wodurch die Stimmung an Bord äußerst gereizt war.

Graf Prisemuth wurde von einem wütenden Streit aus seinen dunklen Gedanken gerissen. Er blickte nach backbord, wo in einigen Metern Entfernung die Hafenmauer begann. Dort stand ein großer, dreckiger Matrose mit abgerissener Kleidung. Nach seinem Aussehen war er erst vor kurzem in eine Schlägerei geraten und war dann in der Gosse gelandet. Sogar auf die große Entfernung glaubte Graf Prisemuth einen üblen Geruch wahrzunehmen. Angewidert drückte er sein parfümiertes Taschentuch vor die Nase. Auf der „Goldenen Prachtgans" stand Feldwebel Röhrig, ein vierschrötiger, altgedienter Soldat mit gewaltiger Stimme, dem so schnell niemand etwas vormachte. Er und der Matrose brüllten sich gegenseitig an:

„Und wenn ich es noch hundertmal sagen muss: Du wirst das Schiff nicht betreten und es ist auch kein Graf hier, der Dich sprechen möchte!", brüllte Röhrig gerade. Graf Prisemuth wich bei diesen Worten etwas von der Reling zurück und drückte sein Taschentuch fester auf die Nase.

Der Matrose hatte auch eine durchdringende Stimme: „Lass' mich an Bord, Du Heringskopf! Ich bin der Kapitän dieses Schiffes und will an Bord!" Von diesen Worten war Röhrig so überrascht, dass es ihm einen Moment die Sprache verschlug. Dann brach er in lautes Lachen aus. „Wenn Du der Kapitän dieses Schiffes bist, dann fresse ich meinen Dreispitz!", lachte er. „Dieses Schiff hat bereits einen Kapitän! Der Vorgänger ist auf der Flucht, die Mannschaft sitzt im Kerker und der Kommandant ist unter Arrest. Und jetzt mach, dass Du davonkommst!" Bei diesen Worten zog Röhrig seine Pistole und zielte auf den Matrosen. Der stand wie erstarrt auf dem Kai. Dann, als ob ihn die Kraft verließe, ließ er seine Schultern hängen und schlurfte davon. Zufrieden steckte Röhrig seine Pistole wieder ins Halfter zurück. Sie war nicht einmal geladen. Auf dem Achterdeck nahm Graf Prisemuth sein Taschentuch vom Mund und begann erneut, sich gepflegt zu langweilen. Weder Feldwebel Röhrig noch Graf Prisemuth konnten sich in ihrer kühnsten Fantasie vorstellen, dass der Mann dort unten wirklich der Kapitän des Schiffes war.

Jede große Stadt hat Bereiche, in die man sich zurückziehen kann und in denen man Ruhe findet. So auch Valeria. Der verwilderte Katarina-Park unterhalb eines heruntergekommenen Klosters war so ein Ort. Der Boden war dort steinig und die Büsche stachelig. Niemand hielt sich gerne hier auf. Und genau deswegen wählte Eisenbeisser diesen Ort. So sehr sein Gedächtnis in Bezug auf die letzten 2 Wochen auch gelitten hatte, so waren seine älteren Erinnerungen doch unbeschadet. „Ich muss herausfinden, was mit mir passiert ist!", murmelte er immer wieder vor sich hin. Er quälte sich zwischen stacheligen Büschen hindurch, die seine fadenscheinige Kleidung noch weiter zerfetzten. Endlich erreichte er einen kleinen Bereich des Parks, in dem die Erde weicher war und wo anstelle von Dornen grüne Blätter an den Sträuchern wuchsen. Hier floss auch ein kleiner Bach, eher ein Rinnsal, aber Eisenbeisser kniete nieder und schöpfte mit der hohlen Hand Wasser, mit dem er zunächst seinen Durst löschte und sich danach Gesicht und Kopf wusch. Seine Kopfschmerzen von dem Schlag in der Nacht wurden nicht weniger. Eisenbeisser strich die Erde neben einem Busch glatt und legte sich flach auf den Boden. Einige Zeit bemühte er sich darum nachzudenken, doch er konnte keinen klaren Gedanken fassen. Schließlich gab er auf und schloss die Augen. Seine Gedanken hörten langsam auf zu kreisen, er wurde müde und schlief endlich ein.

Die Sonne stieg in den Zenit und zog nach Westen weiter. Eisenbeisser verschlief den ganzen Tag. Er erwachte erst, als die Sonne bereits hinter dem Horizont verschwunden war und das ganze Land in die beginnende Dunkelheit getaucht wurde. Er setzte sich ächzend auf. Sein ganzer Körper schmerzte vom langen Liegen auf der harten Erde. Doch er fühlte sich trotzdem erfrischt. Seine Kopfschmerzen waren verschwunden und seine Gedanken waren klar. Er setzte sich auf und versuchte, seine Erinnerungen in eine Reihenfolge zu bringen. An jeden, der vergangenen Tage konnte sich Eisenbeisser nun wieder exakt erinnern. Das betraf auch die unangenehmen Erinnerungen, wie den Moment, in dem er gegen die von Rian aufgerissene Tür gelaufen war, oder die letzte Nacht, in der er niedergeschlagen und ausgeraubt worden war. Wenn sich Eisenbeisser daran erinnerte, schien sein Kopf wieder warnend zu pochen.

Doch es gab auch angenehmere Erinnerungen, wie etwa die an sein Quartier in Valeria, in dem frische Wäsche und sein Degen deponiert waren. Eisenbeisser beschloss, sich sofort auf den Weg dorthin zu machen. Mittlerweile war es dunkel geworden. Er stand auf. Es dauerte eine Weile, bis seine steifen Knochen wieder wie gewohnt funktionierten und er sich auf seinen Weg durch die Büsche machte. Eisenbeisser fluchte kräftig, weil er dabei schmerzhaft von den Dornen gestochen wurde. Sobald er den verwilderten Katarina Park des Klosters verlassen hatte, wandte er sich Richtung Gerberviertel. Der schlechte Geruch machte es nicht gerade zur beliebten Wohngegend von Valeria. Es gab viel lichtscheues Gesindel, das hier seine Bleibe gefunden hatte. Auch die Soldaten und Polizisten in Valeria machten lieber einen Bogen um diesen Stadtteil. Deshalb hatte Eisenbeisser nach seiner Flucht hier auch ohne Fragen einen kleinen hölzernen Verschlag in einem Hinterhof mieten können. Dahin war er jetzt unterwegs.

Die Straßen und Gassen von Valeria waren um diese Zeit sehr belebt. Eisenbeisser hielt sich so gut wie möglich versteckt. Ohne Hut war sein kahler Kopf viel zu auffällig für einen Mann, der von Kopfgeldjägern gesucht wurde. Ein Kopftuch konnte er aus seiner zerfetzten Kleidung beim besten Willen nicht mehr herausreißen. So vermied er den Schein der Lampen und wich in dunkle Winkel aus, wann immer es möglich war. Auf diese Art kam er zwar nur langsam vorwärts, erreichte aber nach Mitternacht endlich den dunklen und schäbigen Hinterhof, in dem sich sein klappriger Verschlag befand.

Eisenbeisser verbarg sich eine ganze Weile in einer dunklen Ecke der Straße, die in eine schmale Einfahrt in den Hinterhof führte. Sorgfältig suchte er nach Zeichen von Verfolgern. Obwohl immer wieder Menschen die Straße entlangliefen, interessierte sich niemand für den Eingang zum Hinterhof. Eisenbeisser überquerte mit schnellen Schritten die Straße und lief in den engen Zugang. Danach ging er langsam weiter. Der kleine Hof gehörte zu einer Gerberei. Von morgens bis abends arbeiteten hier Gerber, doch jetzt war der Hof menschenleer. Überall standen Fässer, Gerberbottiche und allerlei Gerümpel. Es war schon bei Tageslicht schwer, den Weg zu dem Verschlag zu finden, ohne irgendwo anzustoßen oder etwas umzuwerfen, bei Nacht war es fast unmöglich. Eisenbeisser schlängelte sich nicht zum ersten Mal bei Nacht durch dieses Labyrinth. Aber er konnte auch nicht vermeiden, dass er hin und wieder gegen einen Bottich stieß oder irgendein rätselhaftes Gerümpel zu Boden stieß. Endlich gelangte er zu dem baufälligen Schuppen, der seit einigen Tagen sein Zuhause war. Die Tür hatte kein Schloss. Eisenbeisser hatte sie deswegen mit einigen Keilen an einzelnen versteckten Stellen blockiert. Um die Tür zu öffnen, musste man einen dünnen Stab an bestimmten Stellen durch die Spalten zwischen Tür und Wand stoßen, um die Keile zu entfernen. Eisenbeisser hatte den Stab auf dem Dach abgelegt. Er stellte sich auf die Zehenspitzen und stützte sich mit der linken Hand an der Tür ab, während er mit der rechten Hand nach dem Stab tastete. Die Tür schwang auf, bevor Eisenbeisser den Stab gefunden hatte. Eisenbeisser war alarmiert. Angespannt horchte er in das Dunkel des Schuppens, doch es war kein Laut zu hören. Eisenbeisser tastete sich in das Dunkel der Hütte und schloss die Tür hinter sich. Auf dem Türbalken fand er Kerzenstummel und Feuerzeug, die er hier aufbewahrt hatte. Er machte Licht und sah sich um.

Es war eingebrochen worden. Der einzige Schrank war offen und leer. Von seiner Kleidung und anderen Habseligkeiten war nichts mehr zu vorhanden. Der Seesack war weg und der Strohsack, auf dem Eisenbeisser geschlafen hatte, war aufgeschlitzt worden. Das Stroh war überall auf dem Boden verstreut. Der Dieb hatte mit Recht vermutet, dass dort etwas versteckt war. Eisenbeissers letztes Geld war jedenfalls auch verschwunden.

Dies war einer der seltenen Momente, in denen Tutnichgut Eisenbeisser seine Fassung verlor. Dieser Tag war einfach zuviel für ihn gewesen. Eisenbeisser brüllte vor Zorn so laut auf, dass alle Menschen in den umliegend Häusern aus dem Schlaf hochschreckten. Er packte die Tür mit beiden Händen, riss sie aus den Angeln und warf sie mit einem lauten Schrei in den Hof. Es gab einen fürchterlichen Lärm, als die Tür mit einem lauten Krach in dem herumliegenden Gerümpel einschlug. Mit aller Kraft trat Eisenbeisser nun gegen die Wand seiner baufälligen Behausung. Die Wand wackelte, gab aber nicht nach. Das machte Eisenbeisser noch wütender. Er nahm Anlauf und rammte mit seiner Schulter die Hüttenwand. Die konnte dem Ansturm nicht standhalten und stürzte um. Das Hüttendach verlor seine Stütze und fiel herunter, genau auf Eisenbeissers Kopf. Es war ein einfaches, flaches Dach, ein paar Balken mit dünnen Brettern beplankt und mit etwas Pech abgedichtet. Wären die Dachbretter nicht so dünn und morsch gewesen, hätte Eisenbeisser wohl eine weitere eindrucksvolle Beule erhalten. So durchstießen sein Kopf und die Schultern stattdessen die Bretter. Das Dach rutschte weiter nach unten und klemmte seine Arme gegen den Rumpf. Da half kein Brüllen und Rütteln. Eisenbeisser steckte in einem Loch im Dach fest.

Inzwischen war der Hinterhof von Leben erfüllt. Überall hörte man aufgeregte Stimmen. Kerzen und Lampen wurden entzündet und Menschen liefen auf den Hof und suchten nach der Ursache des Lärms. Eisenbeisser fluchte und versuchte, sich mit aller Kraft zu befreien. Das Dach hing an einer Seite an einer Hüttenwand fest. Und obwohl der Schuppen morsch und ramponiert war, gelang es Eisenbeisser nicht sich loszureißen. Er wurde ruhig er konnte ohnehin nicht mehr unauffällig verschwinden. Aber die Menschen, die sich ihm näherten, würden ihm helfen, sich zu befreien. Es waren seine Nachbarn - Gerber, Handwerker, aber auch Kinder. Sie sahen eher besorgt als verärgert aus. Er würde ihnen erzählen, die Hütte sei einfach über ihm eingestürzt. Doch inmitten des Stimmengewirrs hörte man plötzlich ein klirrendes Geräusch. Der Zugang zum Innenhof wurde auf einmal von Fackeln erhellt. Drei Männer marschierten herein. Sie schoben die Menge auseinander und schritten schweigend direkt auf Eisenbeisser zu. Die drei waren in schwarzes Leder gekleidet, sahen gefährlich aus und waren mit Degen und Musketen bewaffnet. Ihre Waffen klirrten leise beim Gehen. Der Anführer war ungefähr so groß wie Eisenbeisser, trug einen Hut mit breiter Krempe und einer roten Feder. Langes Haar quoll unter seiner Kopfbedeckung hervor. Im Schein der Fackeln konnte man eine große Narbe erkennen, die sich von seiner Stirn über die linke Wange bis zum Kinn hinzog, wo sie in einem schwarzen Bart verschwand. Das linke Auge war von einem schwarzen Tuch bedeckt. Seine beiden Begleiter waren jung und stark, sahen aber auch etwas dümmlich aus. Vor den Resten der Hütte blieben die drei stehen und hoben ihre Fackeln. Als sie den eingeklemmten Eisenbeisser sahen, mussten sie lachen. Eisenbeisser wusste sofort, dass er Kopfgeldjägern gegenüberstand.

Grinsend machte der Anführer eine übertriebene Verbeugung vor Eisenbeisser. „Kapitän Eisenbeisser, meine Ehrerbietung und zu Ihren Diensten. Mein Name ist Django Nett. Ich helfe der Polizei, Verlorengegangenes wiederzufinden", sagte er mit spöttischer Stimme. „Und Sie sind der Polizei besonders teuer. Doch was der Polizei teuer ist, füllt meinen Geldbeutel auf das Angenehmste." Er brach in wieherndes Gelächter aus. Eisenbeisser knirschte mit den Zähnen und schwieg. Die Menschen im Hof wurden unruhig und begannen zu tuscheln. Einige spuckten aus. Kopfgeldjäger waren nicht beliebt im Gerberviertel. Die Menge rückte langsam näher; die Stimmung war feindselig. Einer der beiden jüngeren Kopfgeldjäger richtete seine Muskete auf die Menschen. Der andere griff nach seinem Degen und prüfte grinsend mit seinem Daumen die scharfe Spitze. Daraufhin wichen die Leute im Hof wieder einige Schritte zurück.

Währenddessen versuchte Eisenbeisser immer noch, das Dach von der Wand zu reißen oder seine Arme aus dem Loch zu befreien. Auf der Suche nach einem festen Stand bohrten sich seine Füße in die Erde und trafen auf einen länglichen Gegenstand. Eisenbeisser stockte der Atem. Er blieb wie angewurzelt stehen. In einer völlig ausweglosen Situation bekam er unverhofft eine neue Chance, seine Haut zu retten.

Django Nett zog aus Eisenbeissers Verhalten freilich einen ganz anderen Schluss. „Du siehst also ein, dass es keinen Sinn hat zu, sich zu wehren", sagte er genüsslich. „Bleib schön ruhig stehen und einer meiner beiden Gehilfen Hugin und Munin wird Dich befreien. Aber eine falsche Bewegung", Django Nett zog seinen Degen, „und ich serviere Admiral Noslen Deinen Kopf auf einem silbernen Tablett!". Bei diesen Worten schien Eisenbeisser endgültig die Kraft zu verlassen. Seine Beine knickten ein, er sank auf die Knie und mit ihm bewegte sich auch das Hüttendach ein Stück nach unten. Eisenbeisser ließ den Kopf hängen und machte ein verzweifeltes Gesicht. Doch unter dem Dach, verborgen vor den Blicken der Kopfgeldjäger, tasteten seine Hände nach dem langen Gegenstand, von dem er nicht geglaubt hatte, dass er ihn jemals wieder in den Händen halten würde: seinen Degen, den er im Erdboden vergraben hatte.

Django Nett machte Hugin ein Zeichen, Eisenbeisser zu befreien. Er selbst trat ein Stück zurück und Munin legte seine Muskete auf Eisenbeisser an. Hugin trat nun von außen an das Dach und versuchte, es anzuheben. Es gelang nicht. Er konnte ja auch nicht wissen, dass Eisenbeisser die Arme auseinanderdrückte und alles tat, damit das Dach dort blieb, wo es war. Hugin ging ein Stück weiter und probierte es erneut. Wieder nichts. Neuer Versuch an einer anderen Stelle. Blöderweise stand er nun genau vor Munin mit seiner Muskete und verdeckte dem die Sicht auf den Kapitän. Diesmal bewegte sich das Dach ein wenig. Munin spannte seine Muskeln an und legte alle Kraft in einen gewaltigen Ruck. Eisenbeisser half mit. Das Dach flog förmlich in die Höhe, riss von der Wand ab, bewegte sich wie durch Zauberhand auf Hugin zu und riss ihn um. Dabei stieß er gegen Munin, der dadurch aus dem Gleichgewicht geriet und zur Seite taumelte. Ein Schuss löste sich aus der Muskete, die Kugel wurde in den dunklen Nachthimmel geschossen. Django Nett begriff sofort, dass Eisenbeisser hinter der seltsamen Flugbahn der Kugel steckte. Mit einem Fluch stieß er seinen Degen dahin, wo gerade noch Eisenbeissers Hals gewesen war und traf – auf Stahl. Sein Hieb wurde mit einer Kraft pariert, dass ihm der Degen aus der Hand gerissen wurde. Im nächsten Moment spürte er eine Degenspitze am Hals. Django Nett erstarrte. „Sag Deinen beiden Tölpeln, dass sie ihre Waffen hier zu meinen Füßen ablegen sollen, wenn Du noch weiterleben möchtest!", befahl Eisenbeisser. „Tut was er sagt!", krächzte Django Nett, den die spitze Klinge sehr nervös machte. Hugin und Munin stolperten unbeholfen auf Eisenbeisser zu. „Stopp!", sagte Eisenbeisser. „Und nun die Waffen auf den Boden und in die Ecke zurück!" Wütend zogen sich Hugin und Munin zurück. Sie hatten gehofft, nahe genug an Eisenbeisser heranzukommen, um ihn zu überwältigen. „Deine Waffen auch, Kopfgeldjäger! Mit der linken Hand bitte", forderte Eisenbeisser. Django Nett zog zögernd eine Pistole und ein Messer aus dem Gürtel. Eisenbeisser verstärkte den Druck seines Degens auf Django Netts Hals. „Hast Du auch sicher nichts vergessen?", fragte er zuckersüß. Django Nett bückte sich vorsichtig und zog ein Wurfmesser aus seinem Stiefel. „Fein Django", sagte Eisenbeisser, „und nun zieh Dich aus und wirf mir Deine hübschen Sachen herüber." Django Nett kochte vor Wut, aber er wagte nicht zu widersprechen. Langsam zog er seine Kleidung aus, bis er nur noch in Unterwäsche dastand. Eisenbeisser nahm die Kleidung an sich, ohne den Degen allzu weit von Django Netts Hals zu entfernen. „Dein Hut fehlt noch", bemerkte er trocken. Bevor der Kopfgeldjäger reagieren konnte, schubste ihm der Kapitän den Hut mit dem Degen von Kopf. Dann lachte er, denn mit dem Hut rutschte Django Nett auch eine Perücke vom Kopf. Sein Kopf war weitgehend kahl, nur über den Ohren und am Hinterkopf wuchsen noch einige dunkle Haarbüschel. Auch die Menschen im Hof brachen bei diesem Anblick in Gelächter aus. Django Nett wurde knallrot im Gesicht und knirschte vor Wut mit den Zähnen. Eisenbeisser scheuchte Django mit einer Bewegung seines Degens zu Hugin und Munin hinüber. Dann schob er sich die Pistole von Django Nett in den Gürtel und setzte sich den Hut auf. Er war etwas zu klein für seinen Schädel und beulte daher etwas aus.

Eisenbeisser wandte sich an die Menschen im Hof. „Wer mag, kann sich von diesen miesen Typen nehmen, was er haben möchte, aber haltet sie mir eine Weile vom Leib." Er schob sich schnell durch die Menge und verschwand in der Dunkelheit.

Kommandantur

„Meine Herren, die Lage ist ernst!" Der Admiral machte eine Pause, bevor er fortfuhr: „Die Armeen Geraniens in allen Ländern des Kontinents sind auf dem Rückzug. Wir hatten bei diesem Krieg auf die Zerstrittenheit unserer Feinde gehofft. Leider haben unsere Gegner ihre Streitigkeiten beigelegt und sich miteinander verbündet. Die Staatskasse ist leer, wir haben kein Geld mehr, um weitere Söldner anzuwerben oder um andere Staaten mittels Geld auf unsere Seite zu ziehen. Inzwischen ist sogar unsere Flotte bedroht, da das Geld fehlt, weitere Schiffe zu bauen. Wir benötigen dringend noch ein Dutzend Schiffe vom Typ der „Goldenen Prachtgans", zumal ihr Schwesterschiff, der „Silberne Erpel" in einer Seeschlacht im Nordmeer versenkt wurde. Schlimmer noch, selbst die Reparatur von beschädigten Schiffen wird immer schwieriger."

Die Anwesenden machten ernste Gesichter. Es waren allesamt Admiräle oder Kommandeure. Sie hatten sich in der Kommandantur der Dritten Flotte in der Nähe des Hafens getroffen, um über den Fortgang des Krieges zu sprechen. Admiral Noslen führte den Vorsitz. Nicht nur weil es sein Hauptquartier war, sondern auch weil die Dritte Flotte den größten Teil der Flotte Geraniens ausmachte. Die Erste Flotte bestand nur aus kleineren Schiffen zum Küstenschutz und die Zweite Flotte besaß nach der verheerenden Schlacht im Nordmeer nur noch zwei kleine Fregatten.

„Wie lange können wir noch durchhalten?", fragte der grauhaarige Admiral Bellington, Befehlshaber der Seesoldaten. Admiral Noslen schaute bedeutungsvoll auf einen dünnen Mann mit stechenden Augen. Er trug einen Mantel, dessen Kapuze hochgeschlagen war, so dass man sein Gesicht nicht richtig erkennen konnte. Oberst Brandaris war Chef des Marinegeheimdienstes. Er verfügte über die besten Informationen zum wahren Verlauf des Krieges. Oberst Brandaris ließ sich Zeit mit seiner Antwort. „Wenn wir nicht innerhalb der nächsten 4 Monate über ausreichende Geldmittel verfügen, wird der Feind in spätestens 6 Monaten Geraniens Grenzen überschreiten." Die anderen Anwesenden waren schockiert. Trotz der schlechten Nachrichten war man weiterhin von der Unbesiegbarkeit Geraniens ausgegangen. Geranien war schließlich das stärkste Land des Kontinents.

„Das ist völlig inakzeptabel!", schnaufte Admiral Tulla-Fulla, Herzog von Tulla-Fulla, seines Zeichens Befehlshaber der zweiten Flotte, bestehend aus den Fregatten „Emma" und „Frederike". Oberst Brandaris lächelte kühl. „Meines Wissens hat die Zweite Flotte nicht gerade dazu beigetragen, unsere Lage zu verbessern. Wie viele Schiffe hat die zweite Flotte noch einmal in der Schlacht auf dem Nordmeer verloren?"

„Meine Herren, das bringt uns nicht weiter!", unterbrach Admiral Noslen den sich anbahnenden Streit. „Wir brauchen eine Lösung und keine Schuldzuweisung. Eine Lösung kann doch nur heißen, dass wir Gold beschaffen – viel Gold." „Hat Ihr Flagschiff, die „Goldene Prachtgans" nicht gerade eine ganze Menge davon verloren?", fragte Admiral Tulla-Fulla genüsslich.

Admiral Noslen sah Admiral Tulla-Fulla solange an, bis dieser rot wurde, die Augen senkte und die goldenen Knöpfe seiner Weste betrachtete, die sich über seinem gewaltigen Bauch spannte. Erst dann beantwortete er die Frage. „Wie Sie wissen, Herzog, ist das Gold auf der Fahrt verschwunden. Ebenso wie der Kapitän. Wir vermuten, dass die ganze Mannschaft unter einer Decke steckt, möglicherweise sogar mein Neffe Roderich. Leider erwiesen sich sämtliche Verhöre als ergebnislos. Wir haben die Mannschaft daher in ein Arbeitslager gesteckt, in dem die Leute zur Besinnung kommen sollen. Einzig mein Neffe Roderich ist noch hier unter Arrest."

„Und hat inzwischen jemand geredet?", fragte Admiral Tulla-Fulla herausfordernd. „Bislang nicht", antwortete Admiral Noslen. „Vielleicht ist es dann an der Zeit, dies zu ändern und die Wahrheit mit anderen Methoden herauszufinden", schlug Oberst Brandaris kühl vor. „Was immer nötig ist, Herr Oberst – tun Sie Ihre Pflicht, Sie haben völlig freie Hand!", schloss Admiral Noslen die Sitzung.

Hölle

Roderich von Blattlaus saß auf einem Stuhl vor einem kleinen Tisch und starrte trübsinnig in den üppigen Garten vor seinem Fenster. Sein Blick wanderte auf den Teller mit den abgenagten Hühnerknochen. Daneben stand ein noch halbvolles Weinglas. Er war in einer weißgetünchten Kammer untergebracht, die außerdem noch mit einem Bett und einem Schrank ausgestattet war. Die Tür seiner kleinen Kammer stand offen, das Fenster ebenfalls. Roderich seufzte. Er war gefangen. Roderich seufzte noch einmal. Gefangen - nicht etwa durch eine verschlossene Tür, sondern durch sein Ehrenwort. Er hatte seinem Onkel bei seiner Ehre versprechen müssen, dass er dieses Zimmer bis zum Abschluss der Untersuchung über den Verbleib des Goldes nicht verlassen würde. Doch ein Ende der Untersuchung ließ sich nicht absehen. Roderich selbst war nun sicherlich ein Dutzend Mal von Kapitän Branntwein zu den Geschehnissen auf der "Goldenen Prachtgans" befragt worden. Doch er konnte sich beim besten Willen nicht daran erinnern, was zwischen dem angeblichen Auftauchen eines blinden Passagiers und seinem Erwachen auf dem Schiffsdeck passiert war. Gerne führte er in den Gesprächen mit Kapitän Branntwein an, dass er den Blinden Passagier nie gesehen hatte. Den habe es vermutlich nie gegeben und sei Teil einer Verschwörung des schrecklich ungehobelten Kapitäns Eisenbeisser gewesen, der sicherlich auch für den Raub des Goldes verantwortlich sei. Dies - so Roderich - sei doch ein Beweis seiner Unschuld und Kapitän Branntwein möge doch endlich einsehen, dass er unschuldig sei und ihn aus der Haft entlassen.

Kapitän Branntwein pflegte bei diesen Forderungen ein ausdrucksloses Gesicht zu machen und zu schweigen. Nur einmal reagierte er, als Roderich sich im Anschluss an seine Unschuldsbeteuerungen lautstark über Unterbringung und Verpflegung beschwerte. Kapitän Branntwein bemerkte trocken, dass sich Roderich über sein derzeitiges Quartier nicht zu beklagen brauche, er sei hier wesentlich besser untergebracht als der

Rest der Mannschaft der „Goldenen Prachtgans". Anschließend verließ er Roderich, ohne ein weiteres Wort mit ihm zu wechseln. Roderich beschloss daraufhin zu schmollen und sprach bei den nächsten Besuchen kein Wort mehr mit Kapitän Branntwein.

Das war nun bereits einige Tage her und Roderich begann nun doch langsam unter der Einsamkeit zu leiden, zumal ihm andere Besuche untersagt waren. Als er an diesem Tag Schritte im Flur hörte, war er erleichtert. Um nicht zu interessiert zu erscheinen, richtete er seinen Blick aus dem Fenster und begann, mit höchster Aufmerksamkeit die Spinnweben an seinem Fenster zu betrachten. Die Schritte im Flur kamen näher. Es hörte sich nach mehreren Personen an. Roderichs Neugier wurde unerträglich, doch er zwang seinen Blick weiterhin auf das Spinnennetz, in dem sich nun auch noch eine fette Fliege verfangen hatte. Roderich betrachtete gerade angeekelt, wie eine große Spinne aus einer Ecke des Netzes heraneilte und sich in die Fliege verbiss, als ihn eine bekannte Stimme aus seinen Betrachtungen riss. "Roderich!" Roderich drehte sich betont langsam herum und sah Admiral Noslen im Raum stehen. Am Eingang der Tür stand Kapitän Branntwein, weiter hinten im Flur konnte Roderich zwei Soldaten erkennen.

"Verehrter Onkel!", rief Roderich erfreut. "Wie schön, Sie hier zu sehen." Er erhob sich von seinem Stuhl und bot ihn seinem Onkel an - eine Geste, die er sich bei Kapitän Branntwein tunlichst erspart hatte. "Sicherlich bringen Sie Nachricht von meiner Freilassung", fuhr er fort. Admiral Noslens Gesicht war ernst. Er beachtete die Einladung nicht und blieb stehen. "Mein lieber Neffe, dem ist leider nicht so. Kapitän Branntwein hat mir berichtet, dass Du bislang keine Absicht gezeigt hast, uns Angaben zum Verbleib des Goldes zu machen." "Das ist eine infame Lüge!", stieß Roderich mit hochrotem Kopf aus. "Ich habe Kapitän Branntweich wertvolle Hinweise auf eine Verschwörung gegen den König gegeben, die dieser schreckliche Kapitän Eisenbeiss eingefädelt hat, um an das königliche Gold zu gelangen." Admiral Noslen blickte Roderich traurig an. "Das sind nur Anschuldigungen, Roderich. Als Kommandant der "Goldenen Prachtgans" hattest Du die Verantwortung für das Gold, das unser König nun so schmerzlich vermisst. Ich fordere Dich hiermit auf, uns umgehend über den Verbleib des königlichen Schatzes zu informieren, sonst sehe ich mich gezwungen, Dich einer strengeren Befragung zu unterwerfen. Gestehe endlich, Roderich!" Obwohl Roderich den guten Willen im Gesicht seines Onkels sehen konnte, wurde er wütend. "Ich habe dazu nichts mehr zu sagen, Admiral", äußerte er patzig. "Machen Sie mit mir, was Sie wollen, ich werde jede Widerwärtigkeit mit der Würde eines Edelmanns ertragen!" "Wie Du willst!", sagte Admiral Noslen verärgert. "Kapitän Branntwein, führen Sie Graf Roderich von Blattlaus zu den anderen Gefangenen ab!"

Kapitän Branntwein eskortierte Roderich wortlos in den großen, hellen Innenhof der Festung. Dort stand abfahrbereit eine einspännige Kutsche, die aber eher einer Kiste auf Rädern ähnelte. Außer einer massiven Tür mit einem kleinen, vergitterten Fenster gab es keine Öffnung. Auf dem Kutschbock hockte ein vierschrötiger Kutscher mit einer Peitsche in der Hand. Daneben saß ein Soldat, der sich gelangweilt auf seinen Degen stützte. Kapitän Branntwein öffnete die Tür. „Wenn Euer Durchlaucht bitte die Güte hätten, einzutreten...", sagte er mit kaum wahrnehmbarem Spott. Roderich wollte protestieren, erinnerte sich aber gerade noch rechtzeitig daran, dass er eben noch behauptet hatte, alle Widerwärtigkeiten würdevoll zu ertragen. Er betrat gebückt und mit eisigem Schweigen das Innere der Kutsche. Kaum hatte er den zweiten Fuß hineingesetzt, wurde die Tür auch schon zugeschlagen, Ein Riegel fiel ins Schloss. Roderich hörte eine Peitsche knallen und die Kutsche rollte holpernd an. Roderich fiel um und landete in einem Haufen stinkenden Strohs. Er wollte gerade lauthals protestieren, als die Kutsche in eine Kurve fuhr und Roderich in eine Ecke geschleudert wurde, in der eine Pfütze Schweinegülle (oder Schlimmeres) lag. Roderich rutschte mit dem Gesicht durch die stinkende Masse und beschloss – mit der Würde eines Edelmanns – ohnmächtig zu werden.

Die Fahrt dauerte Stunden. Hin und wieder erwachte Roderich, öffnete ein Auge, schnupperte angewidert, sah an sich herunter, beschloss, dass dies alles nur ein böser Traum sei - und wurde wieder ohnmächtig. Doch irgendwann half alles nichts mehr. Roderich rappelte sich in der schwankenden und holpernden Kutsche auf und spähte durch das schmale Fenster nach draußen. Ein fauliger, salziger Geruch stieg ihm in seine Nase, draußen konnte er Schilf und Morast ausmachen. Die Luft war feuchtwarm. Roderich schwitzte. Er hörte das Sirren vieler Insekten und schon kurz darauf befand er sich in Gesellschaft von Fliegen, Schnaken und Bremsen. Aus dem Fluchen und Klatschen, das er vom Kutschbock hörte, schloss er, dass er nicht der Einzige war, der mit Insektenstichen zu kämpfen hatte.

Einige Zeit später kam die Kutsche zum Stehen. Dann hörte er, wie sich quietschend ein Tor öffnete. Die Kutsche fuhr wieder an, hielt aber kurz darauf wieder an. Der Soldat stieg vom Kutschbock und riss die Tür auf. "Raus!", brüllte er mit ohrenbetäubender Lautstärke. Roderich war zu eingeschüchtert, um zu protestieren. Außerdem war er erschöpft von der langen, holprigen Fahrt. Zittrig stieg er aus der Kutsche und sah sich um. Er befand sich in einer mit Schilf bestandenen Ebene, die von der Abendsonne beschienen wurde. Der Boden war matschig. Roderich versank fast bis zu den Knöcheln im Schlamm. Der mit Steinen befestigte Weg, über den die Kutsche gekommen war, endete hier hinter einem hohen, vergammelten Zaun mit einem Tor. Vor sich konnte Roderich ein paar baufällige kleine Hütten und einige größere, windschiefe Zelte erkennen, vor denen ein paar zerlumpte und verdreckte Gestalten saßen. Eine halbes Dutzend fast genauso verdreckte und zerlumpte Bewacher mit Schlagstöcken patrollierten gelangweilt auf dem Gelände. "Vorwärts!", befahl der Soldat. Er gab Roderich einen kräftigen Stoß. Roderich verlor das Gleichgewicht und fiel der Länge nach hin. Der Kutscher und der Soldat stießen ein wieherndes Lachen aus. Roderich erhob sich mühsam. Seine einst makellos weiße Kleidung war nun von einem ungleichmäßigen Braun eingefärbt. Seine Lackschuhe waren nicht mehr zu erkennen. "Vorwärts und dann rechts zur ersten Hütte!", befahl der Soldat, noch immer keuchend vor Lachen. Roderich stolperte vorwärts. Die Tür der Hütte war verschlossen. Der Soldat schlug feste mit dem Gewehrkolben gegen die Tür. Schlurfende Schritte waren zu hören. Ein kleiner, dicker, schmierig aussehender Mann öffnete die Tür. "Meister Adipositas, ich bringe hier einen neuen Bauarbeiter!", rief der Soldat fröhlich. Er kramte ein zerknittertes Papier aus seiner Manteltasche und las langsam und stockend vor. „Der Gefangene Roderich Blattlaus wird hiermit auf unbestimmte Zeit im Gefangenenlager "Gallinago" festgesetzt. Er ist gemeinsam mit den Gefangenen der Gruppe "Prachtgans" zum Straßenbau einzusetzen." Der Soldat und der kleine, dicke Mann sahen sich einen Moment verdutzt an und begannen dann beide zu lachen. "Blattlaus!", prustete Meister Adipositas, "Hi, hi, hi. Komischer Name. Dung würde viel besser zu ihm passen, so wie er aussieht und wie er riecht." Er und der Soldat schüttelten sich wieder vor Lachen. Der Soldat hielt das Papier vor seine Augen und wollte weiterlesen. "Lass gut sein", sagte Meister Adipositas, "den Rest lese ich drinnen." Dann nahm der Dicke das Papier, verschwand kurz in der Hütte und brachte ein anderes mit zurück. "Hier Soldat", sagte er freundlich, "Deine Quittung. Du musst ja nicht länger als unbedingt nötig in diesem Drecksloch bleiben." Der Soldat salutierte zackig, drehte sich auf dem Absatz um und stapfte eilig zurück zur Kutsche, ohne sich noch einmal nach Roderich umzudrehen. Dem hatte es während des Gesprächs buchstäblich die Sprache verschlagen. Doch nun brach es aus ihm heraus: "Herr Aposidi", rief er empört, "ich verlange von Ihnen, sofort von hier zurück nach Valeria gebracht zu werden. Ich bin kein gewöhnlicher Mann wie Sie, sondern ein Herr von Stand und gehöre nicht hierher." Meister Adipositas sah Roderich verblüfft mit zusammengekniffenen Augen an. Unvermittelt holte er mit der Faust aus und gab Roderich einen so kraftvollen Kinnhaken, dass dieser nach hinten kippte und im Matsch landete. Roderich sah Sterne und machte keine Anstalten aufzustehen. Meister Adipositas trat neben ihn.

"Jungchen", sagte er gefährlich ruhig, " es gibt hier nur ein paar Regeln, aber die solltest Du kennen: Erstens redest Du nur, wenn Du gefragt wirst. Und dann reicht ein einfaches Ja oder Nein. Zweitens gehorchst Du jedem Bewacher, egal, was er sagt. Drittens heiße ich Meister Adipositas und Du hörst ab jetzt auf den Namen "Dung". Hast Du das verstanden?" Roderich setzte sich auf. Ihm wurde schlagartig klar, dass dies alles hier kein böser Traum war und dass er hier Menschen ausgeliefert war, über die man während der königlichen Feste nur abfällig gelacht hatte. "Ja!", sagte er kläglich. Beim Sprechen tat ihm sein Kinn furchtbar weh.

"Na also, geht doch!", freute sich der Dicke. "Du wirst sehen, Jungchen, es ist gar nicht so schlecht hier in "Gallinago", dem besten Strafgefangenenlager westlich des Rheins. Wir arbeiten nur 6 Tage die Woche an der Straße. Zweimal am Tag gibt es Essen. Sonntags müsst ihr nur das Lager instand setzen, ihr dürft euch waschen und es gibt als Nachtisch zum Essen sogar einen Apfel für jeden."

Meister Adipositas trat ein paar Schritte zurück, steckte seine Finger in den Mund und stieß einen lauten Pfiff aus. Die Gesichter der Umstehenden wandten sich ihm zu. "Bronski", rief Meister Adipositas, "komm doch mal her!". Ein grobknochiger Bewacher mit einem dümmlichen, brutalen Gesicht setzte sich schwerfällig zu ihnen in Bewegung. "Bronski, das ist ein neues Mitglied unserer Gemeinde. Er heißt Dung. Dung kommt zur Gruppe "Prachtgans". Du bringst ihn jetzt erst zum Friseur, dann verpasst Du ihm sein Fußband und hinterher schaffst Du ihn zu den anderen "Prachtgänsen". Ach ja - und sei höflich, es ist ein Herr von Stand!" Meister Adipositas lachte meckernd und nach einem kurzen, begriffsstutzigen Zögern stimmte Bronski in sein Gelächter ein. "Werde ich mir merken, Meister", sagte er.

Meister Adipositas drehte sich um und verschwand in seiner Hütte. Bronski wartete, bis die Tür ins Schloss gefallen war. Er sah Roderich tückisch an. „Willkommen in der Hölle, Dung", sagte er höhnisch. Dann versetzte er ihm einen Tritt in die Rippen. Roderich stöhnte laut auf. "Na los, steh auf Du Stück Dreck!", schnauzte Bronski. "Schneller, schneller!" Er drohte mit dem Stock. Roderich rappelte sich eilig auf. Bronski stieß ihn in Richtung einer etwas abseits stehenden Hütte. "Figaro!", brüllte er. "Kundschaft". Ein alter, schmächtiger Mann mit zusammengeketteten Beinen erschien verängstigt im Eingang. Bronski schubste Roderich brutal in die Hütte und stieß ihn auf einen wackeligen Hocker. Der Alte erschien mit einer rostigen Schere und, ehe Roderich etwas sagen konnte, schnipselte er Roderichs schulterlanges Haar bis dicht an die Kopfhaut ab. "Mensch, hat der abstehende Ohren", höhnte Bronski, "die hat man ja unter den Haaren gar nicht gesehen!" "Los mach schneller!", herrschte er dann den Alten an." Während der Roderichs Haare schnitt, kramte Bronski im hinteren Teil der Hütte herum und kam mit einer rostigen Fußfessel wieder. Er gab Roderich einen Stoß, so dass dieser vom Hocker auf den Rücken fiel und schloss die Fußfessel um Roderichs Knöchel. "Steh auf Dung!", schrie Bronski und trat noch einmal nach Roderich. "Jetzt geht es zu Deinen dreckigen Freunden." Roderich tat alles weh.

Aber seine Angst vor Bronski war stärker als die Schmerzen und so rappelte er sich erneut auf. Die Fußfessel ließ nur kleine Schritte zu. Trotzdem zwang Bronski Roderich ein schnelles Tempo auf, indem er ihn immer wieder mit seinem Stock piekste und schlug. Es machte ihm offensichtlich Spaß. Sie entfernten sich weiter vom Ende der Straße, dann ging es ein kleines Stück nach links, wo der Matsch noch tiefer und klebriger wurde. Roderich sah eine Plane zwischen ein paar Pfählen gespannt, darunter eine größere Gruppe von Menschen, die neugierig zu ihm herüberschauten. Einige standen auf und gingen ein paar Schritte auf Roderich und Bronski zu, kamen aber nicht weit, da sie offensichtlich zusammengekettet waren. Als sie sich näherten, blickte Roderich in die verdreckten, müden Gesichter der Besatzung der "Goldenen Prachtgans".

Bronski drängte sich mitten in die Gruppe. Er stellte Roderich ein Bein und gab ihm gleichzeitig von hinten einen Schlag mit seinem Knüppel. Roderich schrie auf, stolperte und fiel erneut der Länge nach in den Matsch. Bronski stellte seinen Fuß auf Roderichs Rücken. Er genoss die Situation. "Hier ihr Mistkerle! Ich bringe euch ein neues Familienmitglied. Es heißt Dung. Stinkt genauso wie ihr!" Bronski lachte höhnisch.

Einer der Männer kam dicht auf Bronski zu. "Vorsicht Bronski!", sagte Feldwebel Stocks gefährlich. "So gehst Du nicht mit unserem Kameraden um!" Zwei andere Männer bewegten sich lautlos von beiden Seiten hinter Bronskis Rücken. "Pass auf Du Laus", schrie Bronski unbeherrscht, "sonst spürst Du meinen Stock." Stocks sagte gar nichts. Er schaute Bronski nur an. Seine Augen funkelten. "Nimm den Fuß von unserem Kameraden", befahl Stocks mit einer Stimme, als sei er noch Chef der Seesoldaten. Bronskis Gesicht zeigte auf einmal so etwas wie Angst. Er wedelte ein wenig mit dem Knüppel in der Luft herum, nahm dann aber den Fuß von Roderichs Rücken und machte zwei schnelle Schritte zurück. Die beiden Männer hinter Bronski zogen im gleichen Moment die Kette stramm, mit der sie aneinandergekettet waren. Bronski stolperte über die straff gespannte Kette und fiel der Länge nach rückwärts in den stinkenden Matsch. Stocks war bei ihm, bevor er sich aufrichten konnte. Er setzte Bronski seinen Fuß auf die Brust und drückte ihn tiefer in den

Matsch. Bronski wollte schreien, doch Leutnant Hasenbein hielt ihm mit seiner schlammverdreckten Hand den Mund zu. "Schnauze halten und zuhören, was der Feldwebel Dir zu sagen hat", sagte er mit sanfter Stimme.

"Niemanden von uns wirst Du so behandeln!", sagte Stocks. "Wenn Du noch einmal einen von uns anfasst, wirst Du unauffällig in einem tiefen Schlammloch versinken, ohne dass es einer merkt. Hast Du das verstanden? Ein einfaches Ja oder Nein reicht." "Ja", sagte Bronski stöhnend. Stocks nahm den Fuß von Bronskis Brust. Die meisten der anderen Männer bauten sich schweigend neben Stocks auf. Einige halfen Roderich aufzustehen und zogen ihn unter die Plane. "Keine Angst, Kamerad", sagte Benny Hufeisen freundlich, "die Wärter trauen sich nicht, uns etwas zu tun, nur der Bronski, der hat das bis zu diesem Moment noch nicht begriffen."

Bronski hatte es jetzt offensichtlich begriffen. Eilig rappelte er sich aus dem Morast auf, griff zitternd nach seinem Stock und suchte das Weite. Er öffnete den Mund, als wolle er etwas sagen, entschied sich dann aber anders und lief schnell davon.

Max sah Roderich freundlich an. "Ich bin Max, das ist Benny, das hier ist der Lütje. Wie ist Dein Name, mein Freund?" "Dung", ächzte Roderich, "mein Name ist Dung!" Dann wurde er ohnmächtig. Benny und Max legten eine schmutzige Decke über Roderich. "Schlaf gut Kamerad", sagte Max, "hier bist Du sicher!"

Lager

Roderich brannte der Schweiß in den Augen. Schwankend unter der Last eines Korbs mit Steinen, behindert von seinen Fußfesseln taumelte er über ein Stück steinige Straße, bis er den Morast erreichte. Er ächzte vor Anstrengung. Im Morast stand Ex-Leutnant Hasenbein und schlug mit einem großen Hammer Steine in den Morast. Er hielt einen Moment inne, als er Roderich bemerkte. „Ah, Dung, schön, dass Du kommst." Fidelius Hasenbein lächelte Roderich müde an. „Bitte da vorne hin." Roderich schwankte noch ein Stück vorwärts durch den Morast und leerte dann seinen Steinkorb an der angegebenen Stelle einen Meter vor Hasenbeins Füßen aus. Die meisten der Steine verschwanden mit einem schmatzenden Geräusch. Einige wenige versanken nicht und bildeten einen kleinen Haufen. „Langsam, Dung", erklärte Hasenbein. „Spar Deine Kräfte. Wir haben noch zwei Stunden Arbeit vor uns, bevor es wieder etwas zu essen gibt." Roderich sah Hasenbein ausdruckslos an. „Ja", sagte er nur und schlurfte zurück zu dem Wagen, dem er die Steine entnommen hatte. Hasenbein sah ihm achselzuckend nach. „Armer Kerl! Dung muss schlimme Dinge erlebt haben", murmelte er. Er holte noch einmal tief Luft, hob dann den Hammer und klopfte die überstehenden Steine in den Matsch. Dabei versuchte er, das Grummeln seines Magens zu überhören. Einige Meter weiter versenkte Ex-Leutnant Ross ebenfalls Steine mit dem Hammer im Morast. Er zwinkerte Hasenbein aufmunternd zu. Hasenbein lächelte zurück und hob erneut den Hammer. Der nächste Eimer mit Steinen wurde herangeschleppt.

Die Tage in „Gallinago" verliefen immer im gleichen, anstrengenden Trott. Bei Sonnenaufgang wurden die Gefangenen von den Wärtern zur Essensausgabe geführt, danach wurden sie in Gruppen aufgeteilt. Einige machten sich auf den Weg zu den Steinbrüchen an der Küste. Ein Teil begann dort damit, Steine aus den Felsen zu schlagen, die anderen luden die Steine auf kleine Handkarren und zogen sie anschließend über morastige Wege zur Baustelle. Dort wurden die Steine mit Körben entladen und mit Hämmern in den Morast geschlagen. Das Hämmern war die Aufgabe der zweiten Gruppe. Die Arbeit endete erst ein oder zwei Stunden vor Sonnenuntergang. Dann gab es eine zweite Mahlzeit und die Gefangenen wurden zu ihren Unterkünften zurückgebracht.

Die Arbeit war anstrengend. Dazu machten die ständigen Insektenstiche und die feucht-warme Luft den Männern zu schaffen. Das Essen war knapp und manch einer glaubte daher, dass Meister Adipositas einen großen Anteil der angelieferten Rationen selbst aß.

Seit seiner Ankunft bei den Leuten der Prachtgans befand sich Roderich in einem seltsam teilnahmslosen Zustand, als ob sein Geist sich weigerte, seine Gefangenschaft im Lager zu akzeptieren. Roderich arbeitete mit den anderen Gefangenen am Bau der Straße durch den Sumpf, er aß klaglos die geschmacklose, wässrige Suppe, die tagaus, tagein ausgegeben wurde, antwortete auf Fragen, redete aber nie von sich aus mit seinen Mitgefangenen. In den wenigen freien Stunden saß er meist teilnahmslos etwas abseits von seinen Kameraden und starrte Löcher in die Luft.

Seine Mithäftlinge akzeptierten ihn so wie er war, zumal er niemanden störte. Mit seinem kurzen Haar, den großen, abstehenden Ohren, verdreckt und ohne Galauniform erkannten ihn die Besatzungsmitglieder der „Goldenen Prachtgans" ohnehin nicht. Roderich hätte nicht sagen können, warum er sich nicht zu erkennen gab. Er war allen nur unter dem Namen „Dung" bekannt.

Trotz seiner Teilnahmslosigkeit bemerkte Roderich, dass es gewaltige Unterschiede zwischen den Gefangenen gab. Die meisten Gefangenen gehörten nicht zur ehemaligen Mannschaft der „Goldenen Prachtgans". Sie bildeten auch keine einheitliche Gruppe und wurden von den Wärtern oft sehr schlecht behandelt und gelegentlich geprügelt. Vor den Leuten der „Prachtgans" hatten die Wärter dagegen deutlich mehr Respekt.

Offensichtlich hatte das schreckliche Unrecht, das man ihnen antat, die Mannschaft trotz aller Unterschiede zusammengeschweißt. Man gab sich gegenseitig Mut. Einer trat für den anderen ein. War einem die Last zu schwer, sprangen sofort zwei andere ein und halfen. Und ein Wärter, der einen aus der Gruppe „Prachtgans" schlecht behandelte, musste damit rechnen, dass ihm in einem unbeobachteten Moment ein hässliches Missgeschick passierte. So hatte zum Beispiel der Wärter Kralizek unter ungeklärten Umständen mehrere Stunden, bis zum Hals im Schlamm versunken, im Sumpf verbracht, einige Tage nachdem er Fidelius Weingeist grundlos das Abendessen aus der Hand geschlagen hatte. Er wäre dort sicherlich ganz untergegangen, wenn Leutnant Ross nicht im letzten Moment einen Rettungstrupp organisiert hätte und den panisch schreienden Wärter mittels einer Menschenkette aus dem Sumpf gezogen hätte. Dabei hatte er ihm einige Worte zugeflüstert.

Wie er dort hineingelangt war, daran konnte sich Kralizek trotz langer Befragung durch Meister Adipositas nicht erinnern. Seitdem behandelte er die Gefangenen der „Prachtgans" so korrekt, wie es in einem Arbeitslager eben möglich war. Meister Adipositas hegte ein tiefes Misstrauen gegen die Gruppe, fand aber keinen Grund, Strafen zu verhängen.

Außer Roderich – oder besser: Dung – gab es nur noch vier weitere Gefangene in der Gruppe, die nicht zur ursprünglichen Besatzung der Prachtgans gehörten. Es waren ehemalige Seeleute, die wegen Ungehorsams in das Arbeitslager gesteckt wurden. Da war Jorgen von der „Emma", ein schmaler, flinker Mann mit einem roten Halstuch und Stoppeln blonder Haare. Er hatte an Bord der „Emma" lautstark über das verdorbene Essen geklagt und war prompt als Unruhestifter zu zwei Jahren Lagerhaft verurteilt worden. Ushtar war ein Riese von Mann mit langem, braunem, zu einem Pferdeschwanz zusammengebundenem Haar und starkem Bartwuchs. Vor der Lagerhaft war er fett gewesen, jetzt war er immer noch wohlbeleibt. Doch unter den schmelzenden Fettschichten zeichneten sich dicke Muskelpakete ab. Er war Weinbauer gewesen, musste von seiner Frau und seinen Kindern Abschied nehmen, weil man ihn gezwungen hatte, Seesoldat zu werden. Nach 3 Wochen hatte er es vor Heimweh nicht mehr ausgehalten und war desertiert. Er wurde innerhalb weniger Tage wieder eingefangen. Jetzt würde er 3 Jahre im Lager verbringen, ohne seine Familie wiederzusehen. Immerhin erhielt er hin und wieder Briefe von seiner Frau, die er aber nur unter den wachsamen Augen von Meister Adipositas lesen und beantworten durfte. Er kehrte danach immer traurig zu den anderen zurück. Der Dritte Neuzugang war der „Rote Patrick", der nicht nur flammend rotes Haar, sondern auch ein loses Mundwerk hatte. Patrick war Bootsmann auf der „Sonnigen Sabine", einer Kriegsgaleere gewesen. Er hatte dummerweise seinen Mund gegenüber seinem ersten Offizier nicht im Zaum halten können. Lauthals hatte er diesem vorgeworfen, dass er ein lausiger Seemann sei und nur aufgrund seiner Verwandtschaft mit der Stiefcousine der Nichte des Königs seinen Posten erhalten habe. „Und das ist auch so", pflegte Patrick jedem darzulegen, der ihm zuhören wollte. „Wäre der Lump nicht quasi mit Antares blutsverwandt, so hätte der „Erste" doch nicht erreicht, dass ich wegen dieser Lappalie zu zwei Jahren Lagerhaft verurteilt werde, oder?" Dieser Logik konnten sich nur wenige entziehen. Im Gegensatz zu Patrick wirkte Gordon Lang, Nummer 4 der Neuen, schweigsam und in sich gekehrt. Der gutaussehende schwarzhaarige Mann schien Offizier auf dem Linienschiff „Esmeralda" gewesen zu sein und hatte wohl eine verbotene Liebschaft mit Elvira, der Nichte von Admiral Noslen begonnen. Dafür war er im Lager verschwunden. Man vermutete, dass Gordon das Lager verlassen würde, sobald Elvira sich mit seinem Verschwinden abfinden und einen adligen Bräutigam erwählen würde.

Die vier waren – wie Roderich auch – in die gut funktionierende Kameradschaft der „Prachtgans" Mannschaft eingebunden. Unumstrittene Anführer der Gruppe waren Feldwebel Stocks und Leutnant Ross. Sie führten die Männer unauffällig, schlichteten die seltenen Streitigkeiten und organisierten die Strafaktionen gegen brutale Wärter.

Die Arbeit im Lager „Gallinago" war außerordentlich hart. Jeder dachte an Flucht, der Weg aus dem Sumpf war jedoch weit. Die einzige Möglichkeit, sicher hinauszugelangen, war, die Straße, die sie bauten, wieder zurückzugehen. Alle anderen Wege in den Sumpf waren tückisch und endeten oft im unpassierbaren Morast. Am Beginn der Straße, die in den Sumpf führte, befand sich ein kleines Fort mit Soldaten, die die Straße überwachten. Flüchtende Gefangene würden den Soldaten sofort auffallen. So hofften die Männer der „Goldenen Prachtgans" auf ihre Freilassung, schließlich waren sie sich keiner Schuld bewusst.

Doch bald schon kamen sie in eine Situation, in der sie handeln mussten. Die Essensrationen wurden von Tag zu Tag nicht nur kleiner, sondern auch wässriger. Die Gefangenen wurden daher von Hunger geplagt und immer schwächer. Zwei Wochen nach Roderichs Einlieferung beschlossen Leutnant Ross und Feldwebel Stocks, dass es nicht länger so weitergehen durfte, und beriefen eine Versammlung nach Einbruch der Dunkelheit ein.

Als es dunkel wurde, empfahl man dem Wärter Kralizek, der an diesem Abend für die Bewachung zuständig war, doch lieber für zwei Stunden das Eingangstor zu kontrollieren, sonst würde er in der Dunkelheit vielleicht in ein tiefes Schlammloch fallen. „Und ob wir Sie dann in der Dunkelheit finden?" Ex-Leutnant Ross blickte Kralizek vielsagend an. Kralizek hatte sofort verstanden und beeilte sich, das Eingangstor an der entgegengesetzten Seite des Lagers zu erreichen, um von dort aus auf die Gefangenen aufzupassen.

Kaum war der Wärter außer Sicht- und Hörweite, steckte Feldwebel Stocks seine beiden Finger in den Mund und stieß einen Pfiff aus. „Alle Mann unter die Plane", befahl er. „Wir haben etwas zu besprechen."

Ketten klirrten, als sich die Gefangenen schwerfällig und müde auf den Weg unter die Plane machten. Dicht gedrängt setzten sie sich nebeneinander in den Dreck. Dabei bildeten Sie einen Kreis. In der Mitte des Kreises saßen – wenig überraschend – Feldwebel Stocks und Leutnant Ross sowie zur Überraschung aller – Ushtar.

Leutnant Ross sah seine Leute besorgt an. Schmal waren sie geworden. Alle sahen erschöpft aus. Sie hatten zahlreiche rote Flecken von den Insektenstichen. Er wusste, dass er selbst auch nicht besser aussah. Er beschloss, ohne Umschweife zur Sache zu kommen.

„Kameraden", begann er. „Wir stecken in großen Schwierigkeiten. Unsere Probleme werden mit jedem Tag größer, den wir in diesem verdammten Lager festsitzen. Das muss ich euch nicht ausdrücklich sagen. Ihr spürt es an euch selbst, ihr seht es an euren Kameraden. Wir werden jeden Tag schwächer, die Arbeit, der Sumpf, die Mücken, all das macht uns fertig. Dazu kommt, dass wir eingesperrt sind. Unsere Wächter sind hohlköpfige Dumpfbacken, die wir bislang nur mit unserem Zusammenhalt in Schach halten konnten. Aber ich sage euch, je länger wir hier bleiben, umso schwächer werden wir. Irgendwann werden wir uns nicht mehr geschickt wehren können und dann sind wir wirklich in der Hölle!"

Ross wartete, ob irgendeiner der Männer etwas hinzufügen wollte. Doch er sah nur in erwartungsvolle Gesichter. „Gibt es von euch Vorschläge, wie wir unsere Situation verbessern können?", fragte er. Einen Moment herrschte Schweigen. Dann begannen einige seiner Zuhörer zögernd zu sprechen: „Wir sollten auf die Wärter Druck ausüben, damit sie uns mehr zu essen geben", sagte Max Maulweit unsicher. Ross nickte und wartete auf die nächste Idee. „Wir sollten eine Abordnung zu Meister Adipositas schicken, die ihn um bessere Behandlung und mehr Essen bittet", warf Ex-Leutnant Hasenbein ein. „Das bringt uns nur Schläge und Gelächter ein, lasst uns lieber die Wärter ein wenig ärgern", erwiderte Ex-Leutnant Weingeist. „Wir sollten das mit der Abordnung aber zumindest versuchen", unterstützte Lütje Schimmerlos den Vorschlag von Hasenbein. Eine Diskussion entbrannte. Ross ließ die Leute eine Weile reden und klatschte dann laut in seine Hände. Die Männer hörten auf zu diskutieren.

„Zusammengefasst haben wir zwei Vorschläge", sagte er. „Einmal der Plan, den Wärtern mehr Essen abzupressen, und auf der anderen Seite die Idee, mit einer Abordnung um eine Verbesserung der Haftbedingungen zu bitten. Nicht viel, meine ich. Feldwebel Stocks, wie beurteilen Sie die Vorschläge?" Stocks sah die Männer der Reihe nach an, bevor er antwortete. „Lasst uns der Wahrheit ins Auge schauen, Männer. Wenn wir versuchen, alle Wärter einzuschüchtern, werden diese zusammenhalten und uns das Leben zur Hölle machen. Mit einem oder zwei Wärtern werden wir fertig, aber nicht mit allen auf einmal." Stocks machte eine Pause und schaute erneut in die Runde. Viele der Gefangenen nickten traurig. Andere sahen unsicher aus. „Kommen wir zu Vorschlag Nummer 2, eine Abordnung zu Meister Adipositas zu schicken: Ich denke Meister Adipositas hat gar keine Möglichkeiten, unser Leben angenehmer zu machen. Er hat sicher den Befehl, uns hier auf kleiner Flamme gar zu kochen, bis der erste von uns erzählt, wo der sagenhafte Schatz der „Goldenen Prachtgans" denn hingekommen ist." Einige Männer murmelten ihre Zustimmung, andere fluchten laut. „Außerdem zweigt er sicher einiges an Extraverpflegung für sich selbst ab. Warum sollte er uns also helfen?"

„Dann lasst uns ausbrechen", rief einer der Matrosen von hinten. „Wir überwältigen die Wärter, öffnen das Tor und fliehen über die Straße nach Geranien." „In Ordnung", sagte Ross. „Was machen wir nach der Flucht?" Der Matrose zuckte die Achseln: „Wir lösen uns auf und jeder versucht, sich zu seiner Familie oder zu seinen Freunden durchzuschlagen. Hauptsache ist, dass wir hier herauskommen!" Die Leute begannen nun alle durcheinanderzureden. Stocks und Ross ließen das zu. Doch nach einigen Minuten klatschte Ross erneut in die Hände und bat um Ruhe.

„Ich kann euch verstehen", rief Feldwebel Stocks. „Am liebsten würde ich sofort einen Ausbruch versuchen, aber lasst uns kurz überlegen, wie das vor sich gehen wird: Als erstes trippeln wir mit klirrenden Ketten an den Füßen in Richtung Ausgang. Natürlich wird dies kein einziger Wärter bemerken, da die ja seit Geburt taub sind." Einige Männer lachten. „Dann bilden wir eine Menschenkette auf den Turm, weil wir ja alle aneinandergekettet sind. Aber einer von uns muss ganz hoch, um das Tor zu öffnen. Das Tor wird dann uns zuliebe auf sein gewohntes Knarren verzichten und sich völlig lautlos öffnen. Wir trotten dann, lautlos mit unseren Ketten rasselnd, die Straße entlang und passieren völlig ungesehen das Fort am Eingang des Sumpfes. Schließlich sind die wachhabenden Soldaten vermutlich blind. Dann laufen wir noch ein wenig weiter und befreien uns mit Hilfe unserer Zähne von den Ketten. Jeder geht seines Weges. In unseren Lumpen und verdreckt, wie wir sind, hält uns ja auch jeder sofort für ehrwürdige Bürger und nicht für entflohene

Sträflinge. Daher bekommen wir während der tagelangen Reisen, bis wir unsere Familien erreicht haben, sicher überall etwas zu essen geschenkt. Glücklicherweise sind die königlichen Beamten ja so dämlich, dass niemand auf die Idee kommen wird, uns zuhause oder bei guten Freunden zu suchen. Wir werden also den Rest unserer Tage glücklich und unerkannt im Kreis von Familie und Freunden verbringen. Stellt ihr euch das so vor?" Einige Männer lachten erneut. Doch die meisten schauten entmutigt auf den Boden.

„Aber was sollen wir dann tun?", fragte Lütje Schimmerlos. „Das ist genau der Punkt." Feldwebel Stocks blickte bedeutsam in die Runde. „Auch unser Freund Ushtar will nach Hause. Seine Frau hat erreicht, dass sie ihm Briefe schreiben darf und dass Ushtar sie auch lesen und beantworten kann. So haben wir von einer Möglichkeit erfahren, wie wir hier vielleicht rauskommen. Ushtar, erzähle uns davon."

Ushtar schniefte, wischte sich die Nase mit der Hand ab und sah unsicher in die zahlreichen Gesichter. Er war es offensichtlich nicht gewohnt, vor so vielen Menschen zu sprechen. Zögernd begann er zu erzählen. „Also meine Frau, die Marthe, die war immer schon klüger als ich. Die hat auch darauf bestanden, dass ich noch lesen lerne, nachdem wir geheiratet haben. Und als klar wurde, dass ich zu den Soldaten muss, da hat sie mir Sätze beigebracht, die aber eine ganz andere Bedeutung haben. Wenn sie zum Beispiel schreibt: „Montag bringe ich Tantchen Käthe was zu essen", bedeutet das in Wirklichkeit, dass mir jemand etwas zu essen in die Kaserne schmuggeln wird. Wenn ich in einem Brief schreibe: „Ich glaube nicht, dass Tantchen Käthe noch lange in ihrem alten Schuppen wohnen will. Bitte hilf ihr beim Ausziehen in eine bessere Gegend", heißt das, dass ich weg will und dass meine Frau mir helfen soll. Genau das habe ich vor 4 Wochen geschrieben und Marthe hat geantwortet."

Ushtar machte eine Pause. Niemand sprach. Alle warteten in gespanntem Schweigen. Doch Ushtar schwieg weiter. Leutnant Ross brach schließlich das Schweigen. „Marthe hat das, was sie vorhat, in mehreren Briefen verstecken müssen. Damit sich niemand verplappern kann, werden wir euch nur das Wichtigste mitteilen:

Erstens: Wir werden Hilfe von außen bekommen, um uns zu befreien.
Zweitens: Wir werden das Gold des Königs mit unseren Befreiern teilen müssen."

Ross wollte weiterreden, wurde aber von den Protesten der Männer unterbrochen. Da alle durcheinanderriefen, konnte man kein Wort verstehen.

„Schluss!", brüllte Feldwebel Stocks mit donnernder Stimme. „Kein Wort mehr, darüber werden wir später sprechen!" Die Männer verstummten, doch an ihren Mienen konnte man ablesen, dass sie gerne noch mehr gesagt hätten. Ross fuhr fort:

„Drittens: Wir werden Geranien verlassen müssen. Unsere Befreier werden uns in ein benachbartes Königreich bringen. Dort werden wir einige Jahre bleiben müssen, bis der Vorfall vergessen ist."

Ross schwieg. Niemand sagte etwas. Schließlich fuhr Ross begütigend fort. „Ich weiß, das alles klingt schlimm. Aber es ist eine bessere Zukunft, als hier gemeinsam zugrunde zu gehen."

„Wie soll es weitergehen?", rief jemand. Feldwebel Stocks antwortete. „Morgen werden wir alle gemeinsam zum Steinbruch an die Küste marschieren. Wir haben die Wärter bereits davon überzeugen können, dass wir als Gruppe besser arbeiten, als wenn wir in Straßenbauer und Steinebrecher aufgeteilt werden. Wenn wir morgens an der Küste ankommen, werden wir erwartet. Unsere Wärter werden eine Überraschung erleben und wir werden diesen ungastlichen Ort verlassen. Merkt euch nur eines: Wenn der Leutnant oder ich „Donnerblitz" schreien, müsst ihr die Wärter überwältigen. Wir werden während des Marschs zur Küste jeder Gruppe von uns jeweils einen Wärter zuordnen, damit kein Wärter entkommt und Alarm schlagen kann. Jetzt gehen wir alle schlafen. Wir müssen morgen ausgeruht sein!"

Schweigend suchten die Männer ihre Schlafstellen auf. Es gab viele unbeantwortete Fragen, doch sie respektierten Ross und Stocks und verzichteten auf aufgeregte Diskussionen. Trotz der Aufregung schliefen die meisten schnell ein. Dung schlief nicht. Er lag reglos auf dem Rücken und starrte in die Sterne. Sein Gesicht war ausdruckslos. Niemand hätte erraten können, was in seinem Kopf vorging. Vielleicht wusste er es selbst nicht.

Ausbruch

Am frühen Morgen wurden die Gefangenen von den Wärtern geweckt und mit klirrenden Ketten zur Essensausgabe geführt. Es gab wieder einmal eine wässrige Gemüsesuppe mit einem Stück Zwieback. Den meisten knurrte auch nach der Mahlzeit noch der Magen. Danach wurde die Gruppe „Prachtgans" gemeinsam zum Steinebrechen eingeteilt. Ein Dutzend, mit Schlagstöcken bewaffnete Wärter eskortierte die Gefangenen auf dem etwa 2 Kilometer weiten Weg zur Küste. Das Sumpfland wurde allmählich durch einen Sandstrand abgelöst, auf dem Felsen und vereinzelte Büsche standen. Die Küste war unübersichtlich und unwegsam. Das war auch der Grund, warum die Straße durch die Sümpfe gebaut wurde. Sie marschierten noch einige hundert Meter die Küste entlang, bis sie zu einer größeren Felsformation gelangten und einen Moment rasteten. Die Gefangenen verschnauften und schauten sehnsüchtig auf das weite blaue Meer. In einiger Entfernung von den Felsen bemerkte Dung einen ankernden Zweimaster, vielleicht ein Frachtschiff. An Bord war auf diese Entfernung niemand auszumachen.

Die Wärter pfiffen und befahlen den Gefangenen, sich in Richtung der Felsen zu bewegen. Ihr Ziel war eine Schlucht, die bei Ebbe frei von Wasser war und deren Felswände brüchig und schwarz emporragten. Auf dem Boden lagen bereits viele Steinbrocken, andere konnten leicht mit kurzen Brechstangen aus den Wänden herausgelöst werden. Dung war schon oft in dieser Schlucht gewesen. Zusammen mit den anderen Gefangenen ging er schlurfend los. Neben ihm marschierte der Wärter Bronski. Er hatte ihn seit ihrer letzten Begegnung in Ruhe gelassen hatte. Trotzdem fühlte sich Dung nicht wohl in seiner Nähe. Bronski sah ihn oft mit einer Miene an, die bewies, dass auch er nichts vergessen hatte.

Der Weg in die schattige, enge Schlucht führte sie erst direkt ans Wasser, dann über den schmalen Sandstrand zu den aufragenden Felsen. Als er die ersten Felsen passierte, sah Dung aus den Augenwinkeln eine Bewegung. Im gleichen Moment hörte er von weiter hinten, Feldwebel

Stocks laute Stimme „Donnerblitz" brüllen. Dung drehte sich zu Bronski, auch er hatte nichts vergessen. Hasserfüllt stürzte er sich auf Bronski. Der wollte seinen Stock schwingen, doch Max Maulweit hatte bereits seinen rechten Arm gepackt. Lütje griff gleichzeitig nach dem linken Arm und Dung holte mit aller Kraft zu einem Kinnhaken aus, so wie er es bei Meister Adipositas gesehen hatte. Leider stolperte er über seine Kette und aus dem Kinnhaken wurde nur ein leichter Schlag in Bronskis Magen. Trotzdem grunzte Bronski überrascht. Max und Lütje zwangen ihn auf den Rücken. Dung kämpfte sich erneut hoch, warf sich auf Bronski und begann, auf ihn einzuschlagen, wurde aber nach kurzer Zeit von Lütje und Max daran gehindert. „Lass gut sein Dung, es ist nicht ehrenvoll, auf einen Wehrlosen einzuschlagen. Du bist doch nicht wie er!" Bei dem Wort „ehrenvoll" versteifte sich Dung. Dann rappelte er sich auf und blieb mit hängenden Schultern stehen.

Überall um ihn herum waren die Wärter auf die gleiche Art überwältigt worden. Von den Felsen kletterten ein Dutzend wild aussehender Männer und eine große Frau herunter. Alle waren mit Degen oder Entermessern sowie einigen Pistolen bewaffnet. Lachend liefen sie auf Ushtar zu und umarmten ihn. Der Anführer der Gruppe, ein hagerer, grauhaariger Mann durchsuchte die Wärter, fand die Schlüssel zu den Fußketten und befreite die Gefangenen. Im Gegenzug wurden die Wärter an Händen und Fußen zusammengekettet und an einem knorrigen Baum oberhalb der Schlucht festgebunden.

Ushtar eilte mit den Befreiern zu Feldwebel Stocks und Leutnant Ross. Die waren gerade erst von ihren Ketten befreit worden und bestrichen sich ihre aufgescheuerten Knöchel mit einer Salbe, die die große Frau an alle verteilte. Ushtar strahlte. „Das hier ist mein Schwager Robart, der Kapitän des Zweimasters „Janus", der dort vor Anker liegt." Er zeigte auf den grauhaarigen, hageren Mann, der den Wärtern die Schlüssel abgenommen hatte. Robart nickte und lächelte flüchtig, sagte aber nichts. „Das hier ist Marthe!" Ushtar schaute stolz auf die große Frau und legte schüchtern den Arm um ihre Hüfte. Marthe war erheblich jünger als Robart und sah ihrem Bruder auch nicht besonders ähnlich. Sie wirkte stolz und bestimmend und schien der wahre Anführer der Gruppe zu sein.

Ushtar stellte auch die anderen Befreier der Reihe nach vor, allesamt Matrosen des Zweimasters „Janus".

Robart mahnte zur Eile. Die Männer der Janus zogen zwei hinter den Felsen versteckte Ruderboote hervor. Dann wurden die Matrosen der „Prachtgans" in Gruppen auf die „Janus" gebracht. Robart teilte die Männer der „Prachtgans" an Bord in 3 Wachen ein, die das Schiff zu bedienen hatten. Nur der Ausguck wurde von einem Mitglied der „Janus" besetzt. Robart ließ von der ersten Wache die Segel setzen. Danach teilte er den Matrosen der „Prachtgans" den leeren Frachtraum als Quartier zu und schärfte ihnen ein, ihn nur dann zu verlassen, wenn sie Borddienst hatten. Seine eigenen Männer würden sich ebenfalls hauptsächlich in den Kabinen auf dem Achterdeck und im Bugbereich aufhalten. Ansonsten bestand die Gefahr, dass das Schiff aufgrund der vielen Menschen an Bord den königlichen Patroullienschiffen auffallen würde. Die Leute der „Prachtgans" widersprachen nicht. Sie waren müde, aber glücklich, dem Lager entkommen zu sein. Außerdem hatte der Smutje ein reichhaltiges Essen angerichtet. Die Männer aßen sich zum ersten Mal nach vielen Wochen satt. Danach legten sich die meisten in die bereitgestellten Hängematten und schliefen erschöpft ein.

Dung schlief nicht. Er war am Ende seiner Kräfte, doch er konnte einfach nicht einschlafen. In seinem Kopf schwirrten viele wirre, nicht fassbare Gedanken. Immer wieder dachte er an das Wort „ehrenvoll". Das Wort bedeutete ihm etwas, doch er war zu müde, um zu erfassen, was das war. Da Dung das laute Schnarchen seiner Hängematten-Nachbarn Lütje und Max störte, rollte er sich aus seiner Hängematte und suchte sich leise eine leere, dunkle Ecke des Frachtraums. Es stank hier penetrant nach Fisch, doch er war wenigstens alleine. Er hockte sich in eine Ecke und hing seinen düsteren Gedanken nach. Irgendwann nickte er doch ein.

Dung wurde von einem leisen Flüstern aus seinem Schlaf gerissen. Zwei Männer sprachen aufgeregt, aber sehr leise miteinander. Die Stimmen kamen ihm vertraut vor.

„Sie werden bald danach fragen!", sagte der Erste.

„Ja, ich weiß", erwiderte der Zweite, „und wir müssen es ihnen sagen. Aber das ist gefährlich für uns. Hast Du eine Idee?"

„Wir werden kämpfen müssen!", stellte der Erste fest. „Es ist unvermeidbar, aber ihnen geht es nur um das Gold, nicht um uns. Wir können uns daher nicht erlauben, Rücksicht zu nehmen."

„Gut, dann sind wir uns einig. Wir müssen sie in eine Situation bringen, in der wir unsere zahlenmäßige Überlegenheit ausnutzen können. Sie sind bewaffnet, wir nicht."

„Aber wir haben möglicherweise mindestens einen unter uns, dem wir nicht trauen können."

„Ushtar?"

„Ushtar ist längst nicht mehr hier unten. Er ist zu seiner seltsamen Frau aufs Achterdeck gezogen. Aber wir haben noch vier weitere Männer hier, die nicht die ganze Wahrheit kennen."

„Dung, Gordon Lang, Jorgen und Patrick", äußerte der Zweite nachdenklich. „Wem von ihnen können wir trauen?"

„Ich weiß es nicht", gab der Erste zu, „ich vertraue keinem von ihnen."

„Wir sollten sie vorerst nicht in unsere Pläne einweihen. Das müssen wir unseren Männern einschärfen. Aber wir wollen die vier auch nicht ausschließen, das könnte Verdacht erregen."

„Einverstanden!", sagte der Erste. „Doch lass uns nun überlegen, wie wir vorgehen. Wo wurde der Schatz versteckt? Es muss ein Versteck auf unserer Route gewesen sein."

„Die Schattenbucht etwa 50 km nördlich von Valeria", schlug der Zweite vor.

„Natürlich", erinnerte sich der Erste, „schweres Gewässer, gefährliche Riffe, hohe Felsen, viel Brandung und ein großer, zerklüfteter Felsen mittendrin. Ich kenne den Ort noch von meiner Ausbildung. Wir haben von der offenen See mit Kanonen auf den Felsen geschossen, um Seegefechte unter schwierigen Bedingungen zu üben. Wir nannten den Felsen daher „Kanonenfelsen". Die königliche Flotte ist selten dort, weil nur ein Idiot versuchen würde, dort an Land zu gehen."

„Aber es ist machbar, einen Schatz mit einem Boot auf den Kanonenfelsen zu bringen und ihn in einer Höhle zu verstecken." Der Zweite lachte leise.

„Ja. Bei Flut kann man ein Boot über die Riffe steuern, anlegen und eine Kiste in den Höhlen verbergen. Wenn man dann noch einen Felsen vor den Eingang rollt, findet niemand das Versteck."

„Ich denke, wir haben keine Wahl, wir müssen sie dort hinführen", sagte der Zweite. „Lass uns später noch einmal darüber nachdenken, diese Ecke stinkt mir zu sehr. Erst wenn wir unseren Plan ausgearbeitet haben, informieren wir unsere Männer, danach Kapitän Robart."

Dung hielt den Atem an. Im Halbdunkel konnte er erkennen, wie sich zwei Gestalten entfernten. Es waren Feldwebel Stocks und Leutnant Ross. Er versuchte, sich noch einmal das Gespräch ins Gedächtnis zu rufen. Er hatte nicht alles verstanden, doch er wusste nun, wo der Schatz zu finden war. Mit diesem Wissen könnte er vielleicht wieder zu dem Mann werden, der er einst war, aber die Erinnerung daran fiel ihm schwer. Verwirrt schloss er für einen Moment die Augen. Als er sie wieder öffnete, sah er einen Schatten, der sich lautlos aus der gegenüberliegenden Ecke in Richtung Eingang bewegte. Dung zwinkerte und schaute noch einmal hin, doch der Schatten war verschwunden. Dung blieb noch eine Weile liegen. Danach krabbelte er unauffällig zu seiner Hängematte zurück und legte sich zwischen seine schnarchenden Gefährten. Verworrene und nicht fassbare Gedanken schossen durch seinen Kopf. Er sah sich in Galauniform auf dem Deck eines großen Schlachtschiffs, dann wieder im Matsch liegend, umsorgt von Benny und Max, er sah Feldwebel Stocks auf der Brust des brutalen Wärters Bronski sitzen, dann einen schweren kahlen Kopf mit einem Dreispitz. Es drehte sich alles vor Dungs Augen. Dann forderten die Anstrengungen der letzten Wochen ihren Preis und er fiel in einen tiefen Schlaf mit seltsamen Träumen.

Dung erwachte, als ihn jemand an der Schulter rüttelte. Er schaute verständnislos in das freundliche Gesicht von Max. „Komm schon, Dung", drängte er, „wir haben die zweite Wache und müssen an Deck." Dung rollte sich schwerfällig aus seiner Hängematte und verließ mit Max den Frachtraum. An Deck atmete er tief ein und genoss die frische Seeluft. Die Sonne stand bereits tief und das Schiff machte schnelle Fahrt nach Norden. Dung warf einen Blick auf Max, der an den Wanten des Vormasts stand und auf ihn wartete. „Na los, rauf mit Dir", rief er freundlich. „Ich, äh, ich habe so etwas noch nie gemacht", stotterte Dung. „Habe ich mir gedacht, ich helfe Dir!" Max schaute ihn aufmunternd an. „Du kannst eine Strickleiter hochsteigen, dann schaffst Du es auch, Wanten hochzuklettern." Dung nickte und stellte zitternd einen Fuß in die Wante. Dann gab er sich einen Ruck und stieg immer weiter nach oben. „Prima!", ermutigte ihn Max. „Und jetzt hier auf die Rahe, Du kannst mir helfen, das Segel festzuzurren. Eine Hand für Dich, eine Hand fürs Schiff." Er sah stirnrunzelnd, wie sich Dung zitternd an der Rahe festhielt. „Na gut", sagte er, "in Deinem Fall gehen auch beide Hände für Dich. Ich schaffe das auch alleine, aber pass gut auf, wie ich das hier mache." Nachdem Max das Segel festgezurrt hatte, blieben beide auf der Rahe stehen und schauten sich um. Sie waren alleine auf dem Meer. Die im Osten liegende Küste war nicht zu sehen. Allmählich verlor Dung seine Angst vor der Höhe. Es fing an, ihm hier oben zu gefallen. Die Sonne färbte das Meer im Westen golden. Das Schiff pflügte sich bei leichtem Wellengang durch das ansonsten tiefblaue Wasser und hinterließ eine weiße Gischtspur. Minutenlang blieben die beiden schweigend stehen und genossen die Aussicht. „Das sind die Momente, in denen ich es liebe, Seemann zu sein", sagte Max glücklich. Er schloss die Augen und hielt sein Gesicht in die Sonne. „Wind, Sonne, Meer, ein voller Bauch, was braucht man mehr." Dungs Magen knurrte bei diesen Worten. Er hatte seit dem Morgen nichts mehr gegessen. Während sich Max weiter mit geschlossenen Augen an der Sonne erfreute, suchte er das Deck nach der Kombüse ab. Sein Blick blieb am Achterdeck hängen, wo Leutnant Ross und Feldwebel Stocks heftig mit Kapitän Robart, Marthe und zwei anderen Männern diskutierten. Ushtar stand dazwischen und versuchte, hilflos zu vermitteln. Die Männer der Janus stützten ihre Hände drohend auf ihren Pistolen ab und sahen Stocks und Ross finster an. Ross versuchte offensichtlich, die Leute der Janus von etwas zu überzeugen. Schließlich gab er entmutigt auf. Robart nickte zufrieden und bedeutete Ross, ihm in die Kapitänskajüte zu folgen. Stocks wurde von den anderen unter Deck geschickt. Dung glaubte aber, so etwas wie ein heimliches Lächeln auf Stocks Gesicht zu erkennen, als er das Deck verließ.

Später wurden die meisten Segel gerefft, Dung lernte seinen ersten Seemannsknoten und zurrte unter Max' wachsamen Augen seine erste Leine fest. Dann verließen sie endgültig den Mast, blieben aber in Bereitschaft auf dem Deck sitzen. Dung bekam endlich eine reichliche Mahlzeit aus der Kombüse. Danach lehnte er zufrieden mit dem Rücken an der Reling und schaute zu, wie es dunkler wurde. Schließlich döste er ein.

Ein lautes Platschen weckte ihn auf. Dung sah sich alarmiert um. Auch Max starrte in die Dunkelheit. Beide horchten angestrengt, aber es war kein weiterer Laut zu hören. Außer ihnen schien auch niemand das Geräusch bemerkt zu haben. „Ein großer Fisch", stellte Max fest, lehnte sich zurück und schloss die Augen. Dung beruhigte sich und schlief wieder ein.

Am nächsten Morgen fehlten sowohl ein Boot als auch Gordon Lang. Das ganze Schiff war in Aufregung. Kapitän Robart lief fluchend über Deck und schimpfte über „das undankbare Gelump, das ich mir hier auf mein Schiff geholt habe." Gordon Lang und das Beiboot ließen sich auch vom Ausguck nicht ausmachen und so beschloss man, mit höchstmöglicher Geschwindigkeit in Richtung Norden zu segeln. Es würde eine Weile dauern, bis Gordon Lang das Land erreichte – wenn überhaupt. Und niemand wusste, was er vorhatte. Ob er die Leute der „Prachtgans" und der „Janus" verraten wollte oder ob er sich zu seiner geliebten Elvira durchschlagen wollte - Gordon Lang hatte sich niemandem anvertraut.

Am Abend nahm die „Janus" Kurs auf die im Osten liegende Küste. Als Dung am nächsten Morgen an Deck kam, um sein Frühstück abzuholen, blickte er auf eine unwirtliche Felsküste. Vor der "Janus" öffnete sich eine breite Bucht und mitten darin lag eine schroffe, zerklüftete Felseninsel mit zahlreichen Höhlen und Rissen.

Die gesamte Mannschaft der „Janus" befand sich an Deck. Alle waren bewaffnet, auch Ushtar, der neben Marthe stand. Sie blickten finster und bedrohlich auf die Mannschaft der „Prachtgans". Sobald die Männer der „Prachtgans" ihr Frühstück erhalten hatten, wurden sie wieder unter

Deck geschickt. Die Luke zum Frachtraum wurde geschlossen und verriegelt. Sie waren wieder gefangen. Nach einiger Zeit öffnete sich die Luke erneut und Kapitän Robart verlangte nach Leutnant Ross und einer Rudermannschaft. Ross wählte 8 Männer aus, die die Riemen bedienen sollten. Dung war überrascht, dass auch er dazu gehörte. Sie verließen den Frachtraum und gingen zum einzigen verbliebenen Ruderboot der Janus. Robart und 4 bewaffnete Matrosen folgten ihnen.

Mit 14 Männern war das Ruderboot voll besetzt. Die 8 Matrosen der „Prachtgans" besetzten die Riemen. Im Heck saßen die Leute der „Janus", während sich Ross alleine vorne im Bug aufhielt, um den Weg zu weisen, Robart saß hinten am Ruder. Das Boot legte von der „Janus" ab. Die großen Wellen schaukelten es hin und her. Die 8 Ruderer legten sich in die Riemen und das Boot bewegte sich langsam auf den Kanonenfelsen zu. Ross hielt angestrengt Ausschau nach einem Landeplatz. Schließlich fand er ihn auf der von der „Janus" abgewandten Seite. Hier gab es einige flache Felsen, die dem Wellengang nicht so stark ausgesetzt waren wie die Seeseite des Kanonenfelsens. Es war gerade ausreichend Platz, damit ein Boot anlegen konnte. Trotzdem erforderte das Manöver viel Geschick von den Ruderleuten. Geschick, das Dung, dem außerdem die Kraft ausging, nicht hatte. Er stellte sich so ungeschickt an, dass sich die Riemen auf seiner Seite ineinander verhakten und das Boot manövrierunfähig auf den Felsen zutrieb.

„Verdammt noch mal, pass doch auf Du Trottel", rief Henry Vierweg, einer der Matrosen. Er sprang auf und gab Dung einen Stoß in den Rücken. Das Boot schwankte. Die Leute der Janus sprangen beunruhigt von ihren Sitzen auf, riefen wild durcheinander und fuchtelten mit ihren Waffen. Ross, der den sich nähernden Felsen beobachtete, schrie „Achtung!". Jens Achterwerk, der Matrose, der vor Dung saß, versuchte seinen Riemen unter dem von Dung hervorzuziehen. Er stand auf und zerrte daran. Plötzlich löste sich der Riemen, sauste in einem großen Bogen auf Kapitän Robart zu, traf ihn mitten auf der Brust und fegte ihn von Bord. Die Matrosen der Janus schauten entsetzt auf das Wasser, wo ihr Kapitän trieb. Einen Moment waren sie abgelenkt. Nun zogen auch die anderen Matrosen der Prachtgans ihre Riemen aus dem Wasser und fegten die Leute der „Janus" von Bord. Nur einen Moment später - als hätten sie nie etwas anderes gemacht - brachten sie ihre Riemen wieder in

Stellung und steuerten das Boot auf den Felsen zu. Es gab einen harten Stoß. Ross sprang blitzschnell auf den Felsen und hielt das Boot mit einer Leine fest. Die anderen Matrosen nahmen ihre Riemen, standen auf und sprangen ebenfalls an Land. Dung kam als letzter, verwirrt und ohne Riemen. „Schnell Dung, hilf mir das Boot hochzuziehen", befahl Ross. Dung gehorchte, ebenso 3 andere Matrosen. Gemeinsam und mit Hilfe einiger hoher Wellen zogen sie das Boot auf die Felsen. Dann packten alle ihre Riemen, Ross nahm den von Dung aus dem Boot. Sie warteten auf die im Wasser planschenden Seeleute der „Janus" und verwehrten ihnen so lange den Zutritt an Land, bis die prustenden Seeleute ihre Waffen ans Ufer warfen und einzeln nacheinander auf die Felsen kletterten. Dort wurden sie von Henry mit Kopftüchern und Gürteln gefesselt. Robart kam als letzter. Er fluchte und beschimpfte die Leute der „Prachtgans" als Verräter, übles Pack, undankbares Gesindel, Lügner und was ihm sonst noch in den Sinn kam. Als er sich dem Ufer näherte, zog ihn Ross aus dem Wasser und gab ihm anschließend eine schallende Ohrfeige. „Noch ein Wort, und ich werfe Dich wieder rein", sagte er ruhig. „Und dann?", höhnte Robart. „Wie wollt ihr diesen Drecksfelsen verlassen?" „Wir kommen weg", sagte Ross ruhig, während er Robarts Hände fesselte. „Die Frage ist, ob ihr von hier fliehen könnt, so ohne Beiboot, und ob Deine Leute noch ihr Schiff beherrschen. Feldwebel Stocks und seine Seesoldaten haben zu Geraniens Elitesoldaten gehört, und die Mannschaft der „Goldenen Prachtgans" ist die beste in der Flotte. Glaubst Du, Du kannst uns mit Deinen Möchtegernpiraten aufhalten?" Robart tobte.

Hinter Ihnen klatschte jemand in die Hände. „Gut gesprochen Leutnant Ross. Ihr Auftritt war wirklich gut. Aber so gut sind Sie auch nicht. Es wäre nun an der Zeit, dass Sie uns das Gold des Königs zeigen." Ross fuhr herum. Hinter ihnen stand eine kleine Gruppe bewaffneter Marinesoldaten, die mit angelegten Musketen auf sie zielten. In ihrer Mitte – diesmal ohne Galauniform – Admiral Noslen. An seiner Seite stand Gordon Lang.

Leutnant Ross und die Männer der „Prachtgans" erstarrten. Dung schaute den Admiral an, als sei er ein Gespenst. „Sie haben da wirklich ein Paradestück geleistet", fuhr Admiral Noslen fort. „Aber Sie haben nicht damit gerechnet, dass wir Ihnen noch ein Stück voraus sind. Darf ich Ihnen Kapitän Hornbläser vom königlichen Marine-Geheimdienst vorstellen. Er ist sozusagen der „James Bond" von Geranien." Noslen lachte schallend. „Kapitän Hornbläser hat nicht nur erfolgreich Ihre Pläne herausgefunden. Er hat auch noch ein ausgezeichnetes Stück Seemannsarbeit geleistet, als er gestern Nacht in Ihrem Beiboot so von Bord gegangen ist, dass er pünktlich an einem vereinbarten Treffpunkt mitten auf See eingetroffen ist. Erstklassige Navigation." Er wandte sich an Hornbläser: „Noch einmal meinen Glückwunsch, Herr Kapitän!" Hornbläser lächelte kurz, ließ seinen aufmerksamen Blick aber nicht von den Gefangenen ablenken.

Leutnant Ross hatte sich gefasst. „Sie hatten noch einen Agenten eingeschleust, Herr Admiral", stellte er fest. „Drei!" Admiral Noslen strahlte. „Ushtar, Patrick und Jorgen. Alle sind erfahrene Mitglieder des Marinegeheimdienstes. Ich kann Ihnen das ja sagen, da Sie und Ihre Leute ohnehin den Rest Ihres Lebens auf Ricarro verbringen werden, sofern Sie uns jetzt das Versteck des Schatzes zeigen. Wenn Sie nicht kooperieren, werden wir Sie gleich mit der „Janus" nach Gallinago zurückbringen. Und diesmal werden wir Sie nicht als Gruppe zusammenlassen. Die Wärter würden sich freuen."

„Wer ist Marthe?", fragte Ross. „Sie ist nicht Ushtars Frau, oder?" Admiral Noslen war offensichtlich gut gelaunt, daher beantwortete er auch diese Frage. „Marthe heißt Elvira und ist meine Nichte. Ushtar ist ein guter Mann, würde aber nie als Ehemann für meine Nichte in Frage kommen."

Ross blieb ruhig. „In diesem Moment überwältigen Feldwebel Stocks und seine Leute die verbliebene Besatzung der „Janus". Daran ändern auch ein Ushtar, ein Jorgen oder ein Patrick nichts. Die haben wir bereits vor unserer Abfahrt unschädlich gemacht. Wenn meine Männer und ich nicht bis Mittag zurückrudern, wird man uns holen, und wenn es Probleme gibt, wird die „Janus" auslaufen. Ihre Nichte wird auch an Bord sein."

„Das bezweifele ich", erwiderte Admiral Noslen lächelnd. „Schauen Sie einmal aufs Meer." Ross drehte sich um. Majestätisch segelte ein großes Schlachtschiff in die Bucht, die Kanonen bereits ausgefahren. Es war die „Goldene Prachtgans".

Ross Schultern sanken herab. Sie hatten den übelsten Strapazen widerstanden, hatten sich freigekämpft, waren dabei zu einer verschworenen Gemeinschaft zusammengewachsen und hatten Leistungen vollbracht, die er zuvor nicht für möglich gehalten hätte. Das alles nur, um am Ende wieder alles zu verlieren. Den anderen ging es ähnlich, auch Dung. Die „Goldene Prachtgans" würde die „Janus" in weniger als einer Stunde erreicht haben, dann war ihre kurze Freiheit zu Ende.

Admiral Noslen räusperte sich. „Leutnant Ross! Das Versteck des Schatzes bitte!" Ross straffte sich. „Wenn mir der Herr Admiral folgen würde, wir müssen hier herauf, zu den Höhlen." Ross begann, über einen schmalen Grat den Felsen hinaufzugehen. Als die anderen Männer der „Prachtgans" ihnen folgen wollten, wehrte Noslen ab. „Hier bleiben!", befahl er, „Kapitän Hornbläser und ich reichen aus. Die Marinesoldaten werden die anderen bewachen." Admiral Noslen ließ Kapitän Hornbläser den Vortritt. Gemeinsam kletterten sie den Felsen hinauf. „Wie haben Sie den Schatz hochgebracht, Leutnant?", fragte Kapitän Hornbläser. „Nun, äh, unsere Männer haben die Fässchen auf dem Rücken festgeschnallt hier hoch getragen", sagte Ross. Hornbläser und Noslen wechselten einen kurzen Blick. „Wir sind gleich da." Ross hielt vor einer Höhle an. Er stützte seine rechte Hand gegen den Fels und sah zurück. „Hier ist es?", fragte Kapitän Hornbläser und kam näher. „Genau hier", sagte Ross, „wir haben die Fässchen hineingestellt und einen Stein davor gerollt. Schauen Sie selbst." Hornbläser kam näher und warf einen Blick in die Höhle. In diesem Moment schleuderte Ross mit rechts einen Stein aus dem Felsen in die Richtung seines Kopfes. Hornbläser wich elegant, mit überraschender Geschwindigkeit aus, machte einen schnellen Ausfall nach vorne und verpasste Leutnant Ross einen Haken in den Magen. Ross keuchte auf, sackte zusammen und blieb kraftlos auf dem Boden liegen. Hornbläser warf einen kurzen Blick in die Höhle. „Kein Schatz, Herr Admiral", bemerkte er ruhig. Noslen zog seinen Degen und setzte dem am Boden liegenden Ross die Spitze an die Kehle. „Wo ist das Gold des Königs, Leutnant Ross?", fragte er drohend. Ross japste und keuchte. „Ich weiß es nicht!", schrie er. „Niemand von der Mannschaft wusste, was genau die „Goldene Prachtgans" überhaupt transportiert hat, außer diesem Trottel, Ihrem Neffen Roderich von Blattlaus und Kapitän Eisenbeisser. Und die haben es keinem von uns gesagt. Und nun stoßen Sie endlich zu, ich habe nichts mehr zu sagen." Ross legte den Kopf nach hinten und starrte in den Himmel. Kapitän Hornbläser und Admiral Noslen sahen sich ratlos an. Dann zog Noslen den Degen zurück. „Aufstehen, Leutnant Ross. Wir kehren um. Wenn die Befragung der anderen Besatzungsmitglieder ähnlich verläuft wie bei Ihnen, bin ich geneigt, für den Moment zu glauben, dass Sie nichts mit dem Raub des Goldes zu tun haben."

Ross rappelte sich auf und machte sich mit hängenden Schultern und schleppenden Schritten auf den Rückweg. Er war geschlagen. Admiral Noslen ging vor ihm, Kapitän Hornbläser hinter ihm.

Sie kehrten zum Anlegeplatz zurück. Doch dort war niemand mehr, weder die Seesoldaten noch die gefangenen Matrosen der „Janus" noch jemand von der Besatzung der „Goldenen Prachtgans". Sie sahen sich um. Kapitän Hornbläser lief zum nächsten Felsenvorsprung, um dort nach den Vermissten zu suchen. Als er den Felsen umrundete, traf ihn ein Faustschlag mit der Gewalt eines Vorschlaghammers. Er wurde gegen einen Felsen geschleudert. Bewusstlos blieb er liegen. Eine massige Gestalt trat hervor und richtete eine Pistole auf Admiral Noslen und Leutnant Ross. Es war Kapitän Eisenbeisser.

Haifischtränen

Admiral Noslen blieb vor Überraschung der Mund offen stehen. Eisenbeisser blickte ihn finster an. Er bedeutete Admiral Noslen und Leutnant Ross mit einer Bewegung, um den Felsen zu laufen. Das Boot war bereits wieder zu Wasser gelassen worden. Die Leute der „Prachtgans" hatten die Riemen bemannt und hielten das Boot damit am Felsen fest. Sie sahen reichlich verwirrt aus. Im Heck saß der gefesselte Kapitän Robart; seine Leute und die ebenfalls gefesselten Seesoldaten von Admiral Noslen befanden sich jedoch noch an Land. „Eisenbeisser deutete auf den bewusstlosen Kapitän Hornbläser. „Mitnehmen!", sagte er nur. Noslen und Ross packten Hornbläser an Armen und Beinen und verfrachteten ihn ins Heck. Eisenbeisser stieg als letzter ins Boot. „Ablegen!", befahl Eisenbeisser. Die Leute der „Prachtgans" legten sich in die Riemen und fuhren auf die „Janus" zu, die sich genau zwischen ihnen und der „Goldenen Prachtgans" befand. „Zieht die Riemen kräftiger durch!", ordnete Eisenbeisser an, „wir müssen die „Janus" erreichen, bevor die „Goldene Prachtgans" auf Schussweite herangekommen ist. Die Männer ließen sich das nicht zweimal sagen und ruderten mit aller Kraft.

„Hat Feldwebel Stocks die Mannschaft der „Janus" tatsächlich überwältigt?", fragte Eisenbeisser halblaut den neben ihm hockenden Ross. „Ich hoffe es", sagte Ross unsicher, „ich war absichtlich so optimistisch, um Kapitän Robart einzuschüchtern. „Tatsache ist, dass wir die Verriegelung des Frachtraums verändert haben, so dass wir die Luke auch von innen öffnen können. Außerdem haben wir eine Planke gelockert, so dass wir auch in den Bugbereich eindringen können. Das sollte eigentlich reichen."

„Wir werden sehen", schloss Eisenbeisser das Gespräch.

Einige Minuten später näherte sich das Boot der „Janus". „Schiff Ahoi!", rief Eisenbeisser. Eine Gestalt mit einer Muskete näherte sich der Reling und zielte auf das Boot. Eine zweite Gestalt trat hinzu und starrte

auf die Ankömmlinge. „Meiner Treu, wenn das nicht Kapitän Eisenbeisser ist!", rief Feldwebel Stocks ungläubig, „Willkommen an Bord!"
„Leutnant Ross!", rief Eisenbeisser, „Sie gehen als erstes an Bord, danach folgen der Admiral und sein Geheimagent. Sagen Sie Feldwebel Stocks, er soll die beiden gut bewachen. Ich komme direkt dahinter, dann zwei Leute vom Ruderkommando mit Kapitän Robart. Die anderen kommen so schnell wie möglich und sichern das Boot."

Ross kletterte schnell die heruntergeworfene Strickleiter hinauf. Eisenbeisser war wie aus dem Nichts aufgetaucht und hatte sie aus einer aussichtslos scheinenden Lage in eine – zumindest hoffnungsvolle - Position gebracht. Er gab Eisenbeissers Anweisungen an Feldwebel Stocks weiter, ließ sich eine der wenigen Pistolen aushändigen und sah sich an Deck um. Vor dem Achterdeck saß die Mannschaft der „Janus", alle an Händen und Füßen gefesselt, aber unverletzt, ebenso Ushtar, Jorgen und der rote Patrick. Alle drei schauten Ross hasserfüllt an. Elvira, die neben Ushtar saß, schien sich als einzige ernsthaft gewehrt zu haben. Ein blaues Auge zierte ihr breites Gesicht. Sie sah hochmütig an Ross vorbei. Die Männer der „Prachtgans" hatten sich über das Schiff verteilt. Ross überlegte einen Moment, ob er den Befehl zum Anker lichten und Segel setzen geben sollte, entschied sich aber dagegen. Eisenbeisser war schließlich zurück und würde mit Sicherheit seine eigenen Pläne verfolgen. Ross bedauerte ein wenig, die Führerschaft über seine Leute abgeben zu müssen, andererseits aber war er auch erleichtert. Die ständige Verantwortung hatte ihn auch belastet.

In diesem Moment betraten der immer noch benommen wirkende Hornbläser und Admiral Noslen das Deck. Ihnen folgte der massige Kapitän Eisenbeisser, eine Pistole zwischen den Zähnen. „Wie kann man nur einen so großen Mund haben", dachte Ross unwillkürlich.

Elviras Gesichtsausdruck verwandelte sich erst von Hochmut in Bestürzung und dann in Besorgnis, als sie ihren Onkel und Kapitän Hornbläser wehrlos auf dem Deck stehen sah. Admiral Noslen schaute sie beruhigend an. Als er Elviras blaues Auge sah, nickte er verstehend. Elvira war die einzige Kämpferin in seiner Truppe.

Eisenbeisser blickte sich prüfend auf dem Deck um. Er bedeutete Feldwebel Stocks, den Admiral und Kapitän Hornbläser ebenfalls zu fesseln, was Feldwebel Stocks nur widerstrebend tat. „Bringt die Leute der „Janus" unter Deck, den Admiral, die Frau und die Geheimagenten bindet ihr an der Reling des Achterdecks fest, mit dem Gesicht heckwärts, so dass man sie gut sehen kann. Stellt zwei Wachen ab, die die sechs immer im Auge behalten", sagte Eisenbeisser. Dann brüllte er: „Alle Mann an Deck. Lütje, Max, ab in den Ausguck. Leutnant Weingeist, Anker lichten lassen, 3 Mann zum Messen der Tiefe und zum Ausschau nach Riffen abstellen, Leutnant Ross, alle Segel setzen lassen, Leutnant Hasenbein, lass' die paar Kanonen bemannen, die diese Nussschale hat. Laden und auf mein Kommando feuern. Friese, ab ans Steuer, Kurs steuerbord, dicht am Kanonenfelsen vorbei. Wir müssen so schnell wie möglich diesen ungemütlichen Felsen zwischen uns und die „Goldene Prachtgans" bringen, damit sie nicht auf uns feuern kann. Achte auf die Riffe."

Die Männer gehorchten schnell und ohne zu fragen, wie zum Teufel ihr alter Kapitän denn wieder an Bord gelangt war. Die „Janus" war in Windeseile startklar. Die Segel bauschten sich und das Schiff nahm schnell Fahrt auf. Eisenbeisser stand auf dem Achterdeck und schaute nach hinten, der „Goldenen Prachtgans" entgegen, die direkt auf sie zuhielt. Eine Rauchwolke erschien am Bug, unmittelbar danach hörte man einen Knall. „Zu früh!", murmelte Eisenbeisser. Die Kanonenkugel platschte weit hinter der „Janus" ins Wasser. Weitere Schüsse erklangen, doch auch diese Kugeln erreichten die „Janus" nicht, die nun ihrerseits Fahrt aufgenommen hatte. Während der Pause, die die „Goldene Prachtgans" benötigte, um die Buggeschütze nachzuladen, verkleinerte sich der Abstand zwischen den beiden Schiffen kaum. Eisenbeisser kümmerte sich nicht mehr um das sie verfolgende Schiff und suchte konzentriert mit einem Fernrohr nach einer geeigneten Fahrrinne in die Schattenbucht. Je weiter sie in die Bucht hineinsegelten, umso unruhiger wurden die Wellen. Die „Janus" schlug und schüttelte sich. Kalte Gischt spritzte auf das Deck und wurde vom Wind verweht. Wieder knallten die Kanonen der „Prachtgans" Wieder erreichte kein einziger Schuss sein Ziel, auch wenn die Einschläge inzwischen der „Janus" immer näher kamen. Eisenbeisser hielt unbeirrt Kurs. Nur einmal biss er seine Kiefer kräftig aufeinander, als die „Janus" genau zwischen zwei Riffen durchfuhr und eine plötzliche Bö das Schiff nach Steuerbord drückte. Doch der Friese reagierte blitzschnell und steuerte gegen. Haarscharf passierte das Schiff die Klippe, ohne Schaden zu nehmen. Wieder knallten die Kanonen der „Prachtgans", die Einschläge der Kugeln zeigten, dass das große Schiff inzwischen auf Schussweite herangekommen war. Die Kanoniere waren aber offensichtlich nicht sehr zielsicher. Eine Kanonenkugel flog über das Deck, bevor sie, ohne Schaden anzurichten, vor dem Bug der „Janus" versank. Dann wurden plötzlich die Segel der „Prachtgans" gerefft, das Schiff drehte bei und gab die Verfolgung auf. Eisenbeisser grinste. „Sie sind bis an das Riff herangefahren und haben festgestellt, dass es nicht so einfach ist, daran vorbeizukommen. Gut gemacht, Friese!" Der Friese lächelt stolz. Admiral Noslen schüttelte verärgert den Kopf. „Keine besonders gute Mannschaft, Admiral", stellte Eisenbeisser fest. Noslen sah Eisenbeisser scharf an. „Falls es Ihnen entgangen sein sollte, Herr Kapitän", sagte er, „wir haben Krieg! Die besten Mannschaften kämpfen gegen den Feind. Vor unseren Küsten wurde außerdem eine Piratenflotte gesichtet. Und wir benötigen dringend Gold, um unseren Kampf fortzuführen. Gold, das Sie uns geraubt haben." Eisenbeisser setzte zu einer Bemerkung an, musste sich aber zunächst um einen neuen Kurs kümmern. Die „Janus" schwang elegant um den „Kanonenfelsen" herum und war damit endgültig außer Reichweite der Kanonen der „Prachtgans". Nur die Mastspitzen des großen Kriegsschiffs waren vom Krähennest aus noch erkennbar. Eisenbeisser entspannte sich. Er gab Ross den Befehl, die „Prachtgans" im Auge zu behalten und den „Kanonenfelsen" immer genau zwischen sich und dem Kriegsschiff zu halten. Dann wandte er sich seinen Gefangenen zu. Er stapfte auf Admiral Noslen zu. Noslen versteifte sich, als ihm Eisenbeisser seine große Pranke auf die Schulter legte. „Dann wollen wir dem König zurückgeben, was er braucht", sagte er sanft, „Soldaten und einen Schatz." Mit einem Ruck riss er Noslens rechte Epaulette von der Uniformjacke ab. Dann ließ er zwei Leute der „Janus" auf das Achterdeck kommen. Die beiden wurden schnell geholt und standen vor Angst zitternd vor Eisenbeisser. Der war jedoch sehr freundlich. „Schaut euch diese Gefangenen an", befahl er. „Seht nach, ob sie Verletzungen haben, prägt euch die Gesichter ein, fragt nach ihren Namen." Zögernd gehorchten die beiden, traten auf die Gefangenen zu und betrachteten sie eingehend. „Sagt eure Namen und Dienstgrade!", befahl Eisenbeisser den Gefangenen mit donnernder Stimme. „Du fängst an." Er deutete mit gezücktem Degen auf Patrick. Der rote Patrick schluckte und blickte flehend zu Admiral Noslen. Noslen nickte resigniert.

„Leutnant Patrick Schwarzbrot", sagte er. Nacheinander nannten nun auch die anderen ihren Namen und Rang:

„Feldwebel Jorgen Zank."

„Urban Ushtar, Unteroffizier."

„Horatio Hornbläser, Kapitän."

„Frederik, Fürst von Noslen, Admiral der Dritten Flotte."

„Elvira, Gräfin von Noslen, Major."

Die beiden Matrosen waren sichtlich beeindruckt. Eisenbeisser ließ sie die Namen zweimal wiederholen. Dann ging er mit den beiden Matrosen zum Bug. Er sah die beiden scharf an. „Ich werde euch jetzt freilassen", erklärte er, „unter der Bedingung, dass ihr eine Botschaft überbringt. Seid ihr dazu bereit?" Als die beiden Matrosen eifrig nickten, fuhr Eisenbeisser fort: „Ihr werdet mit dem Ruderboot und einer weißen Fahne erst am „Kanonenfelsen" die verbliebenen Gefangenen abholen und dann zu dem Kriegsschiff rudern. Dort verlangt ihr, den kommandierenden Offizier zu sprechen, und richtet ihm folgendes aus:

Wir bieten ihm das Gold des Königs im Frachtraum der „Janus" sowie die Gefangenen, deren Namen ihr ja nun kennt, im Austausch gegen die „Goldene Prachtgans". Geht er nicht darauf ein, werden wir uns heute Nacht mit Gold, Admiral und Gräfin von Noslen aus der Bucht schleichen und zu den Feinden Geraniens überlaufen. Er hat von jetzt an 4 Stunden Zeit, um mir seine Entscheidung mitzuteilen." Eisenbeisser drückte einem der beiden die Epaulette und den Degen von Noslen in die Hand und schickte sie von Bord.

Die Zeit verstrich quälend langsam. Die Leute der „Prachtgans" beobachteten, wie die beiden Matrosen erst ihre Kameraden und die Seesoldaten vom „Kanonenfelsen" holten und dann zur „Goldenen Prachtgans" herüber ruderten. Seit sie dort an Bord gegangen waren, war mehr als eine Stunde vergangen.

Endlich konnte der Ausguck der „Janus" Bewegung auf der „Goldenen Prachtgans" ausmachen. Das große Beiboot des Kriegsschiffs wurde von einer beträchtlichen Anzahl uniformierter Soldaten bestiegen, vermutlich war auch der Kapitän unter ihnen. Tatsächlich kam das Beiboot kurz darauf in Sicht. Im Heck saßen 3 Offiziere in Galauniformen. 16 uniformierte Matrosen ruderten das Boot und wurden von 2 Maaten dabei kontrolliert. Eisenbeisser ließ Admiral Noslen holen, entfernte seine Fesseln und drückte ihm wortlos ein Fernrohr in die Hand. „Graf Priesemuth persönlich", sagte Noslen nur, gab Eisenbeisser das Fernrohr zurück und setzte sich wieder zu den anderen Gefangenen.

Kurz darauf erreichte das Beiboot der „Prachtgans" die „Janus". Leutnant Weingeist ließ die Strickleiter herunter. „Nur 3 Personen", rief Eisenbeisser, als der erste Matrose das Schiff entern wollte. Graf Priesemuth seufzte, machte seinen beiden Offizieren ein Zeichen und kletterte ungelenk die Strickleiter herauf. An Deck wurde er von Eisenbeisser empfangen, hinter dem Leutnant Weingeist stand. Einige bewaffnete Seesoldaten um Feldwebel Stocks hielten sich im Hintergrund. Leutnant Ross hatte das Kommando auf dem Achterdeck und passte auf, dass kein Überfall seitens der „Goldenen Prachtgans" stattfand. Leutnant Hasenbein stand mit brennender Lunte neben den Kanonen der „Janus". Eine der Kanonen war direkt auf das Boot gerichtet.

„Willkommen an Bord", begrüßte sie Eisenbeisser, „wenn ich zunächst einmal um Ihre Waffen bitten dürfte. Wir wollen doch nicht, dass jemand verletzt wird." Graf Priesemuth sah auf die massige Gestalt Eisenbeissers, der breitbeinig mit hinter dem Rücken verschränkten Armen vor ihm stand und verzichtete auf Widerworte. Ebenso verzichtete er darauf, sich darüber zu beklagen, dass er ohne jedes Zeremoniell empfangen wurde. Widerwillig löste er seinen zierlichen, dünnen Paradedegen, den Eisenbeisser amüsiert betrachtete, als er ihn entgegennahm. Unter Eisenbeissers forschendem Blick zog er anschließend die geladene Pistole und reichte sie diesem ebenfalls. Der steckte sie hinter seinen Gürtel und wartete, bis auch die beiden Offiziere entwaffnet waren. Danach führte er die drei zunächst kurz zu den Gefangenen und danach zum Bug des Schiffs und eröffnete die Verhandlungen. Die Männer der ehemaligen Besatzung der „Prachtgans" sahen, sofern sie keinen Dienst hatten, aus einiger Entfernung neugierig zu. Eisenbeisser bewegte sich kaum und wirkte wie ein Fels in der Brandung. Leutnant Ross, der durch Leutnant Weingeist abgelöst worden war, stand ruhig einen Schritt hinter Eisenbeisser und schwieg. Graf Priesemuth wirkte unsicher, redete viel und fuchtelte aufgeregt mit den Händen, wenn er sprach. Seine beiden Offiziere fühlten sich offensichtlich nicht wohl in ihrer Haut. Kein Wunder, denn es ging um ihren höchsten Vorgesetzten. Sie beteiligten sich gar nicht an der Diskussion. Mit der Zeit wurden Graf Priesemuths Gesten immer kleiner und am Ende senkte er resigniert die Hände.

Eisenbeisser kehrte mit einem triumphierenden Lächeln zum Achterdeck zurück. Graf Priesemuth und seine beiden Offiziere blieben am Bug stehend zurück. Sie machten keinen besonders glücklichen Eindruck. „Alle Mann an Deck! Leutnant Ross, lass die Segel setzen, wir umsegeln den „Kanonenfelsen" und legen an der „Goldenen Prachtgans" an!", befahl Eisenbeisser laut. Die Mannschaft guckte ungläubig, gehorchte aber umgehend. Die „Janus" nahm Fahrt auf. Das Ruderboot ließen sie links liegen. Missmutig nahmen die Seeleute die Riemen in die Hand und folgten der „Janus". Es begann wieder eine gewagte Fahrt zwischen den Riffen, dann legte die „Janus" direkt neben der „Goldenen Prachtgans" an. Die Kanonenluken des großen Schiffs waren geschlossen. Die Mannschaft lief aufgeregt an die Reling, machte aber keine Anstalten, die „Janus" anzugreifen. „Ruhig", rief Eisenbeisser so laut, dass ihn jeder verstehen konnte, „an alle: Wir machen jetzt einen lustigen Schiffs-Tausch. Dazu werden wir jetzt zwei Stege zwischen die Schiffe legen. Die alte Mannschaft der „Goldenen Prachtgans" setzt jetzt heckseitig auf die „Goldene Prachtgans" über. Gleichzeit verlässt die jetzige Mannschaft die „Goldene Prachtgans" bugseitig und setzt auf die „Janus" über, dabei nimmt sie die alte Mannschaft der „Janus" mit ihrem ungehobelten Kapitän Robart gleich mit." Die Männer auf der „Janus" ließen sich das nicht zweimal sagen und drängten von Bord auf das viel größere Kriegsschiff. Nur einer der Männer zögerte und sah sich suchend auf der „Janus" um. „Nun komm schon Dung!", mahnte ihn Benny. Dung zögerte noch kurz, doch es gab nichts und niemanden, der ihn auf der „Janus" zurückhielt. Er lief über den Steg und kletterte anschließend zu seinem Freund Benny in die Wanten. Hier oben hatte man eine noch bessere Sicht als von der Janus. Dung hielt sein Gesicht in Wind und Sonne und genoss es, ein Seemann zu sein.

Zwei Stunden später segelte die „Goldene Prachtgans" in den Sonnenuntergang nach Westen. Kapitän Eisenbeisser ließ die Mannschaft vor sich auf dem Deck versammeln. Die Zeit für Erklärungen war gekommen.

„Männer", rief Eisenbeisser, „nein, Kameraden! Wir alle haben eine schlimme Zeit hinter uns. Wir wurden beraubt, verraten und eines Verbrechens angeklagt, das wir nicht begangen haben. Niemand hat es für nötig gehalten, an unsere Unschuld zu glauben. Doch nun haben wir es geschafft! Wir sind wieder frei. Wir haben das beste Schiff in diesem Teil des Meeres. Die Vorrats- und Waffenkammern sind gefüllt und wir können jeden Punkt der uns bekannten Welt erreichen, wenn wir es wollen."

Vereinzelt klangen Hurra-Rufe, doch die Mehrheit der Matrosen, wartete in gespanntem Schweigen, was Eisenbeisser noch zu sagen hatte.

Der Kapitän redete weiter. Zunächst erklärte er, was mit ihnen passiert war. Dass sie alle von einer Droge getrunken hatten, die sie nicht nur betäubt, sondern ihnen auch noch einige Stunden Erinnerung geraubt hatte. Eisenbeisser erklärte, wie und von wem der Schatz von Bord gebracht wurde. Er vermutete, dass die Droge bei ihm - vermutlich aufgrund der vielen Schläge auf seinen Kopf - nicht wie geplant gewirkt hatte. Vereinzelt wurde gelacht. Einige der Männer glaubten auf einmal, sich an das eine oder andere zu erinnern, andere hingegen wussten nur noch von dem Fest und der fürchterlichen Übelkeit danach. Eisenbeisser fuhr fort:

„Doch ihr alle fragt euch, wie es nun weitergehen soll. Sollen wir zurück segeln und die ganze Geschichte erzählen? Man hat uns bisher nicht geglaubt, man wird uns wieder nicht glauben. Warum auch? Die meisten von uns können sich ja immer noch nicht daran erinnern, was geschehen ist.

Sollen wir vielleicht versuchen, in den Dienst eines anderen Königreichs zu treten? Ich sage euch: Die Menschen dort würden unseren sogenannten Verrat begrüßen, weil er gut für ihr Land ist. Aber Verräter werden überall gehasst und so würden wir zu Aussätzigen werden. Vielleicht würde man uns sogar als Geste des guten Willens an Geranien ausliefern, um schneller Frieden schließen zu können."

Eisenbeisser sah sich um. Die Mannschaft lauschte gebannt seinen Worten.
„Also schlage ich folgendes vor:", fuhr er fort, „Wir werden diesen verdammten Piraten den Schatz des Königs wieder abjagen und sie dabei gleich zur Hölle schicken. Wir werden zur Makkaroni-Insel fahren, sie dort zu Hackfleisch verarbeiten und dieses Piratennest ohne jede Gnade ausräuchern. Wenn Rian und die „Sturmvogel" nicht dort sind, werden wir sie jagen, selbst wenn wir dazu bis ans Ende der Welt segeln müssen. Danach werden wir entscheiden, ob der König sein Schiff und seinen Schatz wiedererhält oder ob sich jeder von uns unerkannt, mit einer Tasche voll Gold in einem hübschen Winkel dieser Welt niederlässt."

Einige Männer johlten laut. Eisenbeisser wischte sich den Mund mit dem Handrücken ab und redete weiter:
„Wer nicht mit mir diesen Weg gehen will, den setzen wir an einer einsamen Stelle der Küste von Geranien ab und der mag in Frieden von uns gehen. Bleibt hier stehen, wenn ihr mit mir segelt, wer die „Prachtgans" verlassen möchte, geht zum Bug!"

Einen Moment herrschte Schweigen. Niemand bewegte sich. Dann rief Henry Vierweg: „Wir folgen Dir, Kapitän, bis ans Ende der Welt und noch weiter!" Andere stimmten laut ein und dann herrscht ein unbeschreiblicher Jubel auf Deck. Eisenbeisser versuchte, ein ungerührtes Gesicht zu machen, doch dann lief ihm, von allen unbemerkt, eine einzelne Träne über seine Wange. „Selbst Haifische weinen manchmal", dachte er.

Teil 3: Makkaroni-Insel

Schwierigkeiten

„Das darf doch nicht wahr sein!", rief Rian aus. Er wischte sich den Schweiß von der Stirn und sah sein Gegenüber ungläubig an. Gero blickte ihn ernst an. „Noch einmal: Wir haben nicht genug Planken, um die Schäden an der „Sturmvogel" zu beheben. Schau es Dir selbst einmal an." Rian setzte die Werkzeugkiste auf dem Boden ab und folgte Gero um das Schiff bis zu der Seite, an der man das Einschussloch sehen konnte, das unter der Wasserlinie des Rumpfs lag. Mit Steinen hatte die Besatzung die gestrandete „Sturmvogel" in eine halbwegs aufrechte Position gebracht. Es war Ebbe und das Schiff lag auf dem Trockenen. Kleine Gerüste aus Steinen und Brettern ermöglichten es, direkt an die beschädigten Stellen des Schiffsrumpfs zu gelangen. Gero und Rian kletterten auf ein Gerüst. Gero zeigte auf das große Loch. „Die Kanonenkugel hat nicht nur 3 Planken durchschlagen, sondern auch eine innen liegende Strebe so stark beschädigt, dass sie ausgetauscht werden muss. Angesichts der vielen Schäden durch den Beschuss sind unsere Vorräte an Ersatzplanken bereits verbraucht. Eine Strebe haben wir nie an Bord gehabt. Außerdem gehen uns Pech und Nägel aus. Wir haben also kein Material, um die „Sturmvogel" wieder seetüchtig zu machen." Rian seufzte. „Können wir nicht einen Baum fällen?" „Der Wald auf der Makkaroni-Insel ist nur ein besseres Gebüsch", entgegnete Gero, „daher bekommen wir auch kein Holz, aus dem wir eine Planke, geschweige denn eine Strebe anfertigen können." „Gibt es denn keine andere Möglichkeit, das Schiff wieder flott zu machen?", fragte Rian. „Wir können die Schäden provisorisch mit Latten und Segeltuch abdecken", antwortete Gero, „aber damit überstehen wir keinen Sturm." „Was schlägst Du vor?" erkundigte sich Rian. Gero zuckte die Achseln. „Wir müssten gutes Plankenholz und eine Strebe besorgen, aber solches Material ist selbst in der Piraten-Bucht selten."

Rian dachte nach. Er erinnerte sich an die vor Anker liegenden Schiffe der Piraten. Die „Weißer Falke" war schwer beschädigt und wurde repariert. Es musste also Material zur Schiffsreparatur auf der Insel vorhanden sein. In Rians Kopf formte sich ein Plan.

Rian schlenderte zu Henna hinüber, die zusammen mit einigen Männern damit beschäftigt war, die „Sturmvogel" zu entladen und brauchbares Material von unbrauchbarem zu trennen. Rian winkte sie beiseite. „Was hältst Du von einem Spaziergang quer über die Insel?", fragte er. Henna war erstaunt. „Warum?", erwiderte sie. „Wir brauchen Material für die Schiffsreparatur", erklärte ihr Rian. „Nimm Gero und zwei weitere Männer mit. Finde heraus, wie viele Leute und Schiffe sich noch in der „Piraten-Bucht" befinden. Gero soll feststellen, ob wir dort Reparaturmaterial für unser Schiff beschaffen können." „Ich liiiiebe Makkaroni mit Pfefferminzsoße!", lachte Henna und fügte dann ernster hinzu: „Ich mache mich gleich auf den Weg." „Pass auf Dich auf!", riet Rian ernst. „Das ist kein Spaziergang. Die Bucht ist von der Landseite her gut geschützt. Ich habe außerdem noch keine Idee, wie wir das Baumaterial von dort zum Wurmfjord transportieren könnten."

Überall stieg die Küste der Makkaroni-Insel steil aus dem Meer. Sie war felsig und ragte an den meisten Stellen mindestens ein Dutzend Meter aus dem Wasser. Darüber konnte man steinige Hügel und Sträucher erkennen. Die Insel war weitgehend unerforscht. Nur in der Nähe der Makkaroni Bucht hatten die Seeleute ein wenig das Hinterland erkundet und Ziegen gejagt. Henna musste daher erst einmal einen Aufstieg aus dem Wurmfjord und dann einen Weg über die Insel zur Piratenbucht an der Ostküste finden.

Neben Gero wählte Henna Björn und Hari aus, die sie auf der Erkundung begleiten sollten. „Nur leichte Waffen", entschied Henna. „Degen und Entermesser reichen aus, wir dürfen weder gesehen noch gehört werden." Sie versorgten sich noch mit etwas Proviant aus den Vorräten, schnürten ihre Decken und brachen auf. Zuerst suchten sie sich einen Weg aus dem Wurmfjord. Nach einer Stunde hatten sie den steilen Aufstieg geschafft. Nun ging es über hügeliges, steiniges Gelände, das mit stacheligen Sträuchern bewachsen war. Sie rissen sich Haut und Kleidung an den Dornen auf. Außerdem stellten sie fest, dass neben den

Ziegen auch noch Bremsen auf der Insel lebten, die nach ihrem Blut gierten. Nach kurzer Zeit hatten sie zahllose juckende Bremsenbisse. Trotz dieser Schwierigkeiten führte Henna ihren Trupp hartnäckig weiter. Sie orientierte sich mit Hilfe eines Kompasses, denn es gab keine Landkarte der Makkaroni-Insel. So stolperten sie immer weiter Richtung Osten. Mittags ruhten sie sich für etwa eine Stunde im Schatten einiger struppiger Bäume aus und kauten lustlos auf ihren Rationen herum. Henna sah von Westen Regenwolken auf die Insel zutreiben. „Lasst uns weitergehen!", sagte sie. Die Gruppe setzte ihren Weg nach Osten fort. Es war schwer festzustellen, wie weit sie inzwischen gekommen waren. Die Beine taten ihnen von der ungewohnten Anstrengung weh. Auf einmal blieb Henna abrupt stehen. Gero konnte nicht mehr anhalten und stieß gegen sie. „Was ist?", fragte er wütend. Henna deutete stumm auf den Boden. Gero stieß einen Pfiff aus. „Das ist ein uralter Weg", stellte er fest. Vor ihnen führte eindeutig eine schmale, gepflasterte Straße durch das Gebüsch. Sie war offensichtlich schon lange nicht mehr benutzt worden, aber noch nicht völlig von Pflanzen überwuchert. Sie verlief nach Norden hin abfallend zur Küste, nach Süden auf einen Hügel. Henna, Gero, Hari und Björn sahen sich ratlos an. „Wir folgen der Straße bergauf nach Süden!", entschied Henna. „Das ist allemal besser, als sich weiter durch das Gebüsch zu quälen." Es war inzwischen später Nachmittag und der Himmel hatte sich mit dunklen Wolken zugezogen. Es war drückend warm und schwül geworden. Ein Gewitter lag in der Luft. Henna und ihre Gefährten liefen schwitzend die Straße entlang. Außer ihrem Keuchen war es völlig still.

Der Weg führte in einem Bogen auf den Hügel. Er wurde zunehmend steiler. Kurz bevor sie die Hügelkuppe erreichten, begann es zu regnen. „Lass uns einen Unterschlupf suchen, Henna", schlug Gero vor. Henna schüttelte den Kopf. „Ich will wissen, was am Ende dieser Straße liegt!", stieß sie hervor und lief schneller. Notgedrungen folgten ihr die anderen. Der Regen wurde stärker. Als sie die Hügelspitze erreichten, hatte er sich in einen Platzregen verwandelt. Henna sah sich um. Durch den Regen war die Umgebung schwer zu erkennen. Die Hügelkuppe war groß und flach, aber durch Felsbrocken und große Büsche sehr unübersichtlich. Hennas Blick wanderte die Straße entlang, die zur Mitte der Kuppe führte. Henna folgte ihr. Die Straße endete plötzlich auf einer kleinen, steinigen Ebene, auf der ebenfalls nur Büsche und Felsen zu sehen waren. Henna schaute sich ratlos um. „Da!", schrie Hari und zeigte auf einen großen, von Büschen umgebenen Felsen. Henna sah genauer hin. Die Form des Felsens war fast genau viereckig. Obwohl der Regen die Sicht erschwerte, konnte Henna nun auch einzelne geschwärzte Ziegel erkennen. Der Felsen war offensichtlich eine Ruine, möglicherweise ein kleiner Turm. Unter den seitlichen Büschen ringsum konnte man die Reste einer Befestigungsmauer erahnen. Vorsichtig traten die vier dichter heran. Sie schauten direkt auf eine dunkle Öffnung, in der die Reste einer Tür hingen. Henna zog ihren Degen und ging vorsichtig auf die Öffnung zu. Sie blickte in einen kleinen Raum, auf dessen gegenüberliegender Seite sich eine weitere Öffnung befand, die wieder ins Freie führte. Die Decke war noch intakt und der Boden trocken. „Kommt!", rief Henna. „Hier sind wir vor dem Regen geschützt." Die Piraten traten zögernd ein und wischten sich das Wasser aus dem Gesicht. Der Raum war dunkel, das einzige, trübe Licht kam von den beiden Öffnungen. Als sich ihre Augen an die Dunkelheit gewöhnt hatten, stellten sie fest, dass der Raum leer war. Die Wände waren verrußt, auf dem Boden lagen lediglich Tierkot und ein paar Steine. Bei den Resten der Tür handelte es sich nur noch um ein paar verrostete Eisenbänder, an denen morsche Holzreste hingen. Henna durchquerte den Raum und ging auf den anderen Ausgang zu. Sie blickte nach draußen. Durch einen Regenvorhang konnte sie so etwas wie die undeutlichen Umrisse eines anderen Gebäudes ausmachen. Irgendetwas bewegte sich auf dem Gebäude. Henna schauderte. „Was siehst Du, Henna?", fragte Hari direkt hinter ihr. Henna schüttelte den Kopf. „Gespenster!", sagte sie. „Lasst uns hier rasten, bis der Regen aufhört".

Nach einiger Zeit ließ der Regen endlich nach, die Wolken zogen schnell ab. Der Abend würde sonnig und warm werden. Die Schwüle war verschwunden. Die Piraten traten ins Freie und sahen sich an, was auf der anderen Seite des eingestürzten Turms lag. Auf den ersten Blick sahen sie einen verwitterten Felsen, bewachsen mit Bäumen und Sträuchern. Doch als sie näher kamen, erkannten sie ein verfallenes Gebäude. Nur noch wenige Mauern standen. An einigen waren deutliche Brandspuren zu erkennen. Im Inneren lagen nur Steine und Mauerreste. Henna fand nichts von Interesse. Sie durchquerte die Ruine, bis sie wieder auf Reste der Befestigungsmauer stieß. Henna kletterte hinauf und fand sich unvermittelt an einem Abgrund wieder. Sie hörte das Meer rauschen und sah hinab. Stufenförmig fiel der Berg zum Meer ab. Erstaunt riss sie die Augen auf. Nördlich, in etwa 1 km Entfernung schaukelte die „Weißer Falke" in der Makkaroni Bucht auf den Wellen.

Drei Piraten saßen auf der Mauer und beobachteten die Makkaroni Bucht. Die Schatten wurden im Licht der Abendsonne immer länger. Es würde schnell dunkel werden. Henna benutzte ein Fernrohr, um zu erkennen, was in der Bucht passierte. Sie hatte nicht damit gerechnet, die Bucht fast verlassen vorzufinden. Ein paar Piraten schienen lustlos an dem beschädigten Schiff zu arbeiten. Einige andere grillten eine Ziege auf einem großen Feuer. Die Gebäude der Makkaroni Bar schienen verschlossen zu sein. Insgesamt zählte Henna nur ein Dutzend Menschen. „Was ist da passiert?", fragte Gero. „Keine Ahnung!", sagte Henna. „Doch wenn nur so wenige da sind, ist es einfacher, uns dort alles zu beschaffen, was wir zur Reparatur der „Sturmvogel" benötigen. Aber wir müssen da runter und herausfinden was vorgefallen ist." „Leichter gesagt als getan", wandte Björn ein, „es ist schon nicht einfach diesen Abhang herunter zu steigen. Es ist aber völlig unmöglich, dies unbemerkt zu tun." Die anderen beiden schwiegen. Björn hatte Recht. Eine Weile hing jeder seinen Gedanken nach. „Ich wüsste nur zu gern, was das hier für eine Festung war und was mit ihr passiert ist", sagte Gero. Er hatte sich auf den Rücken gelegt und starrte in den wolkenlosen Abendhimmel. „Keine Ahnung, und es ist mir auch egal!" Henna klang unwirsch. „Unser Auftrag ist es, die „Sturmvogel" wieder flott zu kriegen und nicht, uns irgendwelche alten Trümmer anzusehen. Wenn hier etwas zu holen ist, wird Hari es schon finden. Versuch lieber herauszufinden, wo da unten brauchbares Baumaterial aufzutreiben ist!"

Hari untersuchte währenddessen methodisch die alte Festung. Er hatte mit dem verfallenen Turm begonnen. Der Raum, in dem sie den Regen abgewartet hatten, war das einzige, das an dem Turm noch intakt war. Es würde als Nachtlager reichen. Er hatte die Steine so zusammengelegt, dass man hier schlafen konnte. Als das Licht schwächer wurde, beschloss er, sich noch weiter umzusehen. Er war, so gut es ging, der alten Ringmauer gefolgt, ohne etwas von Nutzen zu finden. Die Festung war von Gestrüpp und Sträuchern völlig überwuchert, die Mauer verfallen und an einigen Stellen durchbrochen. Dort waren die Trümmer rauchgeschwärzt. Hier hatten eindeutig Brände oder Kämpfe stattgefunden. Nachdem er das Gelände umrundet hatte, betrat Hari die Ruine in der Mitte des Mauerrings. Die Wände waren zum großen Teil eingestürzt. Auf dem Boden lagen ihre Reste in Trümmern. Hier und da sah Hari Stücke von verbrannten Deckenbalken. Wenn hier jemals etwas von Wert gewesen war, so war es entweder verbrannt, verrottet oder weggeschafft worden. Hari wollte die Ruine gerade wieder verlassen, als ihm etwas auffiel. Die Abendsonne schien genau auf eine Stelle, die etwas höher und glatter zu sein schien als die Umgebung. Hari sah sich die Stelle genauer an. Er räumte die Bruchstücke eines Deckenbalkens aus dem Weg, dann schob er einige Steine beiseite. Hari pfiff vor Überraschung durch die Zähne. Unter dem Schutt entdeckte er verrottete Holzplanken mit einem verrosteten Eisenring. Hari schaute auf eine Falltür.

Die Sonne ging nun schnell unter. Die Schatten wurden immer länger. Henna hatte genug gesehen, aber immer noch keinen Plan. Sie wandte sich an Björn. „Guck' doch mal nach Hari. Vielleicht hat der irgendetwas Verwertbares in den Ruinen gefunden. Außerdem müssen wir uns noch um unser Nachtlager kümmern."

In diesem Moment hörten sie einen erstickten Schrei. Die drei fuhren auf, griffen ihre Waffen und liefen auf das verfallene Gebäude zu. „Hari!", rief Björn laut. „Was ist los?" Sie erhielten keine Antwort. „Zusammenbleiben!", befahl Henna. „Wir fangen mit der Suche in der Ruine an." Sie stolperten mit gezogenen Degen über die Trümmer. Von Hari war nichts zu sehen. „Reihe bilden!", ordnete Henna an. Langsam und vorsichtig drangen sie nebeneinander in das Innere der Ruine ein. Plötzlich hörten sie einen lauten Fluch von Gero, unmittelbar darauf einen Schmerzensschrei. Henna fuhr herum und blickte nach links, wo Gero eben noch gestanden hatte. Er war verschwunden. Alarmiert, mit ausgestrecktem Degen ging Henna auf die Stelle zu, von der sie den Schrei gehört hatte. Beinahe wäre sie in ein Loch gefallen, das sich unmittelbar vor ihr öffnete. Im letzten Licht der untergehenden Sonne konnte sie dort unten, etwa 2 Meter tiefer Gero auf dem Boden sitzend erkennen. Gero rieb sich schmerzverzerrt den Knöchel. Hari lag der Länge nach neben ihm und rührte sich nicht.

„Abschließend betrachtet hätte es schlimmer kommen können", stellte Gero fest, während er sich im Schein eines Feuers einen Krückstock schnitzte. „Ich hätte auch direkt auf Hari fallen können!" Hari lehnte käsebleich an einer Wand. Er trug einen blutigen Verband um seinen Kopf. Er würde ein paar Tage lang Schonung brauchen, doch er hatte wenigstens keine gebrochenen Knochen. „Was ist jetzt eigentlich genau geschehen, Hari?", fragte Henna. Hari schloss die Augen und erzählte stockend, wie er die Falltür im Geröll gefunden hatte. Beim Versuch die Tür zu öffnen, war der Boden unter Hari eingebrochen und er war mit einem Schrei in die Tiefe gestürzt. Seine Erinnerung setzte erst wieder ein, als er, unbequem an einem Seil hängend, von Henna und Björn heraufgezogen wurde. „Da unten ist etwas Großes, Henna", ließ sich Gero vernehmen. „Ich konnte erkennen, dass das nicht einfach nur ein Kellerraum ist. Da führten Stufen weiter in die Tiefe. Wer weiß, was da ist." „Morgen schauen wir uns das an", entschied Henna, „dann kehren wir zur „Sturmvogel zurück. Vielleicht hat Rian eine Idee, wie wir ungesehen in die Makkaroni Bucht kommen. Aber jetzt schlafen wir erst einmal. Wer übernimmt die erste Wache?"

Henna schlief schlecht. Immer wieder wurde sie von Geräuschen aus dem Dickicht aufgeschreckt. Manchmal glaubte sie, die Schritte von jemandem zu hören, der umherging. Sie war beinahe froh, als sie von Gero die letzte Wache übernahm. Erleichtert sah sie die Sonne aufgehen. Den anderen schien es ähnlich zu gehen. Niemand musste geweckt werden. Hari sah bereits besser aus als am Abend zuvor, aber er war immer noch bleich. „Scheußlicher Traum", sagte er. „Ich habe davon geträumt, dass ich die Festung gegen tausende von Feinden verteidigt habe. Es war aussichtslos. Zum Schluss war ich mit einigen anderen im Haupthaus", er deutete auf die Ruine. „Die Ringmauer war bereits durchbrochen. Es war nur noch eine Frage der Zeit, bis auch das Haupthaus fallen würde. Überall war Feuer. Dann bin ich aufgewacht und habe erleichtert festgestellt, dass es die Sonne war, die auf meine Augen scheint." „Träume sind Schäume!", sagte Henna leichthin, aber innerlich schauderte sie. „Komm Björn, lass uns trockenes Holz suchen, aus dem wir Fackeln anfertigen können."

Eine Stunde später waren sie soweit. Hari und Gero würden den Tag nutzen, um weiterhin die Makkaroni Bucht zu beobachten. Henna und Björn würden sich zuerst das unterirdische Gewölbe und dann die Umgebung der Festung ansehen. Am nächsten Tag wollten sie dann zur „Sturmvogel " zurückkehren.

Henna und Björn warfen erst das gesammelte Holz in das Loch, danach kletterten sie mit Hilfe eines Seils hinunter und sahen sich um. Im Halbdunkel erkannten sie einen länglichen, gemauerten Raum. Am Ende führte eine Treppe in eine Höhle oder einen in den Felsen gehauenen Stollen. Ansonsten war der Raum leer. Henna und Björn zündeten eine Fackel an und betraten die Höhle. Es war kalt, aber nicht sonderlich feucht. Der Fels wirkte robust. Der Boden der Höhle war geebnet worden und die Höhle war hoch genug, um darin aufrecht zu gehen. Es ging in leichten Kurven bergab. Die beiden bewegten sich zwar vorsichtig, kamen aber dennoch schnell voran. Der Weg ging nun steil bergab. Nachdem die erste Fackel abgebrannt war, zündeten sie die nächste an. Sie redeten nicht. Beiden war nicht wohl, aber sie wollten wissen, was am Ende der Höhle lag. Je tiefer sie in den Berg hinabstiegen, umso zerklüfteter wirkte das Gestein. Hin und wieder zweigten kleine Gänge ab, doch sie waren viel schmaler als der Hauptweg und oft kaum begehbar. Die dritte Fackel brannte und noch immer führte der Gang weiter in die Tiefe. Henna begann, sich Gedanken über den Rückweg zu machen. Spätestens wenn die nächste Fackel abgebrannt war, würden sie umkehren müssen. „Aber dann kommen wir wieder!", dachte sie grimmig. Aus einem Seitengang hörten sie Rauschen, die Luft war hier feuchter. „Wir sind auf Meereshöhe", stellte Björn fest. Henna nickte. Der Gang wurde nun flacher, der Boden war nicht länger felsig, sondern sandig. Die vierte Fackel war fast heruntergebrannt. Henna und Björn sahen sich an. „Weitergehen oder umkehren?", fragte Björn. Henna zögerte. In ihr brannte die Neugier herauszufinden, wohin dieser lange Gang führte.

„Notfalls tasten wir uns im Dunklen zurück", entschied sie. „Wir gehen weiter." Björn nickte nur, auch er wollte wissen, was am Ende des Weges lag. Er zündete die fünfte Fackel an und lief weiter. Henna atmete tief durch und folgte ihm. Wenn ihnen das Licht ausging, würde es ein sehr beschwerlicher Weg zurück sein. Der Gang verlief nun für einige hundert Meter gerade. Dann machte er eine scharfe Biegung nach rechts und Henna und Björn standen vor einer verschlossenen Tür. Sie horchten, ob sie irgendein Geräusch vernehmen konnten, doch alles blieb ruhig. Björn fasste den Eisenring an der Seite an und zog. Die Tür öffnete sich knarrend. Sie betraten einen engen Raum, beinahe so klein wie ein Schrank. Im Schein der Fackel konnten sie einige gestapelte leere Fässer und Flaschen sowie allerhand Gerümpel erkennen. Am Ende entdeckten sie eine weitere, kleine Tür. Hennas Nackenhaare sträubten sich. Sie war alarmiert. Irgendetwas zeigte ihr, dass sie in Gefahr waren. Sie horchte, sah sich um. Nichts. Aber irgendetwas warnte sie. Henna legte die Hand an ihr Entermesser. Die Degen hatten sie in der Ruine zurückgelassen, um nicht behindert zu werden; Henna bedauerte das jetzt. Björn schien nicht beunruhigt zu sein. Er hatte sich in Bewegung gesetzt und öffnete die nächste Tür. Geduckt betraten sie ein dunkles, gemauertes Gewölbe. Und schlagartig wurde Henna klar, was nicht in Ordnung war. Die Flaschen und Fässer waren alle staubfrei. Sie hatten sogar den Eindruck gemacht, als wären sie kürzlich noch in Gebrauch gewesen. „Wir sind nicht alleine!", raunte sie Björn zu. Das Klicken eines gespannten Pistolenhahns zerbrach die Stille. „Willkommen in der Makkaroni Bar, wir haben euch schon erwartet!", sagte eine kalte Stimme.

Henna fuhr herum. Eine Laterne wurde aufgeblendet, so dass sie ihr Gegenüber nicht erkennen konnte. „Waffen fallen lassen – und dann rechts in den Keller mit euch." Während Björn stocksteif stehenblieb und nun mit spitzen Fingern nach seinem Entermesser tastete, um es dann klirrend fallen zu lassen, zögerte Henna. Sie ahnte, dass sie in dem Kellerloch eingeschlossen und wehrlos wären, sobald sie es betreten würden. Außerdem vermutete sie, dass da wohl nur eine Person war, von der sie bedroht wurden. Henna fasste einen Entschluss. Obwohl sie ihre Schultern wie kraftlos hängen ließ, spannte sie alle ihre Muskeln. Genau wie Björn fasste sie anschließend mit der linken Hand und mit spitzen

Fingern ihr Entermesser und zog es langsam aus dem Gürtel. Sie bewegte ihren Arm zu Seite, als ob sie das Messer fallen lassen würde. Doch dann explodierte sie förmlich. Alles geschah auf einmal. „Duck' Dich Björn!", schrie Henna. Sie warf sich nach rechts zur Seite und schleuderte mit der Linken das Messer in Richtung Laterne. Als sie auf dem Boden auftraf, rollte sie sich geschickt ab und stand sofort wieder auf ihren Füßen. Kein Schuss hatte sich gelöst, aber die Laterne war zu Boden gefallen, das Öl war ausgelaufen und brannte. Die Flammen warfen flackernde Schatten auf Björn und eine andere Person. „Auf ihn Björn!", rief Henna und stürzte sich mit geballten Fäusten auf ihren Gegner. Sie stieß mit einem massigen Körper zusammen, von dem sie geradezu abprallte. Eine große, weiche Hand fasste sie am Hals. Henna blieb die Luft weg. Doch dann warf sich Björn mit einem lauten Schrei auf die beiden Kämpfenden und alle drei gingen zu Boden. Ihr Gegner war massig, aber nicht allzu stark und er wurde daher von Björn und Henna überwältigt und mit dem Rücken auf den Boden gedrückt. Jeder der beiden kniete auf einem Arm. Alle drei keuchten. „Wer bist Du?", fragte Henna nach Luft schnappend. Ihre Augen gewöhnten sich an das Licht der schwächer werdenden Flammen und sie erkannte Margaretha Pizzata, die immer noch eine uralte, nicht geladene Pistole in der Hand hielt und sie böse anschaute.

„Hey, Margaretha", rief Henna, „was soll denn dieser Empfang?" Dann ließ sie vorsichtig von Margaretha ab und stand auf. Björn tat es ihr nach. Zögernd und irgendetwas grummelnd, rappelte sich Margaretha auf. „Nichts als Ärger hat man mit euch Piratenpack!", stieß sie dann wütend aus. „Erst trinkt ihr, ohne zu bezahlen, dann beschießt ihr mich und zum Schluss stehlt ihr auch noch meine letzten Vorräte. Wie sollen meine Leute und ich denn über die Runden kommen, wenn wir nichts mehr zu essen haben?" „Rian hat Dich immer großzügig bezahlt!", rief Björn ärgerlich. „Ja, ja, ist ja schon gut, ich weiß!" Margaretha winkte mürrisch ab. „Ich habe euch nicht erkannt, ich habe geglaubt, ihr gehört zu dem Pack um den Rosa Piraten und ihr hättet euch durch die Höhlen hier eingeschlichen. Konnte ja nicht wissen, dass Rian mit der „Sturmvogel" in der Nähe ist." „Nein, das konntest Du nicht wissen", bestätigte Henna besänftigend, „es ist ja nichts passiert und wir sind Dir nicht böse.

Aber wir könnten Deine Hilfe brauchen – und Dir vielleicht auch helfen, den Rosa Piraten loszuwerden." Margarethas Augen leuchteten. „Da hätte ich nichts gegen. Kommt mit hinauf, da lässt es sich besser reden."

Henna und Björn folgten Margaretha durch lange Kellergänge. Henna wusste, dass die Gebäude der Makkaroni Bar groß, unübersichtlich und verwinkelt waren. Doch ihr war nicht klar, wie viel Platz sich hier verbarg. Und die Gebäude waren alt, viel älter als sie geglaubt hatte. Henna wurde klar, wie wenig sie über Margaretha wusste. Wie war sie auf die Makkaroni-Insel gekommen und wie lange war sie bereits hier? Ihre Gedanken wurden unterbrochen, als sie in einen helleren Flur kamen. Margaretha führte sie schnaufend über eine Treppe ins Obergeschoss. Sie traten in ein kleines Zimmer mit einem großen Fenster zum Hafen. Ein dünner Vorhang bewegte sich leicht im Wind. „Da, seht euch das Dreckspack nur an!", schnaubte Margaretha. Henna und Björn schauten vorsichtig aus dem Fenster. Vor der „Weißer Falke" lag ein halbes Dutzend Piraten faul in der Nachmittagssonne. Ein paar andere lümmelten an Deck herum, niemand schien am Schiff zu arbeiten. „Wie viele sind es und was machen sie den ganzen Tag?", fragte Henna. „Ein gutes Dutzend, vielleicht auch 20. Arbeiten tun sie nicht. Faulenzen und essen alle Vorräte auf. Es vergeht nicht ein Tag, an dem sie nicht versuchen, hier hereinzukommen. Sie haben gedroht, mich mit den Kanonen der „Weißer Falke" zu beschießen. Aber Ich bin sicher, dass Rackhahn alle verfügbare Munition mitgenommen hat, als er ausgelaufen ist." Hennas Augen leuchteten. „Damit lässt sich etwas anfangen", sagte sie lächelnd, „erzähl' uns was passiert ist, seit wir die Insel verlassen haben."

Margaretha berichtete, wie Rackhahn die Piraten zu einer Armada vereint hatte, um die „Sturmvogel" zu finden, und wie er mit fast allen Piraten ausgelaufen war, nicht ohne vorher Margarethas Vorräte zu stehlen. „Wovon lebst Du, Margaretha?", fragte Henna. Und im Stillen dachte sie: „Wer bist Du wirklich?"

„Alles haben sie nicht gefunden", sagte Margaretha zögernd, „Ihr habt die Katakomben gesehen. Es gibt viele Möglichkeiten, dort etwas zu verstecken, und Rackhahn ist nicht annähernd so schlau, wie er glaubt. Er und seine Leute haben nicht einmal den Eingang zu den Kellergewölben gefunden."

„Du bist hier geboren, Margaretha, nicht wahr?", sagte Henna. Margaretha wirkte überrascht, doch dann nickte sie unmerklich. „Ihr wart schon hier, bevor die Piraten kamen, vermutlich sogar vor Kapitän Spitzbauch", fuhr Henna fort. „Ihr seid nicht genug, um die Piraten zu vertreiben, also treibt ihr Handel mit ihnen und haltet geheim, wie viele ihr seid. Ihr seid die Nachkommen der Menschen, die die Festung in den Hügeln errichtet haben und die von einem anderen seefahrenden Volk vernichtend geschlagen wurden." Margaretha starrte Henna ungläubig an. Henna fühlte sich unbehaglich. Sie hatte sich ihre Behauptungen aus ihren Beobachtungen zusammengereimt. Nichts davon konnte sie beweisen. Doch dann nickte Margaretha. „Irgendwann musste es jemand herausfinden", sagte sie. „Aber besser Du, als Rackhahn und seine Meute." Margaretha sah Henna und Björn lange an. „Dies ist eine lange Geschichte, setzt euch besser. Ihr werdet sie niemandem erzählen, das müsst ihr mir versprechen!" Henna und Björn nickten. „Schwört es!", forderte Margaretha. Die beiden erhoben sich und gelobten Stillschweigen. Erst danach fuhr Margaretha fort.

„Unsere Vorfahren sind Flüchtlinge aus einer Stadt namens Karthago. Wir führten vor vielen hundert Jahren zwei große Kriege mit einem Volk, das sich „Römer" nannte. Beide Kriege haben wir verloren. Und dann entschieden die Römer, Karthago endgültig zu zerstören und seine Bewohner zu töten oder zu versklaven. Unser Volk wehrte sich mit dem Mut der Verzweifelung. Doch es war aussichtslos. Als die Stadtmauern fielen, sind aber einige Karthager mit Hilfe von Bestechung durch die Reihen der Römer geschlüpft und mit den letzten Schiffen geflohen, die gut versteckt vor Anker lagen. Das Meer und alle seine Küsten wurden aber von den Römern kontrolliert, so dass sie es nicht wagten, sich irgendwo niederzulassen. In ihrer Verzweiflung wandten sie sich nach Westen und passierten mit viel Glück unbehelligt die „Säulen des Herakles". Das ist die Durchfahrt, die das Meer der Römer von dem „Großen Meer" trennt, in dem wir uns nun befinden. Ihr Plan war es, nun nach Süden zu fahren und dort zu siedeln. Doch einige Tage nachdem sie die Säulen des Herakles passiert hatten, verließ sie ihr Glück. Sie gerieten in einen Sturm, der sie tagelang nach Westen trieb. Die Schiffe der Karthager waren alt und wurden in dem Sturm beschädigt. Doch wie durch ein Wunder überstanden die meisten von ihnen das Unwetter. Der Sturm legte sich zwar, aber der Wind wehte sie beständig nach Westen. Daher beschlossen die Karthager, nicht länger gegen die Naturgewalten zu kämpfen. Sie ließen sich vom Wind treiben. Viele Tage segelten die Schiffe nach Westen, ohne dass Land in Sicht kam. Das Wasser wurde knapp und, wenn es nicht hin und wieder geregnet hätte, wäre mein Volk verdurstet. Auch die Nahrung ging zu Ende. Die Karthager waren verzweifelt. Außerdem zog ein neuer Sturm auf, den die bereits angeschlagenen Schiffe diesmal sicher nicht überstanden hätten. Doch kurz bevor der Sturm losbrach, wurde Land gesichtet – oder vielmehr eine Insel. Die Kapitäne der Katharger wussten, dass sie unbedingt diese Insel anlaufen mussten. Tatsächlich hatten sie diesmal Glück. Alle Boote erreichten die Küste, mehr noch, es wurde ein natürlicher Hafen entdeckt, in dem die Schiffe ankern und den Sturm abwarten konnten. Es war wie ein Wunder. Nachdem sie die Insel untersucht und für bewohnbar befunden hatten, wollten die meisten Karthager daher auch nicht mehr zurück auf das feindliche Meer. Eine kleine Minderheit befürchtete, die Insel sei zu klein, um alle auf Dauer zu ernähren. Es gab viele Diskussionen. Schließlich verließ das am besten erhaltene Schiff mit einer kleinen Gruppe Katharger die Insel, um zurück nach Osten zu segeln. Wir haben nie wieder etwas darüber gehört.

Die anderen Karthager begannen, die Insel zu erforschen, zu besiedeln und zu beackern. Der Wald wurde abgeholzt, um Gebäude, Werkzeuge und Feuermaterial zu liefern. Leider wusch der Regen den Boden aus. Die Felder brachten wenig Ertrag. Die Bäume wuchsen nie wieder in ihrer alten Größe wie zu Beginn der Besiedlung. Erst nach Ablauf mehrerer Jahre gestanden sich die Karthager ein, dass es schwer sein würde, auf der Insel zu überleben. Die Schiffe, mit denen sie hergekommen waren, waren jedoch inzwischen endgültig morsch. So mussten sie sich mit den Möglichkeiten der Insel abfinden.

Das gelang auch, das Leben auf dieser kargen Insel ist hart, doch im Laufe mehrerer Generationen passten sie sich an das Leben auf der Insel besser an. Sie lernten, mit Hilfe von Ziegen und Fischfang die Gruppe zu ernähren. Im Laufe vieler Jahre wurde die Festung errichtet, um auf eventuelle Angriffe der Römer vorbereitet zu sein. Dann vergingen viele Jahrhunderte. Zahllose Generationen lebten friedlich und allmählich ging der Glaube an eine Gefahr durch Feinde verloren. Sie wurden nachlässig, beschäftigten sich mehr mit sich selbst, mit Klatsch und Gezänk. Sie hielten keine Wacht mehr und die Festung wurde nicht mehr instand gehalten. Doch das hat sich gerächt. Hunderte von Jahren nach dem Bau der Festung näherten sich eines Tages Schiffe mit Drachenköpfen am Bug, gefüllt mit gelbhaarigen Kriegern, die sich Wikings nannten. Ihr Angriff traf die Katharger völlig unerwartet. Mein Volk zog sich in die Festung zurück, doch die war bereits teilweise verfallen. Dort kämpften sie ihren letzten Kampf, wie einst Karthago. Am Ende fiel alles in die Hände der Wikings. Sie setzten die Festung in Brand und verschleppten die meisten Überlebenden. Wir sind die Nachfahren derjenigen, die den Kampf um die Festung in den Bergen verloren haben und die sich vor den Wikings in die geheimen Höhlen flüchten konnten - die Handvoll, die überlebt hat und die nicht verschleppt wurde. Viele Generationen haben wir benötigt, um uns von dem Angriff der Wikings zu erholen. Es wurden nicht mehr so viele Kinder geboren und wir wurden immer weniger. Trotz der Furcht vor weiteren Angriffen haben wir die Festung nicht wieder aufgebaut. Wir könnten sie nicht verteidigen. Stattdessen haben wir die Höhlen erkundet und als Versteck eingerichtet.

Als die Piraten kamen, war hier ein ständiges Kommen und Gehen. Niemandem ist aufgefallen, dass einige von uns ständig hier leben. Außerdem halten sich die meisten von uns von den Piraten fern. Wir sind ohnehin nur noch eine Gruppe von weniger als einem Dutzend Männern und Frauen. Seit 5 Jahren ist kein Kind mehr geboren worden. Es scheint so, als ob die Zeit der Katharger zu Ende geht."

Margaretha verstummte. Lange Zeit sagte niemand ein Wort. Dann brach Henna das Schweigen. „Wir werden Dein Geheimnis für uns behalten." Sie blickte zu Björn. „Niemand soll davon erfahren - auch Rian nicht." Björn nickte zögernd. „Es schadet uns nicht und es nützt uns nichts", sagte Henna besänftigend, „wichtig ist nur unser Auftrag – und dazu müssen wir diese Nichtsnutze im Hafen unschädlich machen."

Piratenträume

Sieben Tage später versuchte Buba, einer der Piraten der „Weißer Falke", am späten Vormittag – wie jeden Tag – bei Margaretha Rum und Essen zu schnorren. Dazu schlenderte er mit 3 anderen, bewaffneten Piraten zur Makkaroni Bar. Dort trennten sie sich und verteilten sich um das große Gebäude. Jeder suchte sich eine Tür oder ein Fenster. Buba hatte diesmal einen Nebeneingang gewählt. Er hämmerte mit dem Griff seiner Pistole gegen die massive Eingangstür und brüllte nach Margaretha. Er erwartete keine Antwort. Margaretha hatte sich in den vergangenen Wochen überhaupt nicht mehr draußen sehen lassen. Wären Buba und seine Kameraden nicht so faul gewesen, hätten sie vielleicht versucht, die massiven Fensterläden oder Türen aufzubrechen. Doch da sie zu bequem waren, hatten sie sich in den letzten Tagen damit begnügt, das Haus zu beschießen und anschließend grölend und Margaretha verfluchend wieder abzuziehen. Inzwischen ging den Piraten die Munition aus, aber da sie nichts Besseres zu tun hatten und sich furchtbar langweilten, versuchten sie es immer wieder.

Buba wartete eine Weile, ob sich im Inneren etwas tat. Dann knallte er wieder den Griff seiner Pistole gegen die Tür. „Komm endlich raus, Margaretha!" Zur Bekräftigung gab er einen ungezielten Schuss auf die Tür ab. Die Kugel blieb in einer der festen Planken stecken. Frustriert trat Buba mit aller Kraft gegen die Tür und keuchte vor Schmerz auf, als er sich dabei den Knöchel verstauchte. Fluchend hinkte er zur Tür und stützte sich an der großen Metallklinke ab. Dabei drückte er die Klinke herunter und zu Bubas Überraschung schwang die Tür auf. Unglücklicherweise verlor er dabei das Gleichgewicht und fiel der Länge nach ins Haus. Er verlor die Pistole, die über den Boden polterte, sein Degen schepperte. Einen Moment lang war Buba völlig verdutzt, doch dann erkannte er sein Glück. „Hier Kameraden – hierher!", brüllte er, so laut er konnte. Im gleichen Moment hörte er polternde Schritte aus dem Haus, die den Gang entlang auf ihn zukamen. Buba wollte sich aufrappeln, stolperte aber über seinen langen Degen und fiel wieder längs hin. „Schnell Kameraden!", schrie er noch einmal laut. „Die Tür ist offen, schnell!" Er hörte aufgeregtes Rufen hinter sich und das Getrappel seiner Kameraden, die ihm zur Hilfe eilen wollten. Er robbte in den Gang und raffte seine Pistole auf. Im gleichen Moment tauchte vor ihm die massige Gestalt von Margaretha mit einem ihrer Helfer, einem jungen, dünnen Kerl auf. Margaretha hatte einen Besen in der Hand, der Junge eine Mistgabel. Die Wirtin sah sehr erschrocken aus. „Raus hier!", keifte sie und schlug Buba die Pistole aus der Hand. Dann begann sie, auf ihn einzudreschen. Buba brüllte wie am Spieß. Plötzlich hörten die Schläge auf. Mit blassem Gesicht und erhobenen Händen entfernten sich Margaretha und ihr Helfer. Buba schaute zurück und sah, dass Seegurke, einer seiner liebsten Trinkgenossen, eine Pistole auf Margaretha richtete. Seine beiden Kumpane standen hinter ihm und grinsten ziemlich gemein. Buba wusste, dass Seegurke seine Munition - genau wie er vor ein paar Minuten - in das Holz von Türen und Fensterläden verballert hatte. Aber zum Glück schien Margaretha nichts davon zu ahnen. Seegurke leckte sich die Lippen. „Rum S'ätzchen, aber ein bisschen plötzlich." Seegurke lispelte, aber in diesem Moment wirkte sein Sprachfehler gar nicht komisch, es klang wie das Zischen einer Schlange – gefährlich. Margaretha wurde noch bleicher. „Nein, wir haben nichts mehr, ihr Schufte, das wisst ihr doch genau!" „Mit Szzicherheit habt ihr noch was für Notfälle!", zischte Seegurke und grinste noch gemeiner. Mit zwei schnellen Schritten war er bei Margaretha und drückte ihr die Pistole an den Hals. „Du wirst den lieben Szzeegurke doch nicht verdursten lassen." „Nein, nein!" Margarethas Stimme wurde schrill. „Wir haben noch was, ich werde euch hinbringen!" „Daszz wird nicht nötig sein", flötete Seegurke vergnügt. „Dein flachbrüszztiger junger Helfer soll uns szzwei Fass Rum hierherholen. Wenn er sich dabei nicht beeilt, schieße ich Dir ein häszzzliches Loch in Deinen häszzlichen Hals." Er lachte schallend. Margaretha nickte dem Jungen zu. „Hol zwei Fass aus unserer eisernen Reserve – beeil Dich!" Der Junge lief schnell davon. Buba rappelte sich auf. „Gut gemacht, Kamerad", lobte er Seegurke, der immer noch seine Pistole auf die blasse Wirtin richtete. „Jetzt müssen wir nur noch dafür sorgen, dass wir jederzeit hier hereinkommen." Mit lautem Getöse hoben er und die beiden anderen Piraten die Seitentür aus den Angeln und zertrümmerten anschließend die Scharniere des Türrahmens mit Steinen. Margaretha sah wütend zu, doch angesichts der Pistole an ihrem Hals biss sie sich auf die Lippen. Die Zeit schien nicht vergehen zu wollen, doch endlich hörte man das Poltern von Fässern. Zwei kränklich aussehende Männer schoben jeder ein Rumfass vor sich her und kullerten sie vor die Füße der Piraten. Buba rollte die schweren Fässer hin und her, um ihr Gewicht zu prüfen, dann zog er den Holzstopfen eines Fasses heraus und schnupperte. „Aaah, was für ein Aroma!" Buba rollte genießerisch die Augen. Er zog einen Becher aus einer der vielen Taschen seiner weiten Hose, kippte das Fass und füllte den Becher. Der Rum schillerte in einer ungewöhnlichen, leicht bläulichen Farbe, aber Buba war noch nie wählerisch gewesen. Er setzte den Becher an die Lippen und trank den Rum in einen Zug aus. Seine Kumpane sahen ihm gespannt zu. Buba setzte den Becher ab, lächelte genießerisch und strahlte die anderen an. „Köstlich Kameraden, solltet ihr unbedingt probieren." Das ließen sich die Piraten nicht zweimal sagen. Seegurke nahm die Pistole von Margarethas Hals und schubste die anderen vom Fass weg. Bubas Becher wurde wieder und wieder gefüllt. Bläulicher Rum verteilte sich auf dem Holzboden. Jeder der Piraten trank einige Becher, ihre Augen wurden schnell glasig. Niemand achtete mehr auf Margaretha und ihre Leute, die sich vorsichtig zurückzogen. „Kommt, Kameraden, lasszzt uns die Fäszzer zu den anderen bringen, szzolange wir noch szztehen können, " rief Seegurke. Fröhlich singend und schon etwas unsicher laufend, rollten die Piraten ihre Beute zum Hafen. Kurz danach hörte man Gegröle aus vielen Kehlen, ein Fest war im Gange.

Margaretha stand im zerstörten Türrahmen und blickte kopfschüttelnd zum Hafen. „Das waren meine letzten zwei Fässer mit Weiß-Rum. Diesen Rum für solche Torfköpfe zu verschwenden, das tut mir in der Seele weh!" „Der Rum ist gut verwendet", sagte Henna, die mit einer geladenen Pistole hinter Margaretha stand. „Schon morgen wird hier alles anders sein."

Am Hafen standen die Matrosen der „Weißer Falke" zusammen und leerten in beängstigender Geschwindigkeit auch das zweite Rumfass. Die Stimmung war ausgezeichnet. Es wurde gesungen und gelacht. Allerdings waren einige Matrosen offensichtlich schon zu müde zum Feiern. Seegurke, Buba und die beiden anderen Piraten, die die Rumfässer beschafft hatten, lagen etwas abseits, flach auf dem Rücken und schnarchten um die Wette. Niemand bemerkte die große, dunkle Rauchsäule, die hinter der Makkaroni Bar in den Himmel aufstieg.

Eine Stunde später war auch das zweite Fass leer. Es war erheblich ruhiger geworden. Niemand stand mehr aufrecht, die meisten schliefen, einige wenige starrten mit müden und glasigen Augen auf das Meer. Im Licht der Nachmittags-Sonne erschien ein Umriss auf dem Meer, der rasch größer wurde. Ein tief im Wasser liegendes, ramponiert wirkendes Segelschiff lief schwerfällig in den Hafen ein und legte am Reparatur-Dock neben der „Weißer Falke" an. Die „Sturmvogel" war angekommen.

Rian sprang vom Deck an Land. „Gute Nacht Kameraden!", grüßte er spöttisch die schnarchenden Matrosen der „Weißer Falke". Henna lief ihm entgegen. „Willkommen Käpt'n", begrüßte sie ihn, „Du hast lange gebraucht, das Empfangskomitee ist darüber eingeschlafen." „Ja, es ist schon traurig", lachte Rian, „bringen wir sie zu einem schönen Schlafplatz." Die Leute der „Sturmvogel" sprangen an Land und luden die tief schlafenden Matrosen auf einen Wagen, der von Margarethas Leuten vorsorglich am Hafen postiert worden war. Außer den Piraten war aber niemand am Hafen. Margarethas Hilfe war ein Geheimnis, das nur Henna, Björn und Rian kannten.

Einige Matrosen der „Sturmvogel" brachten die Leute der „Weißer Falke" in die von Rackhahn eingerichteten Kerkerzellen in Felsengrotten am Rande der Piratensiedlung. Derweil wurde die „Sturmvogel" in aller Eile entladen und in das Reparaturdock des Hafens gezogen. Das war ein kleines Hafenbecken, dessen Öffnung mit einem Tor verschlossen werden konnte. Das Schiff wurde in das Hafenbecken hineingezogen. Dann wurde das Wasser mühselig herausgepumpt und das Schiff konnte auf dem sandigen Boden trocken fallen. Jetzt konnten endlich die Reparaturarbeiten beginnen.

Die letzten Tage hatten der ohnehin erschöpften Mannschaft der „Sturmvogel" einiges abverlangt. Nach Hennas Rückkehr in den Wurmfjord hatte die ganze Mannschaft daran gearbeitet, die „Sturmvogel" innerhalb von 3 Tagen schwimmfähig zu machen und auf See zu bringen. Das war schließlich unter großen Anstrengungen gelungen. Rian und Henna waren übereingekommen, einen Kampf zu vermeiden und es mit der Methode zu versuchen, die so gut auf der „Goldenen Prachtgans" funktioniert hatte. Henna hatte sich einen Tag nach ihrer Ankunft mit Björn und einer guten Dosis „Blau" erneut zur Makkaroni Bar aufgemacht, um die Besatzung der „Weißer Falke" unschädlich zu machen. Der Plan, die Leute der „Weißer Falke" mit Rum und „Blau" außer Gefecht zu setzen, hatte nicht sofort geklappt. Zweimal waren die Piraten einfach zu dusselig gewesen, die geöffnete Tür zu entdecken. Als sie dann endlich am dritten Tag in das Gebäude eindrangen und Margaretha bedrohten, hatten Henna und Björn mit gezogenen Pistolen in der Nähe versteckt bereit gestanden, um notfalls eingreifen zu können.

In diesen drei Tagen des Wartens war die „Sturmvogel" außerhalb der direkten Sichtweite der Piratenbucht gekreuzt. Dabei musste das Schiff ständig gelenzt, also leer gepumpt werden. Am dritten Tag drang immer mehr Wasser ins Schiff ein. Rian hätte nicht viel länger auf See ausgehalten. Doch endlich war ein Rauchzeichen aus der Piratenbucht zu sehen. Die bereits tief im Wasser liegende „Sturmvogel" war dann gerade noch rechtzeitig im Trockendock eingelaufen.

Die Leute der „Sturmvogel" arbeiteten lange und hart. Das Schiff wurde entladen und die Kanonen wurden abwehrbereit aufgebaut, damit man sich gegen zurückkehrende Piraten zur Wehr setzen konnte. Dann wurde das Schiff im Reparaturdock trocken gelegt. Zum Auspumpen des Beckens verwendete man die Schiffspumpen. Es dauerte die ganze Nacht. Die Matrosen wechselten sich mit Schlafen und Pumpen ab. Am Vormittag lag die „Sturmvogel" auf dem Sand fest und Gero konnte mit den Reparaturen beginnen. Holz gab es genug, der Rosa Pirat hatte es irgendwie geschafft, eine große Menge guter Planken und Bretter für die „Weißer Falke" zu besorgen. Den kaputten Besan-Mast ersetzten die Piraten einfach, indem sie den von der „Weißer Falke" abbauten und ihn auf die „Sturmvogel" anpassten. Ebenso bedienten sie sich bei Tauwerk, Segeln und anderen nützlichen Dingen. Am Ende teilte Gero das Pech für den abschließenden Anstrich des Rumpfs ein. Das Pinseln war im Vergleich zu den vorangegangenen Arbeiten das reinste Vergnügen und es wurde endlich wieder gescherzt und gelacht. Ganz zum Schluss wurden die Kanonen wieder eingebaut. Obwohl hier im Hafen günstige Arbeitsbedingungen bestanden, hatte die Reparatur drei Wochen gedauert. Jetzt waren alle mit ihren Kräften am Ende und das bereitete Rian große Sorgen. Außerdem musste jeden Tag mit der Rückkehr der Piratenflotte gerechnet werden. Niemand wusste, wie lange Rackhahn für die Suche nach der „Sturmvogel" eingeplant hatte. Ferner hatten die gefangenen Piraten etwas über eine Aufgabenteilung zwischen den einzelnen Schiffen erzählt, was es noch wahrscheinlicher machte, dass bald ein Segel am Horizont erscheinen würde.

Nach langem Überlegen entschied Rian, dass es keine gute Idee war, sofort auszulaufen. Seine Männer waren einfach zu erschöpft. Es war ein großes Risiko, doch er entschied sich, seinen Männern Urlaub zu geben. Dazu berief er eine Versammlung ein. Rian stieg auf ein Fass, das an Land, direkt vor der vor Anker liegenden „Sturmvogel" aufgestellt worden war. Die ganze Mannschaft der „Sturmvogel" schaute ihn erwartungsvoll, aber mit müden Augen an. Rian blickte seine Mannschaft an, dann lächelte er und begann zu sprechen: "Kameraden, Freunde, wir haben lange gemeinsam gearbeitet. Wir haben harte Zeiten durchgemacht. Wir sind dem Tod und der Versenkung entkommen." Die Mannschaft der "„Sturmvogel" grölte. "Wir haben unser leckgeschlagenes Schiff wieder in Ordnung gebracht. Wir haben geackert wie die Ochsen. Doch nach all diesen Strapazen ist es Zeit für eine Pause", fuhr Rian fort. „Wir werden uns aufteilen. Eine kleine Mannschaft besetzt die Geschütze, die anderen können entweder hier am Schiff bleiben und unseren verbliebenen Rum trinken oder auf der Insel Ziegen jagen. Fünf Tage gebe ich euch, dann sind alle wieder hier und wir werden gemeinsam diese garstige Insel verlassen. Ich selbst werde mich zwei Tage auf der Insel herumtreiben und dann jemanden aus der Geschütz-Mannschaft ablösen. Während ich weg bin, übernimmt Henna das Kommando."

Die Mannschaft der „Sturmvogel" applaudierte. Rian stieg vom Fass herunter und begann damit, die Leute für die Wache einzuteilen. Henna und Gero würden mit einigen anderen die Notbesatzung für die ersten Tage bilden. Danach wollte Rian mit Longjon Silva und Björn die zweite Hälfte der Wache auf der „Sturmvogel" " verbringen. Zuvor jedoch wollte er unbedingt die Ruinen der Festung auf dem Berg besichtigen. Doch zu Rians Überraschung wollte sich ihm niemand von der Besatzung bei seinem Ausflug anschließen. Es waren plötzlich zwei Fässer mit Rum aufgetaucht und die meisten Matrosen entschlossen sich, lieber an einer fröhlichen Feier am Hafen teilzunehmen, als sich von Mücken und Bremsen auf der Insel stechen zu lassen und ein paar alte Trümmer zu besichtigen. Eigentlich war Rian darüber erleichtert, da die Besatzung so nicht allzu weit von Schiff entfernt sein würde. Er nahm eine Flinte, etwas Munition, sein Entermesser und eine Decke und machte sich auf den Weg in die Berge. Hinter sich ließ er das fröhliche Lachen der Matrosen. Doch Rian war froh, für eine Weile allein zu sein.

Henna hatte ihm beschrieben, an welcher Stelle die verfallene Festung lag. Der Weg durch die Katakomben wäre kürzer und leichter gewesen, Rian zog es aber vor, an der frischen Luft zu wandern. Außerdem wollte er Margaretha nicht darum bitten, er hatte sie nur kurz gesehen und sie war abweisend wie eh und je. Sie hatte nur etwas von dem „verfluchten Jahrestag" gemurmelt, der nun wieder bevorstand, und sich dann wieder davon gemacht. Rian machte also einen großen Bogen um die Makkaroni Bar und hielt auf das Hügelland zu. Schon bald verließ er die Pfade, die um die Makkaroni Bar herumführten. Das Gebüsch wurde dichter und versperrte ihm die Sicht. Vor ihm stiegen die Hügel der Makkaroni-Insel steil auf und Rian musste seinen Taschenkompass benutzen, um die korrekte Richtung ausfindig zu machen. Mittlerweile waren auch die Bremsen auf Rian aufmerksam geworden und umkreisten ihn. Neben den Bremsen wurde er auch ordentlich von Dornen und spitzen Ästen gepiesackt. Fluchend kämpfte sich Rian durch Büsche und Sträucher. Er benutzte sein Entermesser wie eine Machete, um überhaupt vorwärts zu kommen. Je höher er stieg und je steiler es wurde, desto mehr wich das Gebüsch steinigem Boden und umherliegenden Felsen. Die Bremsen fanden diesen Bereich der Insel wenig attraktiv und flogen davon. Doch auch ohne die kleinen Quälgeister war der Weg beschwerlich und steil. Rian benötigte fast den ganzen Tag, um zu den Ruinen zu gelangen. Endlich erreichte er die Hügelspitze und schaute sich um. Er sah einige markante Felsformationen, die Henna ihm genannt hatte, um die Festung zu finden. Er musste sich nur noch einige hundert Meter durch Strauchwerk quälen, dann stand er mitten in dem Trümmerfeld, das einst wohl ein Innenhof gewesen sein mochte. Rian spazierte ein wenig umher. Im Licht der Abendsonne bewunderte er die Trümmer der Festung und den wunderbaren Ausblick aufs Meer. Erleichtert stellte er dabei auch fest, dass weit und breit kein Segel am Horizont zu sehen war.

Henna hatte ihr Versprechen an Margaretha gehalten und nichts über die Vergangenheit der Festung erzählt. Trotzdem war Rian klar, dass hier schon vor langer Zeit Menschen gelebt hatten. Wer sonst hätte die Festung erbaut? Ebenso war es aufgrund der Brandspuren klar, dass die Menschen der Insel Opfer eines Angriffs geworden waren. Nur über die Verbindung zu Margaretha hatte Rian keine Ahnung. Er ging davon aus, dass sie lediglich die Hinterlassenschaft der früheren Bewohner übernommen hatte.

Rian sammelte etwas trockenes Holz und machte ein Feuer vor dem Turm, in dem auch Henna übernachtet hatte. Als es langsam dunkler wurde, wurden die Schatten länger und die Ruinen der Festung begannen, unheimlich zu wirken. Rian fröstelte und bedauerte es nun, diesen Ausflug alleine unternommen zu haben. Doch er würde hier die Nacht verbringen müssen, bevor er sich am nächsten Morgen auf den Rückweg zur „Sturmvogel" machen konnte. Rian war kein ängstlicher Mann, aber je finsterer es wurde, umso unwohler fühlte er sich. Er schlang seine Arme um die Knie und starrte auf das Feuer.

Das kleine Feuer reichte nicht aus, um die Umgebung so zu beleuchten, wie Rian es sich gewünscht hätte. Außerdem wurde er durch den Blick auf das Feuer so geblendet, dass er kaum noch etwas außerhalb des Feuerscheins erkennen konnte. Rian beschloss also, das Feuer zu löschen und lieber zu frieren. Mit einigen großen Steinen deckte er das Feuer ab, hüllte sich in seine Decke und wartete, bis sich der Rauch verzogen hatte. Seine Augen gewöhnten sich an die Dunkelheit, der Mond stieg am Himmel auf und tauchte die verfallene Festung in ein bleiches Licht. Rian empfand seine Umgebung auf einmal nicht mehr als unheimlich, sondern eher als geheimnisvoll. Er wanderte durch die verfallene Anlage und versuchte sich vorzustellen, wie die früheren Bewohner der Makkaroni-Insel hier gelebt hatten. Er stellte sich lachende Menschen vor, die bei Musik im Innenhof getanzt hatten. Fast glaubte er, die Musik noch zu hören. Wolken schoben sich vor den Mond. Das Licht wurde schwächer, die Ruine begann wieder bedrohlicher zu wirken. Doch dann tauchte der Mond wieder aus den Wolken auf und hüllte alles in ein silbriges, bezauberndes Licht.

Rian glaubte sich auf einmal in die Nacht des Angriffs hineinversetzt. Er begann tanzende Schatten im Mondlicht zu sehen, Mauern schienen nicht länger verfallen zu sein. Aus den tanzenden Schatten wurden Menschen, die sich bewegten. Rian sah Szenen, die sich vor vielen hundert Jahren ereignet hatten.

Die Inselbewohner feierten, niemand hatte den Ausguck besetzt, niemand schaute aufs Meer hinaus. Seit unzähligen Generationen hatte es keine fremden Segel mehr auf dem Meer gegeben. Rian sah das Fest vor sich. Menschen tanzten, Menschen lachten. Rian wanderte durch die Festung, die so seit hunderten von Jahren nicht mehr existierte, und die Bilder der Vergangenheit wurden immer deutlicher, immer realer, „Ich träume!", beruhigte er sich. Interessiert schaute er sich um. Es mochten etwa 100 Menschen sein, die hier versammelt waren. Männer, Frauen und Kinder. Man sah ihnen das anstrengende Leben auf der Insel an. Doch am heutigen Tag freuten sie sich und feierten miteinander den Jahrestag ihrer Ankunft.

Die Festung wurde normalerweise nicht mehr bewohnt. Sie wurde nur noch für Feierlichkeiten genutzt und verfiel zusehends. Rian konnte erkennen, dass die umlaufenden Mauern teilweise verfallen waren, nur das Hauptgebäude war noch in gutem Zustand. Die Menschen um ihn herum beachteten ihn nicht, schienen ihn nicht einmal zu sehen. Dies bestärkte Rian in seinem Glauben, in einem sehr lebendigen Traum zu stecken. „Komisch, ich weiß, dass ich träume", dachte er belustigt.

Abseits der Menschen bemerkte Rian eine Frau. Sie war nicht mehr jung, aber auch noch nicht alt. Sie war mager, wirkte abgehärmt und hatte langes, dichtes dunkles Haar mit weißen Strähnen. Die Frau hockte vor einem kleinen, baufälligen Nebengebäude der Festung. Sie nahm keine Notiz von ihrer Umgebung und kratzte mit einem Stock seltsame Symbole in die Erde. Eine Horde Kinder lief an ihr vorbei. Die Kinder zeigten auf die Frau und riefen höhnisch „Dido, Dido, dumm und blind – sieht Feuer. wo keine sind!" Dido sah nicht einmal auf. Die Kinder liefen lachend weiter. Rian wollte sich gerade abwenden, doch in diesem Moment blickte Dido auf und drehte ihren Kopf in seine Richtung. Rian sah in ihr Gesicht. Erschreckt stellte er fest, dass ihre Augäpfel milchig waren. Dennoch schien sie ihn zu sehen. Ein freundliches Lächeln verschönerte ihr ausgezehrtes Gesicht. Dido hob die rechte Hand und winkte Rian einen freundlichen Gruß zu. Verwirrt winkte Rian zurück und wandte sich dann eilig wieder den feiernden Menschen zu.

Rian stellte sich mit dem Rücken zum Hauptgebäude, hörte der Musik zu und beobachtete die Menschen. Das Fest wurde immer ausgelassener, bis eine junge Frau einen zufälligen Blick über die Brüstung auf das Meer warf. Auf dem sonst so leeren Strand lag auf einmal ein Dutzend Langboote mit Rudern, einem großen Mast und einem geschnitzten Drachenkopf am Bug. Zahllose, hellhaarige, bärtige Männer sprangen aus den Booten und rannten auf die kleine Siedlung am Fuß der Hügel zu. Die junge Frau stieß einen lauten Warnruf aus. Die anderen Feiernden hielten im Tanz inne und schauten sie fragend an. Einige liefen zu ihr an die Brüstung, sahen hinunter und entdeckten ebenfalls die Eindringlinge, die nun ihr Dorf erreicht hatten. Auf einmal flammte eine Fackel auf und dann ging das erste Haus in Flammen auf. Fassungslos sahen die Inselbewohner, wie die Fremden ihr Dorf plünderten und verbrannten und wie sie dann in die Hügel, auf die Festung zumarschierten.

Unter den Inselbewohnern verbreitete sich Panik. Einige flohen angsterfüllt von der Festung ins Unterholz. Die anderen diskutierten aufgeregt, kamen dann aber schnell zu dem Entschluss, sich in der Festung zu verteidigen, obwohl sie in keinem guten Zustand war.

Die Inselbewohner waren schlecht bewaffnet. Man besaß einige wenige, alte Schwerter. Ansonsten gab es nur Holzspeere sowie Pfeil und Bogen. Die Angreifer dagegen hatten Rüstungen, Schwerter, Schilde und eisenbeschlagene Waffen. Mit dem Mut der Verzweiflung verschanzten sich die Inselbewohner hinter den Mauern und im Hauptgebäude und warteten auf den Angriff. Seit vielen Jahrhunderten hatten die Inselbewohner nicht mehr gekämpft. Der Wucht des Angriffs durch die hellhäutigen, blonden Seefahrer mit ihren Eisenwaffen waren sie nicht gewachsen. Die Angreifer überwanden mühelos die baufälligen Mauern. Die Verteidiger fielen oder wurden gefangengenommen und verschleppt. Nur das Hauptgebäude hielt stand. Als die Angreifer zweimal daran scheiterten einzudringen, legten sie Feuer. Entsetzt sah Rian, wie die Flammen nach dem Gebäude griffen. Doch niemand kam heraus.

Etwas zerrte an Rians Ärmel. Rian schaute sich um und entdeckt zu seiner Überraschung Dido, die ihn in eine Richtung zog. Sie sprach nicht, zeigte aber auf das kleine Gebäude, vor dem sie gesessen hatte. Sie lief los, Rian zögerte. Ein riesiger blonder Krieger entdeckte Dido, stieß einen Schrei aus und folgte ihr. Rian lief ebenfalls los, holte den Krieger ein und stieß ihm sein Entermesser zwischen die Beine. Rian spürte einen Ruck, der ihm das Entermesser aus der Hand riss. Der Krieger stolperte und fiel der Länge nach hin. Rian lächelte und lief auf Dido zu. Die verschwand gerade in dem kleinen Gebäude. Rian folgte ihr und betrat eine fackelbeleuchtete Kammer. Am Ende befand sich ein kleiner Altar. Dido kniete davor nieder und holte eilig zwei Gegenstände aus einem Schrein hervor. Sie drehte sich zu ihm um und reichte ihm die Gegenstände mit beiden Händen. Rian nahm mit der linken Hand eine kleine Figur, mit der rechten einen Schlüssel. „Dies ist das Herz Karthagos, bewahre es gut, es wird Dich zu unserem Erbe führen", flüsterte Dido. Rian wollte etwas entgegnen, doch in diesem Moment hörte er einen lauten Schrei und drehte sich erschrocken um. Im Eingang der Hütte stand der große Krieger und warf einen Speer. „Leb' wohl und vergiss uns nicht!", hörte Rian Dido murmeln. Dann wurde es schwarz vor seinen Augen.

Rian erwachte auf dem Bauch liegend in einer dunklen, engen Höhle. Die Kammer mit Dido und dem blonden Krieger war verschwunden. Sein Mund war staubig. Seine beiden Arme hatte er vor sich ausgestreckt, die Hände waren zu Fäusten geballt. Zu seiner Überraschung stellte er fest, dass er zwei kleine Gegenstände fest umklammert hielt. Er konnte sich kaum bewegen, so eng war die Höhle. Ein wenig Tageslicht schien von irgendwoher herein und Rian sah, dass die Höhle direkt vor ihm endete. Rian hasste Enge, derartig eingesperrt, wurde er fast panisch. Er nahm sich zusammen und versuchte zurückzukriechen. Es gelang erstaunlich gut. Vorsichtig schob er sich auf seinen Ellenbogen rückwärts. Sein Rücken stieß immer wieder an die Decke und er befürchtete, eingeklemmt zu werden. Angst stieg in ihm hoch. Doch er biss die Zähne zusammen und machte weiter. Es wurde heller. Nach etwa 5 Metern und einer gefühlten Ewigkeit kroch Rian aus einem engen Loch zurück in das Licht eines gerade angebrochenen Tages. Er war nass geschwitzt und fühlte sich erschöpft. Rian rappelte sich auf und schaute sich um. Er stand abseits des Nebengebäudes, etwa dort wo Didos Hütteneingang gewesen war. Alles war so verfallen wie noch am Tag zuvor. Was hatte er geträumt und wie war er in dieses enge Loch hineingeraten? Langsam hob Rian seine geballten Fäuste und öffnete sie. In seiner linken Hand befand sich eine aus Elfenbein geschnitzte Figur, die eine Kuh darstellte, in seiner rechten hielt er einen sehr alt aussehenden, vergoldeten Schlüssel mit seltsamen Symbolen. „Dies ist das Herz Karthagos, bewahre es gut, es wird Dich zu unserem Erbe führen", glaubte er zu hören. Hastig drehte er sich um. Doch da war niemand. Schnell verstaute er die beiden Gegenstände in seinen Taschen, ohne sie noch einmal anzusehen. Dann schaute er sich seine Hände an, da seine Finger schmerzten. Sie sahen zerschunden aus, waren aufgerissen, blutig und verdreckt, als ob er damit in Steinen und Dreck herumgewühlt hätte. Außerdem waren zwei Fingernägel abgebrochen. Rians Kleidung war ebenfalls mitgenommen und staubig. Kopfschüttelnd machte er sich auf den Weg zum Turm. Unterwegs fand er sein Entermesser auf dem Boden liegend und nahm es mit. Er war noch völlig benommen und hatte das dringende Bedürfnis, die „Sturmvogel" zu sehen. Also lief er zu der Stelle, von der man den Hafen der Insel sehen konnte und blickte auf die Küste. Erleichtert sah er sein Schiff neben der kaputten „Weißer Falke" liegen. Am Hafen schliefen einige Menschen in Decken gehüllt, in ihrer Mitte brannte ein Feuer. Rian seufzte erleichtert. Er blickte nun nach Osten auf das freie Meer und genoss das Lichtspiel der aufgehenden Sonne auf dem Wasser. Im Westen war der Himmel dunkel. Wolken zogen auf und es würde bald stürmen. Rian wusste, dass er schnell zum Schiff zurückkehren sollte, bevor der Sturm begann. Er holte etwas Schiffszwieback aus seinen Vorräten und frühstückte. Dabei dachte er darüber nach, was er in der Nacht erlebt hatte. Doch er kam zu keinem Ergebnis. Sein Blick streifte über die Festung, über den Hafen und das offene Meer. Der Wind begann bereits aufzufrischen. Die Sonne war schnell höher gestiegen und blendete nun nicht mehr. Auf einmal stutzte Rian. Er sah eine Unregelmäßigkeit auf dem Wasser, eine Bewegung, die dort nicht hingehörte, und war alarmiert. Er beschattete seine Augen mit der Hand und schaute noch einmal hin. Dann sah er es: Segel am Horizont, nicht eines, sondern viele. Und sie kamen direkt auf die Makkaroni-Insel zu.

Auf Messers Schneide

Der lange Hari hatte schlecht geschlafen. Obwohl seine Kopfwunde vom Sturz in die Höhle inzwischen verheilt war, hatte er heute Morgen wieder Kopfschmerzen. Und das lag nicht an der fröhlichen Feier vom Abend vorher, denn Rum oder anderen Alkohol gab es kaum noch. Hari hatte die Nacht in seiner Hängematte verbracht, war gut eingeschlafen, hatte dann aber schlecht geträumt. Es waren zum ersten Mal seit Wochen wieder Träume über aussichtslose Kämpfe in der alten Festung. Träume von Feuer und Tod. Obwohl Hari ein rauer Bursche war, erwachte er zitternd und schweißgebadet. Die Erinnerung an die Träume verblasste nur langsam. Einschlafen konnte er auch nicht mehr. Außerdem kündigte sich schlechtes Wetter an. Die „Sturmvogel" bewegte sich bereits stärker und irgendwo schlug eine nicht geschlossene Tür. Kurz nach Sonnenaufgang ließ sich Hari leise aus seiner Hängematte fallen und tappte vorsichtig aus dem Schlafsaal der „Sturmvogel". An Deck ging er zum Wasserfass vor dem Mast und trank eine Kelle Wasser gegen den Durst. Anschließend goss er sich eine weitere Kelle Wasser gegen seine Kopfschmerzen über den Kopf. Es half nicht viel. Hari atmete ein paar Mal tief durch und beobachtete, wie die Sonne über dem Wasser aufging. Er war alleine. Eigentlich hätte der „Bunte Hund" mit einem anderen Matrosen als Wache an Deck sein müssen. Der „Bunte Hund" war zwar ein freundlicher Kerl und überall beliebt, aber mit seinen Pflichten nahm er es nicht so genau. Hari verstand nicht, warum Longjon Silva den „Bunten Hund" mit dessen bestem Kumpel Ringelsocke zur Wache eingeteilt hatte. Die beiden veranstalteten vermutlich in irgendeiner Ecke ein Wettschnarchen.

Hari machte eine Runde über Deck. Er stellte verwundert fest, dass jemand ein Beiboot zu Wasser gelassen hatte. Es schaukelte munter in den Wellen. Auch eine Strickleiter war von Bord zum Boot heruntergelassen worden. Doch das Boot war nicht besetzt. Hari zuckte die Achseln. Irgendjemand hatte wohl einen Grund, das Boot zu Wasser zu lassen. Hari war noch viel zu erschöpft, um darüber nachzudenken. Er lief zum Bug und schaute auf die Insel.

Als Hari von den ersten Sonnenstrahlen gewärmt wurde, ging es ihm zunehmend besser. Er stand an der Reling und ließ sich bei geschlossenen Augen die Sonne ins Gesicht scheinen. Wäre er abgelenkt gewesen, hätte er das Geräusch vielleicht nicht gehört. So aber schreckte er auf. Da war unverkennbar ein Schuss zu hören gewesen. Hari sah sich um, konnte aber nicht erkennen, von wo oder von wem der Schuss abgegeben worden war. Seine Kameraden, die lieber draußen schliefen, waren jedenfalls nicht aufgewacht. Hari horchte eine Weile und dann hörte er einen zweiten Schuss. Er kam aus den Hügeln. Vielleicht jagte jemand Ziegen. Hari suchte die Hügel ab, konnte aber nichts entdecken. Ein dritter Schuss peitschte durch die Stille. Drei Schüsse, in etwa gleichem zeitlichem Abstand, das war ein Notsignal, das die Mannschaft der „Sturmvogel" vereinbart hatte. Hari war alarmiert, erneut blickte er prüfend zu den Hügeln hinüber und blieb an der Stelle hängen, an der die alte, verfallene Festung lag, der er seine schlechten Träume verdankte. Hari stutzte. Er konnte den Rauch eines Feuers erkennen, der allerdings in dem zunehmenden Wind schnell aufgelöst wurde. Ihm fiel ein, dass Rian die Nacht dort oben verbracht hatte.

Hari fasste einen Entschluss. Er lief unter Deck und pochte an die Tür der Kabine, in der Henna schlief. Nichts passierte. Hari klopfte noch einmal, diesmal lauter und drängender. Ihm fiel ein, dass Henna auf der nächtlichen Feier ziemlich lustig gewesen war und noch herumgealbert hatte, als er sich bereits müde in seine Hängematte verkrochen hatte. Er klopfte noch einmal. Endlich hörte er Schritte und die Tür wurde aufgerissen. „Welcher Idiot...", brüllte eine zerzaust wirkende Henna, „macht so einen Lärm!", wollte sie eigentlich rufen. Doch als sie Hari erkannte, brach sie mitten im Satz ab.

„Was ist los?", fragte sie stattdessen unwirsch. Hari fühlte sich unsicher. Er zuckte die Achseln. „Ich weiß nicht, ob es richtig ist, Dich deswegen zu wecken, aber ich habe 3 Schüsse von der alten Festung gehört." Henna guckte verständnislos. „Rian ist doch da oben!", fügte Hari hinzu. „Verdammt, das Notsignal!", fluchte Henna. „Er ist in Gefahr."

„Außerdem qualmt es dort", fügte Hari hinzu. Weiter kam er nicht, Henna schob sich an ihm vorbei und lief auf Deck. „Komm' mit!", befahl sie. „Wer hat Wache?", fragte sie, als sie die Treppe hinaufliefen. „Weiß' nicht", antwortete Hari, der den „Bunten Hund" nicht in Schwierigkeiten bringen wollte. Henna sah sich an Deck um. „Nicht zu fassen, niemand da!", rief sie erstaunt. „Wir sind völlig schutzlos!". Wieder war ein Schuss zu hören. Henna schaute zur Festung und konnte den Qualm erkennen. Sie lief auf das Achterdeck, Hari im Schlepptau, kramte aus einer Kiste ein Fernrohr und drückte es Hari in die Hand. „Ab mit Dir auf den Hauptmast!", befahl sie. „Halte Ausschau, ob Du Rian oder sonst jemanden auf der Festung erkennen kannst. Danach suchst Du die Umgebung ab." Hari enterte auf und Henna begann, die Schiffsglocke zu läuten. „Alarm! Alarm!", brüllte sie. Wieder ertönte ein Schuss.

Hari enterte derweil auf und besetzte den Ausguck. Es dauerte einen Moment, bis er das Fernrohr justiert und sauber ausgerichtet hatte. Doch dann wirkte die Hügelspitze, auf der die alte Festung stand, zum Greifen nahe. Er konnte sogar ein paar Mauerreste erkennen. Und auf diesen Mauerresten stand ein Mann und schwenkte eine Flinte, an der ein Tuch befestigt war. „Ich glaube, Rian ist da oben!", rief Hari Henna zu. „Er scheint gesund zu sein, aber irgendetwas macht ihn nervös!" „Verstanden!", brüllte Henna zurück. „Bleib da oben und pass weiter auf. Beobachte aber auch die Bucht, ob sich ein Schiff nähert." „Wenn ich ein Schiff sehen kann, ist es schon zu spät", dachte Hari. Die Bucht beschrieb vom Ankerplatz aus gesehen einen Bogen, so dass man nicht auf das offene Meer schauen konnte. Trotzdem brüllte er gehorsam zurück; „Aye, aye." Henna stand weiterhin auf dem Achterdeck. Sie hatte sich Pistolen besorgt und gab nun ihrerseits kurz nacheinander 3 Schüsse ab. Danach hörte man keine weiteren Schüsse mehr von der Festung.

Mittlerweile torkelten die ersten Matrosen schlaftrunken auf Deck. Direkt gefolgt von Longjon, der zwar komplett angezogen, aber offensichtlich schlecht gelaunt war. „Welcher betrunkene Trottel hat den Alarm geläutet?", brüllte er. Vom Achterdeck aus sah ihn Henna mit einem derart vernichtenden Blick an, dass er verlegen verstummte, den Kopf senkte und sich, eine Entschuldigung murmelnd, unter die Mannschaft mischte. Die gesamte Besatzung der „Sturmvogel" hatte sich inzwischen auf dem Hauptdeck versammelt. Die Männer (und eine Frau) sahen Henna erwartungsvoll an.

„Hört zu!", rief Henna den versammelten Matrosen zu, „Rian hat uns von den Hügeln aus ein Notsignal gesandt. Warum weiß ich noch nicht, aber ich möchte, dass die „Sturmvogel" klar zum Auslaufen gemacht wird und die Geschütze besetzt werden. Longjon, kümmere Dich darum, dass die Quartiere klar gemacht werden, die Vorräte verstaut werden und dass die Kanonen einsatzfähig sind! Gero, kontrolliere die unteren Schiffsräume.

Bolus geht ans Ruder, Hakan kümmert sich mit Boris und Wanja um die Festmachleinen. Alle anderen bis auf weiteres in die Wanten. Wer den „Bunten Hund" und Ringelsocke sieht, weckt sie mit einem Eimer Meerwasser und bringt sie zu mir!" Die Piraten wirbelten durcheinander und liefen zu ihren Posten.

„Gibt es irgendetwas Neues zu sehen, Hari?", rief Henna zum Ausguck hinauf. „Ja, Käpt'n," schrie Hari, „Rian signalisiert etwas mit seinen Armen, sieht aus wie die Zeiger einer Kirchenuhr, aber ich weiß nicht, was er will." „Beschreibe es", forderte Henna ihn auf. „Er hält den rechten Arm horizontal, den linken etwas abgesenkt." „Bolus, such mir ein Stück Kreide!", rief Henna, „Schnell!". Während Bolus in einer Kiste kramte, kratzte Henna mit ihrer Degenspitze die Position von Rians Armen in das Holz. Haris Stimme war wieder zu hören: „Jetzt ändert er seine Haltung: Er hält den rechten Arm nun schräg nach oben und den linken hat er gerade am Körper anliegen. Jetzt hat er den rechten Arm wieder waagerecht und den linken auf der gleichen Seite, aber schräg nach unten." Bolus reichte Henna ein Stück Kreide und diese malte nun auf das Deck:

Hari nannte weitere Positionen, die Rian mit wachsender Geschwindigkeit auf den Felsen machte. Hennas Kritzeleien wurden immer länger.

Zwischenzeitlich schickte sie Bolus in die Kapitänskajüte, um das Signalbuch zu holen. Dann hörte Rian auf zu signalisieren. Henna begann, im Signalbuch zu blättern und Buchstaben unter ihre Strichsymbole zu schreiben.

Der gesamte Text lautete schließlich folgendermaßen:

SCHIFFE KOMMEN SOFORT AUSLAUFEN TREFFEN AM FALKENTURM FLAGGT WENN VERSTANDEN

„Rote Flagge auf Hauptmast und Besanmast hissen", befahl Henna. „Wir laufen in 15 Minuten aus. Leinen klarmachen zum Lösen und Segel fertig machen, aber noch nicht setzen. Macht das Beiboot klar. Außerdem Kanonen laden – Schiff klar zum Gefecht!" Aufgeregte Rufe hallten über Deck, als die Mannschaft der „Sturmvogel" die Befehle ausführte. Innerhalb einer Minute wehten zwei große Flaggen am Mast. „Rian ist verschwunden", meldete Hari vom Ausguck.

„Hari, abentern. Dann lauf zu Margaretha ", rief Henna, „sage ihr, es wäre ein guter Zeitpunkt, sich uns jetzt anzuschließen, aber sie muss es sofort tun." Hari turnte die Wanten herunter, gab das Fernrohr an Henna zurück und sprang an Land. Dann lief er, so schnell er konnte, zur Makkaroni Bar. Der Wind hatte mittlerweile an Stärke gewonnen. Dunkle Wolkenfetzen zogen mit großer Geschwindigkeit von Westen nach

Osten. Hari hatte ein ungutes Gefühl, unter diesen Vorzeichen auszulaufen.

Außer Atem erreichte er die große Eingangstür. Zu seiner Überraschung stand sie offen. Margaretha erschien in der Türöffnung und sah ihn ruhig an. Hinter ihr sah Hari zwei Frauen, drei Männer und ein Kind. Jeder von Ihnen hatte einen großen Seesack und ein oder zwei Taschen bei sich. „Wir sind bereit", sagte Margaretha, bevor Hari auch nur ein Wort herausgebracht hatte. „Mehr seid ihr nicht?", staunte Hari. „Nein", sagte Margaretha, „Dies ist Karthagos erbärmlicher Rest. Dido ist gestern Nacht, an diesem verfluchten Jahrestag, im Fieberwahn gestorben. Zwei andere wollen nicht mitkommen, so bleiben nur noch wir sieben." „Dann lauft, " rief Hari, „wir haben nicht viel Zeit!" Er nahm einen der großen Seesäcke und eine Tasche und lief den Weg zurück. Die Leute der Makkaroni Bar folgten ihm. Aus den Augenwinkeln glaubte Hari zu sehen, wie Margaretha eine brennende Fackel ins Haus warf, bevor sie die Tür schloss.

Die Gruppe war langsam. Hari verfluchte die anderen im Stillen. Mal fiel ein Gepäckstück hin, dann stolperte jemand. „Fehlt nur noch, dass jemand Pippi muss", dachte er. Hari erschien der Rückweg wie eine Ewigkeit. Endlich erreichten sie die „Sturmvogel". Henna hatte sie schon kommen sehen, fast alle Matrosen waren in den Wanten. Wanja und Boris standen noch an Land und hielten die Taue, mit denen das Schiff an zwei Pollern gehalten wurde. Die Wellen waren jetzt größer geworden, Taue knarrten und die „Sturmvogel" schwankte. Hari und die Gruppe aus der „Makkaroni Bar" liefen den Landungssteg hoch auf Deck. Henna winkte ihnen freundlich zu. „Willkommen auf der „Sturmvogel". Bitte entschuldigt die Hektik, aber Schiffe laufen auf die Insel zu. Hari, bring unsere Gäste unter Deck, wir haben im Frachtraum einen Platz für sie frei geräumt." Während Hari die Gruppe unter Deck führte, gab Henna das Kommando zum Ablegen. „Segel setzen! Leinen los!" Sie übernahm selbst das Steuer, während Hakan und Wanja hinter sich den Landungssteg einholten. Schwerfällig setzte sich die „Sturmvogel" in Bewegung.

Hari führte die Gruppe unter Deck zum Lagerraum. In der Nähe des Eingangs war ein etwa 4m x 4m großer Bereich für sie vorbereitet worden. Jemand hatte einige Decken und ein kleines Wasserfass abgelegt. „Macht es euch hier bequem", sagte Hari. Dann fiel sein Blick auf einen Verschlag im Laderaum, in dem manchmal Tiere gehalten wurden, die unterwegs geschlachtet wurden. Ein Schloss sicherte die Tür und hinter den Gittern erkannte Hari den „Bunten Hund" und Ringelsocke.

Henna steuerte das Schiff elegant in einem Bogen nach Osten auf die Ausfahrt zu. Sobald das Schiff auf Ostkurs war, übergab sie das Ruder an Bolus.

Wieder einmal verließ die „Sturmvogel" die schützende Piratenbucht. Henna schaute zurück. „So endet die Jahrhunderte alte Siedlung der Karthager auf dieser Insel", sagte eine Stimme hinter ihr. Margaretha war an Deck gekommen. Gemeinsam schauten sie zurück zu den Gebäuden der Makkaroni-Insel. Auf einmal stieg eine Stichflamme aus dem Hauptgebäude auf und ehe Henna noch etwas sagen konnte, ertönte ein ohrenbetäubender Knall. Wie ein Kartenhaus fielen die Gebäude in sich zusammen. Das Dach eines kleinen Schuppens wurde hoch in die Luft geschleudert und landete krachend zwischen einigen Felsen. Dichter Rauch stieg aus den Trümmern auf, als die Reste der Gebäude zu brennen begannen. Henna schaute zu Margaretha. Margaretha ignorierte den Blick und starrte ausdruckslos weiterhin auf die Reste ihres ehemaligen Zuhauses. Ein dumpfes Grollen ertönte aus den Hügeln. Henna blickte auf die Makkaroni-Insel. Dann sah sie es. An einigen Stellen brach der Boden ein. Staubwolken stiegen auf. „.Sie sprengen das Höhlensystem", dachte Henna und schaute noch einmal zu Margaretha herüber. „So endet die Jahrhunderte alte Siedlung der Karthager auf dieser Insel", sagte Margaretha noch einmal. Sie lächelte mit einer grimmigen Zufriedenheit. „Endgültig! Der Rosa Pirat hätte besser auf seine Pulvervorräte aufpassen sollen!" Dann drehte sie sich auf dem Absatz um und ging unter Deck, ohne noch jemanden eines Blickes zu würdigen. Henna hätte sie gerne zurückgehalten. Viele Fragen lagen ihr auf der Zunge. Warum hatten sie das getan? Gab es etwas, das niemand finden sollte? Doch Henna zwang ihre Aufmerksamkeit auf die Schiffsführung. „Hört auf zu starren und konzentriert euch gefälligst auf eure Aufgaben!", schimpfte sie mit den Matrosen. Die meisten Mitglieder der Mannschaft waren nach den Explosionen an Deck gelaufen und schauten auf die brennenden Trümmer der Makkaroni Bar. „Passt auf die Segel auf, verdammt noch mal!", brüllte Henna, „Bolus, achte auf den Kurs, sonst laufen wir auf. Alle, die nicht an Deck gebraucht werden, wieder auf die Gefechtsstationen. Es könnte gleich sehr heiß hergehen!" „Und außerdem wird das Wetter schlecht", fügte sie in Gedanken hinzu. Widerwillig widmeten sich die Matrosen wieder ihren Aufgaben. Henna holte das Fernrohr hervor und begann, die Umgebung des Falkenturms nach Rian abzusuchen. Dabei überlegte sie sich, welchen Weg Rian wohl nehmen würde, um zum Falkenturm zu gelangen. Doch sie kam zu keinem Ergebnis. Es gab nur lange gewundene Pfade von der Festung, da überall steile Klippen den direkten Weg versperrten. Henna stutzte. Einige hundert Meter vor dem Falkenturm überragten steile, hohe Klippen den schmalen Küstenpfad, der von der Makkaroni Bucht zum Falkenturm führte, sehr hohe und steile Klippen. Henna fokussierte das Fernrohr auf den Rand der Klippen. Genau in diesem Moment sah sie eine Gestalt mit atemberaubender Geschwindigkeit am Rand der Klippen entlanglaufen. Henna stockte der Atem. Es musste Rian sein. Sie hatte keine Ahnung, wie er es in der kurzen Zeit geschafft hatte, den Weg von der alten Festung bis hierher durch Gestrüpp und Geröll zurückzulegen. Außerdem war ihr völlig unklar, wie er noch rechtzeitig die Klippen herunterkommen wollte, um die „Sturmvogel" abzupassen. Rian befand sich noch einige hundert Meter vor der „Sturmvogel". Henna beobachtete, wie er kurz langsamer wurde, als ob er etwas prüfte, und dann seine Richtung änderte. Nun hielt er auf den Rand der Klippe zu, erreichte die Kante und blieb stehen. Henna erkannte, dass er eine Decke in der Hand hielt und sie irgendwie zurechtzurrte. Rian schaute auf und sah zur „Sturmvogel" herüber. Henna kam es vor, als ob er sie direkt ansähe. Dann winkte er und sprang, ohne zu zögern, in die Tiefe. Henna hielt den Atem an, als sie Rian in die Tiefe stürzen sah. Doch er fiel nicht so schnell, wie sie erwartet hätte. Er klammerte sich mit beiden Händen an zwei Stäbe, über die seine Decke gespannt war. Die Decke blähte sich über den Stäben auf und verlangsamte den Sturz. Trotzdem fiel Rian mit atemberaubender Geschwindigkeit in Richtung Meer. Henna sah, wie das Wasser an der

Stelle aufspritzte, an der Rian eintauchte. Es war gefährlich nahe an den Klippen. Henna wusste nicht, ob das Wasser dort tief genug war, um einen Sprung aus dieser Höhe abzudämpfen. Sie schaute auf den Kompass und peilte die ungefähre Richtung zu dem Punkt, an dem Rian aufgeschlagen war.

„Mann über Bord, backbord voraus, Richtung Nordost!", rief Henna. „Hari, wieder ab in den Ausguck, Knurrhahn, Beiboot besetzen. Rian ist irgendwo da vorne im Wasser. Wir fahren 3 Wendemanöver, danach holen wir euch wieder an Bord" Hakan und Wanja warfen das Boot mehr über Bord, als es ordentlich ins Wasser zu lassen, und sprangen gleich hinterher. Boris und Oskar folgten, Knurrhahn kam als letzter und übernahm Ruder und Ausguck. Alle legten sich mächtig in die Riemen, während Henna die „Sturmvogel" einen Kreis fahren ließ, um das Boot wieder aufnehmen zu können.

Das Beiboot schaukelte mächtig in den Wellen, als es auf die Klippen zuhielt, an denen sich das Wasser schäumend brach. Der Wind nahm mit beängstigender Geschwindigkeit zu. Je mehr sich das Boot dem Ufer näherte, umso stärker wurde die Strömung. Die Männer an den Rudern keuchten. Knurrhahn versuchte, irgendwo eine treibende Gestalt im Wasser auszumachen. Sie waren jetzt gefährlich nahe an den Klippen. Die Geräusche der Brandung waren ohrenbetäubend. Überall waren Schaumkronen auf den Wellen und es bereitete ihnen immer mehr Mühe, das Boot vom Ufer fernzuhalten. „Da, steuerbord querab!", schrie Knurrhahn und deutete auf einen dunklen Umriss in etwa 20 Meter Entfernung. Die Männer brachten das Boot auf Kurs und hielten auf die treibende Gestalt zu. Sie hatten den Umriss fast erreicht, als Oskar bemerkte, dass es sich nur um die treibende Decke handelte, an der noch ein Paar Stäbe befestigt waren. Enttäuscht drehten sie ab und ruderten ein Stück von den gefährlichen Klippen weg. Knurrhahn sah zur „Sturmvogel" hinüber, die inzwischen das zweite Kreismanöver beendete. Er dachte angestrengt nach und überlegte, was Rian widerfahren sein musste, als er ins Wasser gestürzt war. Aufgrund der Wucht, mit der er aufgeschlagen war, hatte er vermutlich seine Decke losgelassen und war tief ins Wasser eingetaucht. In der Nähe des Meeresbodens bewegten sich die Strömungen vom Ufer weg, wohingegen das Wasser an der Oberfläche auf die Klippen zuströmte. Wenn die Decke also noch hier vor dem Ufer trieb, musste Rian von der Strömung weiter ins Meer gezogen worden sein. Knurrhahn war nicht umsonst Kanonier. Er hatte nicht nur gute Augen, sondern auch ein gutes Gespür für Richtungen und Ablenkungen. Er beobachtete, in welchem Winkel die Wellen aufs Ufer zuliefen. Im gleichen Winkel würden auch die Unterwasserströmungen vom Ufer weglaufen. Knurrhahn überlegte kurz und befahl einen Kurs, der sie hinter die „Sturmvogel" am Ende ihres dritten Kreismanövers bringen würde. Die anderen protestierten, doch Knurrhahn ließ sich nicht beirren. „Glaubt mir, Jungs, der Kurs ist goldrichtig!", rief er. Innerlich war er sich nicht so sicher. Doch die Männer legten sich erneut in die Riemen und das Boot entfernte sich schnell von der gefährlichen Brandung.

Trotz des heftig wankenden Boots stellte sich Knurrhahn hin und suchte das Meer ab. Es war aufgrund der Wellenberge schwer zu erkennen, was vor ihnen lag. Doch dann sah Knurrhahn etwas Dunkles steuerbord voraus. Er legte das Ruder so, dass das Beiboot darauf zuhielt. Kurz danach war er sicher, Rian gefunden zu haben. Er trieb im Wasser und war kaum noch in der Lage, den Kopf über der Oberfläche zu halten. Immer wieder verschwand Rian aufgrund der Wellenberge aus ihrer Sicht, doch Knurrhahn hielt unbeirrt Kurs. Einige Minuten später zogen sie Rian an Bord. Er war kaum bei Bewusstsein, seine Nase blutete und seine Finger sahen übel zugerichtet aus. Seine Kleidung war zerfetzt und die Haut darunter vom Laufen durch Gestrüpp und Dornen aufgerissen. Außerdem war er offensichtlich unterkühlt und zitterte.

Knurrhahn sah zur „Sturmvogel" hinüber, die ihren Kurs geändert hatte und nun direkt auf sie zuhielt. Angesichts des zunehmenden Seegangs und der Nähe der Klippen war das ein gefährliches Manöver. Knurrhahn hielt Rian in den Armen, um ihn zu wärmen, und befahl den anderen, mit aller Kraft der „Sturmvogel" entgegen zu rudern. Das große Schiff kam schnell näher und drehte dann in einem eleganten Manöver bei, um das Beiboot an Bord zu nehmen. Oskar und Knurrhahn schleppten den mittlerweile besinnungslosen Rian über die Strickleiter nach oben und brachten ihn in seine Kabine. Maritha kümmerte sich um ihn.

„Gut gemacht, Männer!", rief Henna den Matrosen vom Achterdeck aus zu. „Jetzt schnell auf eure Posten, sonst sitzen wir hier fest wie in einer Mausefalle!" Noch während das Beiboot an Bord verzurrt wurde, steuerte Henna die „Sturmvogel" auf einen Kurs vor dem Wind. Mit zunehmender Geschwindigkeit rauschte das Schiff aus der schützenden Bucht auf das offene Meer. Sie passierten den leichten Bogen, mit dem sich die Bucht zum offenen Meer öffnete und der bislang verhindert hatte, zu erkennen, was dort auf dem Meer auf die Makkaroni-Insel zukam.

Hari saß wieder im Ausguck und suchte mit dem Fernrohr den Horizont ab. Aufgrund des starken Seegangs und der weißen Schaumkronen auf den Wellen war es zunächst schwer, etwas zu erkennen. Doch dann begriff Hari sehr schnell, wer da auf sie zukam. Erst konnte er es kaum glauben, dann stöhnte er auf und begann, fluchend zu zählen.

Henna stand neben Bolus am Steuer, als Haris Stimme aus dem Ausguck ertönte.

„Balrog", steuerbord schräg voraus, Entfernung ca. 2 Seemeilen,

„Diabolo" direkt voraus, Entfernung ca. 1,5 Seemeilen,

„Hackepeter" direkt voraus, Entfernung ca. 4 Seemeilen,

„Wasserhexe" backbord schräg voraus, Entfernung ca. 3 Seemeilen,

„Pfeil" und „Zirrus" backbord schräg voraus, Entfernung ca. 4 Seemeilen.

Außerdem sind backbord am Horizont weitere Segel zu sehen, wie von einem sehr großen Schiff"

„Ach Du Sch...", entfuhr es Henna. Sie überlegte fieberhaft. Mit der „Diabolo" alleine würde die „Sturmvogel" schon ihre liebe Not haben, gegen diese Armada waren sie chancenlos. Und Rian war kaum bei Bewusstsein. Er konnte ihr die Entscheidung nicht abnehmen. Es gab nur eine Chance, die sie hatten: Dies war die Geschwindigkeit der „Sturmvogel", gepaart mit der Reichweite und Zielsicherheit ihrer großen Kanonen. Und der Wind war auf ihrer Seite. Die „Sturmvogel" hatte Rückenwind, die anderen Piratenschiffe mussten gegen den Wind ankreuzen. Also quer zum Wind, Südkurs. Doch der würde sie zu dicht an die Insel und ihre vorgelagerten Riffe bringen. Also Kurs Süd-Süd-Ost. Sie würden es dort nur mit der „Balrog" aufnehmen müssen. Und hoffentlich würde die „Diabolo" nicht mehr in den Kampf eingreifen können.

„Kurs Süd-Süd-Ost, Bolus", befahl Henna, dann rief sie an die Matrosen gerichtet: „Alle Segel setzen, Kanonen laden und auf mein Zeichen feuern."

Die „Sturmvogel" drehte schnell auf den neuen Kurs, der Wind nahm weiter zu und das Schiff bewegte sich mit atemberaubender Geschwindigkeit quer zum Wind durch die Wellen. Gischt spritzte auf, als der Bug durch das Wasser pflügte. „Hari, was machen die anderen Schiffe?", rief Henna zum Ausguck hinauf. Die Antwort kam prompt: „Alle Schiffe halten Kurs, sie reagieren gar nicht auf uns." „Um so besser", bemerkte Henna, „lass die „Sturmvogel" fliegen, Bolus! Halte genau auf die „Balrog" zu".

Die Mannschaft der „Sturmvogel" wusste, in welch gefährlicher Lage sie sich befanden. Die Matrosen huschten durch die Rahen, setzten die Segel und korrigierten den Trimm, um jedes bisschen Geschwindigkeit aus dem Schiff herauszuholen. Die „Sturmvogel" hatte etwa eine Seemeile zurückgelegt, als Bewegung in die Piratenflotte kam. Als erstes änderte die „Diabolo" ihren Kurs und folgte der „Sturmvogel", doch zu diesem Zeitpunkt hatte sich die „Sturmvogel" der „Balrog" bereits auf eine viertel Meile genähert. Die „Balrog" hielt unbeirrt ihren Kurs und stampfte gegen den Wind durch die Wellen. Doch dann schien auch die Mannschaft der „Balrog" gemerkt zu haben, dass da etwas auf sie zukam. Die „Balrog" änderte schwerfällig den Kurs und drehte in den Wind, um gegen die „Sturmvogel" ihre Breitseite einsetzen zu können. Die Geschützpforten öffneten sich, doch die Kanonen waren noch nicht ausgefahren. Henna hatte so etwas erwartet. Die beiden großen Bugkanonen der „Sturmvogel" waren bereits geladen und ausgerichtet. „Knurrhahn, Oskar, Feuer frei! Räumt das Miststück aus dem Weg!", schrie sie. Fast zeitgleich krachten die beiden Geschütze und das Schiff zitterte unter den gewaltigen Rückschlägen. Ein Schuss riss ein Loch in ein Segel der Balrog, der andere schlug im Rumpf ein. Die Kanonen wurden zurückgezogen und direkt neu geladen. Noch bevor die „Balrog" ihre Kanonen in Stellung bringen konnte, feuerten die Kanonen der

„Sturmvogel" ein zweites Mal. Oskar landete einen Meisterschuss, denn der Hauptmast der „Balrog" wankte und begann, sich langsam zur Seite zu neigen, Damit konnte die „Balrog" ihren Kurs nicht mehr halten und trieb zurück. Ihre inzwischen ausgefahrenen Kanonen feuerten ins Leere. Henna nickte zufrieden. Die „Balrog" war jetzt so angeschlagen, dass sie die Fahrt der „Sturmvogel" nach Süden nicht mehr verhindern konnte. Wieder feuerten die Kanonen der „Sturmvogel". Diesmal hatten sich Knurrhahn und Oskar das Heck vorgenommen und beschädigten die Ruderanlage. Die „Balrog" begann, sich unkontrolliert in den Wind zu drehen und trieb nach Osten ab. Henna stieß triumphierend die Faust in den Himmel. „Schachmatt Kapitän Schwarzbart!", schrie sie. „Wer ist nun der bessere Seemann?" „Du bist das Henna", sagte eine Stimme hinter ihr. Henna drehte sich überrascht um und sah Rian hinter sich stehen. Er war kreidebleich im Gesicht und stützte sich auf seinen Degen, doch seine Augen funkelten. „Hervorragende Leistung, Henna! Du hast das Schiff unbeschadet an den Piraten vorbeigebracht und mich vorher noch gerettet. Das Kommando bleibt erst einmal bei Dir."

Die „Sturmvogel" passierte nun mit der Breitseite den Bug der „Balrog". Henna hatte vorsorglich die Kanonen ausfahren lassen, gab aber keinen Feuerbefehl. Auf der Balrog liefen die Matrosen aufgeregt hin und her und versuchten, die Schäden am Schiff zu reparieren. Sie schenkten der vorbeifahrenden „Sturmvogel" keinerlei Beachtung. Nur am Bug stand ein einzelner, dunkel gekleideter Mann und schüttelte hasserfüllt seine Faust. „Rache ist süß, Käpt'n Schwarzbart!", murmelte Henna leise. Sie ließ die „Sturmvogel" auf Süd-Kurs bringen, um möglichst lange im Windschatten der Insel vor dem Sturm geschützt zu sein. Außerdem führte sie das weiter von der Piratenflotte weg. „Was machen die anderen Schiffe, Hari?", rief sie zum Ausguck.

„Die „Diabolo" hat die Verfolgung aufgenommen", kam es prompt zurück. „Alle anderen halten Kurs auf die Makkaroni Bucht. Das große Schiff am Horizont ist nach wie vor nicht gut erkennbar und scheint ebenfalls keine Kursänderung vorzunehmen." Henna wusste, warum nur Kapitän Rackhahn die Verfolgung aufnahm. Es kam ein Sturm auf und niemand sonst wollte bei einem solchen Wetter draußen sein, geschweige denn kämpfen. Die „Sturmvogel" war im letzten Augenblick aus der Falle entkommen. Doch jetzt würden sie sich der nächsten Gefahr, einem Sturm oder sogar Orkan stellen müssen. Henna schauderte bei dem Gedanken. Der Himmel im Westen war inzwischen pechschwarz und die dunklen Wolken kamen rasch näher. Henna warf einen Blick nach Achtern und konnte die Segel der „Diabolo" über den Wellenbergen erkennen „Kanonen einfahren und sichern!", befahl sie. „Segel bergen und Sturmsegel setzen. Lenzpumpen klarmachen und Schiff sturmfest machen!" Die „Diabolo" hatte noch alle Segel gesetzt und war vermutlich auch noch gefechtsklar, doch Henna schätzte, dass der Sturm sie vor der „Diabolo" erwischen würde. „Kanonen werden Dir gegen einen Orkan nicht nutzen, Kapitän Rackhahn", murmelte sie. Sie schaute sich nach Rian um, doch der war vom Achterdeck verschwunden. Die Verantwortung lag also alleine bei ihr. Henna gab sich einen Ruck und überwachte, wie die Matrosen die kleinen Sturmsegel setzten. Noch schien die Sonne, doch der Himmel wurde bereits diesig und das Licht wirkte grünlich. Der Wind blies die Schaumkronen von den Wellen. Der Bug der „Sturmvogel" tauchte tief ins Wasser ein. Das Deck war bereits nass von der Gischt. „Die „Diabolo" kommt rasch näher, Geschütze sind ausgefahren. Entfernung noch eine Seemeile!", rief Hari vom Ausguck. Henna runzelte die Stirn. Rackhahn ging ein gewaltiges Risiko ein, das Schiff jetzt noch unter voller Besegelung zu halten, doch bislang schien er Recht zu behalten. Das Wetter änderte sich nicht so schnell, wie Henna erwartet hatte. „Bring die „Sturmvogel" vor den Wind, auf Ost-Kurs, Bolus!", befahl Henna dem Rudergänger. „Knurrhahn und Oskar", rief sie die beiden besten Kanoniere, „holt euch noch zwei Männer und besetzt die Heckgeschütze. Kanonen wieder laden, aber noch nicht ausfahren!", ordnete sie an. Mit dieser Kursänderung würde sich zwar der Abstand zur Diabolo weiter verringern, doch die „Sturmvogel" gewann schnell einen größeren Abstand zur Makkaroni-Insel und damit auch mehr Raum zum Manövrieren. Henna besaß damit die Möglichkeit, die „Sturmvogel" so zu drehen, dass sie die Heckkanonen auf das andere Schiff richten konnte. Sie starrte nach achtern. Die „Diabolo" war inzwischen gut zu erkennen und kam weiterhin näher. Immerhin hatte Rackhahn die Geschützpforten der Bugkanonen schließen lassen. Aufgrund ihrer vollen Besegelung tauchte die „Diabolo" noch tiefer in die Wellen ein und hätte sonst zu viel Wasser aufgenommen. Henna registrierte, dass Rackhahn den Kurs geändert hatte und nun versuchte, die „Sturmvogel" auf der Backbordseite zu überholen. Damit entfiel auch die Chance, jetzt bereits die Heck-Kanonen einzusetzen. Henna sah zum Himmel auf. Die dunklen Wolken hatten sie fast eingeholt, doch der Sturm hatte sie noch nicht erreicht.

Weitere, endlose Minuten vergingen, in denen die „Diabolo" weiter aufholte und nun fast längsseits kam. Durch ihr Fernrohr konnte Henna Kapitän Rackhahn erkennen, der seinen Leuten Befehle zubrüllte. Die „Diabolo" war nur noch wenige hundert Meter von der „Sturmvogel" entfernt. „Heck-Geschütze klar zum Feuern, Geschützpforten erst beim Kurswechsel öffnen", rief sie. „Schiff klar machen zum Kurswechsel auf Südkurs. Bolus, sobald unser Heck auf die „Diabolo" zeigt, hältst Du den Kurs, bis die Geschütze gefeuert haben, dann gehst Du wieder vor den Wind. Auf mein Zeichen. JETZT!"

Die „Sturmvogel" bewegte sich schnell, das Heck drehte sich auf die „Diabolo" zu und Henna hörte, wie die Geschützpforten aufklappten und die Kanonen vorgeschoben wurden. „Kurs halten, Bolus!", brüllte Henna. Das Heck der „Sturmvogel" zeigte nun genau auf die Mitte der „Diabolo". Zwei gewaltige Schläge erschütterten das Schiff, als Knurrhahn und Oskar fast zeitgleich ihre Kanonen abfeuerten. Doch in diesem Moment tauchte das Schiff in ein gewaltiges Wellental und die beiden Kanonenkugeln verfehlten das feindliche Schiff. Henna fluchte laut. So eine Überraschung würde nicht noch einmal gelingen. Bolus brachte die „Sturmvogel" wieder auf Ostkurs. Die „Diabolo" holte nun schnell auf und schob sich in einem Abstand von nur 100 Metern neben die „Sturmvogel". Alle Geschützpforten waren geöffnet. Henna warf einen Blick zum Himmel. Der Sturm würde jeden Moment einsetzen. Sie musste nur noch ein paar Minuten Zeit gewinnen. „Bring die „Sturmvogel" auf Südkurs, Bolus!", befahl sie. Erneut drehte die „Sturmvogel". Doch diesmal hatte Rackhahn das Manöver vorhergesehen und die „Diabolo" drehte ebenfalls ab und schob sich weiter längsseits der „Sturmvogel". Wenige Augenblicke später war das feindliche Schiff genau längsseits. Henna sah die ausgefahrenen Geschütze. Die Zeit schien sich zu dehnen. Sie glaubte, die brennenden Lunten der Kanoniere zu erkennen, registrierte, wie Rackhahn den Degen hob, um den Feuerbefehl zu geben.

Neben ihm stand ein Seemann, der heftig gestikulierend in die Richtung der „Sturmvogel" wies. Henna überfiel ein tiefes Gefühl der Mutlosigkeit. Es war zu spät, die „Sturmvogel" gefechtsklar zu machen. Sie starrte gebannt auf die „Diabolo" und wartete auf den Einschlag der Kanonenkugeln.

Ein lauter Knall ertönte, die „Sturmvogel" erzitterte. Doch da waren keine Kanonenkugeln, die auf dem Deck einschlugen. Die erste Bö des kommenden Orkans war über sie hinweggefegt, hatte das Schiff zur Seite gerissen und dann die "Diabolo" erreicht. Mit einem lauten Knall waren dort Segel zerrissen, das gegnerische Schiff legte sich erst auf die eine, dann auf die andere Seite. Wasser lief durch die offenen Geschützpforten. In Sekunden hatte sich die „Diabolo" verwandelt - von einer Gefahr in ein Schiff, das ums Überleben kämpfte.

Nach der ersten Bö folgte eine weitere. Die „Sturmvogel" stampfte und schlingerte, blieb aber mit den kleinen Sturmsegeln manövrierfähig. Henna vergaß die „Diabolo" augenblicklich und konzentrierte sich mit Bolus darauf, das Schiff sicher durch den Sturm zu führen. Henna befahl Ostkurs und versuchte mit dem Wind die Wellen abzureiten. Sie ließ zwei weitere Segel bergen und nun bewegte sich die „Sturmvogel" mit der gleichen Geschwindigkeit wie die Wellen. Die Schiffsbewegungen wurden ruhiger. Henna riskierte einen Blick zur „Diabolo". Das gegnerische Schiff war weit zurück geblieben und hatte gewaltig Schlagseite. Zerrissene Segel flatterten im Wind. Die Mannschaft der „Diabolo" würde viel Glück benötigen, um den Sturm zu überleben. Henna wandte den Blick wieder nach vorne und atmete tief durch. Sie hatte die Situation unter Kontrolle. Die „Sturmvogel" würde den Orkan sicher überstehen.

Heimfahrt

Zwei Tage nach dem Orkan fuhr die „Sturmvogel" nach Norden. Sie hatte das Unwetter gut überstanden, war aber weit nach Südosten abgetrieben worden. Nun befand sie sich auf dem langen Weg in die nördlichen Breiten, weitab von den Küsten Geraniens. Rian hatte diesen Kurs gewählt, weil er von allen gängigen Route abwich. So würden sie Kontakt mit anderen Schiffen vermeiden.

Henna und Rian lehnten an der Reling des Achterdecks und beobachteten, wie die Sonne im Osten aufging und das Meer in ein gleißendes Licht tauchte. Hari stand am Ruder und genoss die Ruhe nach dem Sturm. Der Wind wehte nur schwach, so dass nur wenige Matrosen an Deck waren, um die Segel zu bedienen. Die meisten Piraten lagen unter Deck und ruhten sich von den wochenlangen Strapazen aus. Die „Sturmvogel" bewegte sich träge über das Wasser, in dem die letzten großen Wellen des Sturms ausrollten.

Rians Finger waren noch verbunden, überall an seinem Körper waren Kratzspuren zu sehen, doch ansonsten merkte man ihm die Anstrengungen und Verletzungen der letzten Tage nicht an. Kurz zuvor hatte er wieder das Kommando von Henna übernommen. Henna wirkte etwas abgekämpft, aber zufrieden. Sie hatte Großartiges geleistet und war mit Recht stolz darauf. Rian hatte sie vor allen Piraten für ihre Geistesgegenwart und ihre raschen Entscheidungen gelobt. Mit Ausnahme des mürrischen Longjon hatten ihr alle Piraten zugejubelt. Henna freute sich darauf, in ihrer Kajüte auszuschlafen, doch vorher wollte sie noch mit Rian über die letzten Tage sprechen.

Rian erzählte in groben Zügen, was ihm auf der Festung passiert war, verharmloste seine Erlebnisse aber. Jetzt, einige Tage später, erschienen ihm die Träume, die er gehabt hatte, und das Aufwachen in einem Erdtunnel doch sehr unwahrscheinlich. Den alten Schlüssel und die Elfenbeinkuh konnte er sich damit allerdings nicht erklären und er erzählte Henna auch nicht davon. Er bewahrte die beiden Gegenstände stets in seinen Taschen auf.

„Am Ende musste ich mich ganz schnell entscheiden, wie ich euch warnen und rechtzeitig wieder an Bord sein konnte", endete er. „Mir ist dann die Skizze eingefallen, die uns der Sizilianer vor zwei Jahren auf Malta gezeigt hat, erinnerst Du Dich?" „Ja," erwiderte Henna, „von diesem Gelehrten da Vinci. Er hat sich überlegt, wie ein Mensch aus großen Höhen mit einem „Fallschirm" unbeschadet zu Boden fällt – ich hielt das für ausgemachten Blödsinn!" „Nun, mein Versuch war sehr improvisiert!", sagte Rian lächelnd, „aber er hat seinen Zweck erfüllt."

„Warum hat nur Rackhahn die Verfolgung aufgenommen, als wir von der Makkaroni-Insel geflohen sind?", überlegte Henna laut. „Die meisten Schiffe haben nicht einmal Notiz von uns genommen, sondern haben ihren Kurs auf die Hafeneinfahrt unbeirrt fortgesetzt." Rian überlegte. „Ich habe das alles ja nur aus euren Erzählungen erfahren", sagte er, „aber da war nicht nur die Angst vor dem Sturm. Sie sind vor irgendetwas geflohen, das ihnen dicht auf den Fersen war."

„Es war die „Goldene Prachtgans", hörten sie Haris Stimme vom Steuer. „Ich habe die ganze Zeit darüber nachgedacht, was mir an den Segeln des großen Schiffs am Horizont so bekannt vorkam. Dann ist es mir heute Nacht eingefallen. Sie hat eine ganz besondere Form der Topp-Segel, die ich bisher bei keinem anderen Schiff gesehen habe. Außerdem ist es einfach die Größe. Die „Goldene Prachtgans" ist das größte Schlachtschiff, das ich je in diesen Gewässern gesehen habe. Mit Entschlossenheit geführt, kann sie auch einem Geschwader von Piratenschiffen gefährlich werden – zumindest dann, wenn diese sich nicht einig sind."

„Die „Goldene Prachtgans" hat einen ganz besonderen Kapitän", sagte Rian versonnen. „Dem Eisenbeisser möchte ich wirklich nicht noch einmal begegnen, erst recht nicht, wenn er auf dem Kanonendeck der „Prachtgans" steht. Es erklärt einiges. Wenn die „Goldene Prachtgans" die Order erhalten hat, den Goldschatz zurückzuholen, wird sie jedes Piratenschiff jagen, dem sie begegnet. Rackhahn hat mit seiner Flotte versucht, uns vor Geraniens Küsten zu finden, nun hat Eisenbeisser ihn zurückgejagt". "Das passt zusammen", sagte Henna, „die Piraten fliehen an den einzigen Ort, den sie einigermaßen gut verteidigen können, die Makkaroni-Insel, doch die „Prachtgans" war ihnen schon dicht auf den Fersen."

„Eisenbeisser wird ihnen die Hölle heiß machen", prophezeite Rian, „er wird die Makkaroni Bucht früher oder später einnehmen; zumal ja nicht einmal mehr die Hälfte der Piraten dort sind und die Türme von uns zerstört wurden." „Dann wird er aber ganz schnell herausfinden, wer den Schatz gestohlen hat, und dann wird er Jagd auf uns machen!", ließ sich Hari vernehmen. „Ja, das ist wohl so", sagte Rian bedächtig. „Doch das Meer ist groß, wir sind meilenweit von jedem bekannten Hafen entfernt, ob er nun zu Geranien oder den Piraten gehört. Wir werden auf diesem Kurs in Richtung Island fahren und uns dann nach Osten den nördlichen Königreichen zuwenden. Damit umfahren wir die Blockade Geraniens. Wir werden die Beute aufteilen und können entweder das schöne Piratenhandwerk aufgeben oder einfach nur ein paar Monate warten, bis man die Suche nach uns aufgibt." Alle drei schwiegen.

„Ein guter Plan", sagte Henna schließlich, „wir müssen jetzt also nur diese endlose, langweilige Reise überstehen. Außerdem schläft der Wind gerade ein." Rian starrte angestrengt über das Meer nach Osten und schien ihr gar nicht zuzuhören. Henna sah ihn scharf an, doch er reagierte nicht. „Wieso langweilig?", sagte Rian und drehte sich mit einem Grinsen zu ihr herum. „2 Seemeilen querab dümpelt eine zerzaust aussehende Brigg vor sich hin. Ich denke, die sollten wir uns ansehen! Ost-Kurs, Hari!" „Aye, aye Käpt'n", rief Hari laut und legte das Ruder um.

ENDE

Teil 4: Anhänge

Wörterbuch

achtern – Richtungsangabe: am hinteren Ende eines Schiffs
Backbord – links
Besansegel – Segel des Besanmasts, des hintersten Masts auf einem Segelschiff
Bug – vorderer Teil eines Schiffs
Brigg – Segelschiff mit zwei Masten
Epaulette – Schulterstück auf einem Kleidungsstück, Rangabzeichen auf Uniformen
Flagschiff – Hauptschiff in einer Gruppe von Schiffen. Hier fährt in der Regel der Kommandant der Flotte mit.
Fjord – schmale Bucht, die weit ins Landesinnere hineinläuft. In der Regel tiefes Wasser.
Heck – Hinterer Teil eines Schiffs
Hundewache – Wache während der Zeit zwischen Mitternacht und 4 Uhr, morgens, weil man dann besonders müde ist.
Kauffahrer – Handelsschiff
Krähennest – Ausguck an der Spitze eines Masts
kreuzen – Fahrt eines Segelschiffs schräg gegen den Wind.
Lenzpumpe – Pumpe, um eingedrungenes Wasser wieder aus dem Schiff zu bringen
Messe - Speise- und Aufenthaltsraum der Offiziere auf einem Schiff
querab – seitliche Richtung vom Schiff aus gesehen
Pinne – Stange mit der ein kleineres Schiff gesteuert wird
parieren – Einen Hieb oder Stoß einer Waffe abwehren
Rah(e) - Rundstangen, quer zur Fahrtrichtung am Mast, die die Segel tragen

Reffen / gerefft – Segelfläche durch hochbinden verkleinern oder Segel ganz einholen.

Seemeile – 1850 Meter

Steuerbord – rechts

Totenschragen – Erfundene Insel in der der König keine Macht hat

Tresse / Goldbetresst – streifenförmige Verzierungen an den Ärmeln einer Uniform

Trimm – Einstellung der Segel, um den Wind möglichst gut zu nutzen.

vor dem Wind – in Windrichtung segeln

Wanten - Seile zur Verspannung von Masten

Schiffe

Die Schiffe:

Piratenschiffe:
„Sturmvogel"
„Balrog"
„Diabolo"
„Golden Hund"
„Delfin"
„Seetang"
„Hackepeter"
„Lebertran"
„Pechmarie"
„Pfeil"
„Walross"
„Wasserhexe",,
„Weißer Falke"
„Sirene"
„Zirrus"

Kriegsschiffe des Königs von Geranien:
„Goldene Prachtgans", stärkstes Schiff in der Karibik

Weitere Schiffe aus Geranien:
Janus, Zweimaster

Die Menschen:

Seeleute:

Besatzung der „Sturmvogel"
Rian, Kapitän der „Sturmvogel"
Henna, Erster Offizier der „Sturmvogel"
Longjon Silva, Quartiermeister
Bolus, Matrose und Pirat
Gero, Segelmeister, Schiffszimmermann und Mechaniker
Maritha, Köchin
Hakan, Matrose und Pirat
Ringelsocke, Matrose und Pirat
Wanja, Matrose und Pirat
Der Breite Björn, Matrose und Pirat
Der Lange Hari, Matrose und Pirat
Der rundgesichtige Boris, Matrose und Pirat
Der Bunte Hund, Matrose und Pirat, Sprecher der Mannschaft
Oskar, Kanonier, Matrose und Pirat
Knurrhahn, Kanonier, Matrose und Pirat

Besatzung der „Balrog"
Kapitän Schwarzbart & Matrosen

Besatzung der „Walross"
Kapitän Flintenstein & Matrosen

Besatzung der „Seetang"
Kapitän Schimmerlos & Matrosen

Besatzung der „Diabolo"
Kapitän Rackhahn, genannt „Der Rote"
Rinaldo, erster Offizier

Matrosen

Besatzung der „Weißer Falke"
Der Rosa Pirat, Kapitän
Eric, Sohn des Rosa Piraten
Buba, Matrose und Ausguck
Sylvester, genannt „Seegurke", Matrose
Weitere Matrosen

Besatzung der „Sirene"
Pentilisea, Kapitänin & (weibliche) Matrosen

Besatzung der „Golden Hund"
Kapitän Francis Ekard & Matrosen

Besatzung der „Lebertran"
Kapitän Larson
Fisch, Schiffszimmermann
Weitere Matrosen

Besatzung der „Goldenen Prachtgans"
Roderich von Blattlaus, Kommandant
Tutnichtgut Eisenbeisser, Kapitän
Horten Ross, 1. Offizier
Ignazius Weingeist, 2. Offizier
Fidelius Hasenbein, 3. Offizier
Der „Friese", Maat, erster Steuermann
Benny Hufeisen, Matrose und Musikant
Max Maulweit, Matrose
Lütje Schimmerlos, Matrose im Ausguck
Jens Achterwerk, Matrose
Henry Vierweg
Jan Stocks, Feldwebel der Seesoldaten
Weitere Matrosen und Seesoldaten

Besatzung der Janus
Robart, Kapitän
Marthe, Schwester von Kapitän Robart
Weitere Matrosen

Landratten:

Santa Ana
Miguel, Soldat
Pedro, Fischer
Herings-Paul, Fischer

Makkaroni Insel
Margareta Pizzata, Wirtin der Makkaroni Bar

Ricarro
Der Hafenkommandant

Geranien
Admiral Fürst von Noslen, Befehlshaber der Dritten Flotte des Königs
Elvira, Nichte des Admirals
Kapitän Franziskus Branntwein
Kapitän Horatio Hornbläser
Graf Prisemuth
Feldwebel Röhrig
Admiral Bellington, Befehlshaber der Seesoldaten
Oberst Brandaris, Chef des Marine-Geheimdienstes
Admiral Tulla-Fulla, Befehlshaber der Zweiten Flotte
Django Nett – Kopfgeldjäger
Hugin - Kopfgeldjäger
Munin - Kopfgeldjäger

Gallinago
Meister Adipositas – Lagerkommandant
Bronski - Wärter
Kralizek - Wärter
Jorgen - Gefangener
Ushtar - Gefangener
„Roter" Patrick - Gefangener
Gordon Lang - Gefangener

Danksagung

Dank sagen möchte ich allen, die mich bei diesem Projekt unterstützt haben. Meine Kinder, die mich aufgrund ihrer Begeisterung für gute Geschichten überhaupt zum Schreiben gebracht haben. Ohne ihre drängenden Fragen, wie und wann es weitergeht, wäre diese Geschichte vielleicht nie beendet worden. Meiner Frau Nadja danke ich dafür, dass sie mir immer den erforderlichen Freiraum zum Schreiben gegeben hat, mich dazu ermutigt hat weiterzumachen und für den stetigen Zufluss von Schokolade, ohne die Arbeiten und Denken für mich sehr schwer werden. Meinen Erstlesern Alexa, Charlie, Christel. Claudia, Jonas, Jürgen, Karsten, Nadja, Sven und Uta danke ich für erste Bewertungen und Ermutigungen, Ralf für Hilfe beim Titelbild. Besonderer Dank gilt meiner Lektorin Beate Recker für viele Verbesserungen und Korrekturen sowie Jürgen Kirchhoff für die gelungene Darstellung der Makkaroni Insel.

Alle im AAVAA Verlag erschienenen Bücher sind
in den Formaten Taschenbuch und
Taschenbuch mit extra großer Schrift
sowie als eBook erhältlich.

Bestellen Sie bequem und deutschlandweit
versandkostenfrei über unsere Website:

www.aavaa-verlag.com

Wir freuen uns auf Ihren Besuch und informieren Sie gern
über unser ständig wachsendes Sortiment.

www.aavaa-verlag.com